MICHAEL BOENKE

Leberwurscht letal

MICHAEL BOENKE

Leberwurscht letal

KRIMINALROMAN

GMEINER

Personen und Handlung sind frei erfunden.
Ähnlichkeiten mit lebenden oder toten Personen
sind rein zufällig und nicht beabsichtigt.

Immer informiert

Spannung pur – mit unserem Newsletter informieren wir Sie regelmäßig über Wissenswertes aus unserer Bücherwelt.

Gefällt mir!

Facebook: @Gmeiner.Verlag
Instagram: @gmeinerverlag
Twitter: @GmeinerVerlag

MIX
Papier aus verantwortungsvollen Quellen
FSC® C083411

Besuchen Sie uns im Internet:
www.gmeiner-verlag.de

Im Ehnried 5, 88605 Meßkirch
Telefon 07575/2095-0
info@gmeiner-verlag.de

1. Auflage 2022

Lektorat: Claudia Senghaas, Kirchardt
Herstellung: Mirjam Hecht
Umschlaggestaltung: U.O.R.G. Lutz Eberle, Stuttgart
unter Verwendung der Fotos von: © Printemps / AdobeStock;
Warut Prathaksithorn / shutterstock; photocrew1 / shutterstock
Druck: CPI books GmbH, Leck
Printed in Germany
ISBN 978-3-8392-0277-7

Für meine Familie

FEUERZEICHEN

Genesis 22, 8 – 12
Abraham sagte: Gott wird sich das Lamm für das Brandopfer ausersehen, mein Sohn. Und beide gingen miteinander weiter. Als sie an den Ort kamen, den ihm Gott genannt hatte, baute Abraham dort den Altar, schichtete das Holz auf, band seinen Sohn Isaak und legte ihn auf den Altar, oben auf das Holz. Abraham streckte seine Hand aus und nahm das Messer, um seinen Sohn zu schlachten. Da rief ihm der Engel des Herrn vom Himmel her zu und sagte: Abraham, Abraham! Er antwortete: Hier bin ich. Er sprach: Streck deine Hand nicht gegen den Knaben aus und tu ihm nichts zuleide!

Sonntag, 18. Juli, Riedhagen, *Goldener Ochsen* **und Kirche zur Frühschoppenzeit**

Als wir den Rauch schwärzlich-gelb aufsteigen sahen, war es fast schon zu spät, *sie* zu retten. Beziehungsweise wussten wir noch gar nicht, dass wir *sie* vor dem Feuertod bewahren konnten.

»Wer verbrennt denn am Sonntag etwas?«

»Die Bauern.«

»Die Bauern sind nicht an allem schuld.«

»Kommt mir auch komisch vor.«

»Der Rauch sieht seltsam aus.«

»Das kommt von der Kirche.«

»So gelb.«

»Riecht auch seltsam.«

»Meint ihr, Deo hat zu viel Weihrauch ins Fässchen getan?«

»Könnte ich mir vorstellen, der weiß ja, dass es halluzinogen ist … der Herr Pfarrer!«

Jeder der Stammtischler gab eher gelangweilt und desinteressiert seinen Kommentar zum unerwarteten Sonntagsereignis ab. Ich ahnte jedoch Ungemach.

Meine Jungs schauten mich fragend an. Das konnte nur heißen: Unterbrechen wir den sonntäglichen *MIKEBOSSler*-Frühschoppen an diesem herrlichen Julitag oder nicht?

Viel Regen in den letzten Wochen hatte das Ried fett und glänzend gemacht. Es protzte an diesem Morgen mit feuchtem Glanz und einem Hauch von Dunst über Büschen, Birken und Nadelgehölz. Störche, die wie versteinert in der nahen Wiese standen, mahnten, jegliche Hektik zu vermeiden. Auch die heiße Sonne lud zum Sitzenbleiben in Friedas *Goldenem Ochsen* ein. Ich war jedoch ob der gelblichen, dicken Rauchsäule in Sorge. Etwas in meinem Inneren war in leicht schwingender Unruhe und meldete Alarm.

Ich nickte Richtung Kirchturm, die Jungs parierten, nahmen zuvor jeder einen kräftigen Schluck aus den *Walder* Krügen und stapften mit ihren Motorradstiefeln Richtung Kirche los.

Ich gab Cäci, die wie jeden Sonntagmorgen im Außenausschank tätig war, ein Zeichen, deutete zur Rauchsäule und rief über die Köpfe der wenigen Gäste hinweg:

»Wir schauen mal … Scheint bei der Kirche zu sein!«

»Bestimmt hat Deo zu viele Kerzen angezündet«, lachte Cäci herüber, »nicht, dass seine Soutane brennt.«

Die Schöne vom Außenausschank warf mir eine Kusshand zu, deutete auf den verwaisten Biertisch:

»Lasst aber das Bier nicht warm werden!«

Von Weitem schon vernahm man den Bass unseres Pfarrers Deodonatus Ngumbu. Seine Schönwetter-Sonntagsgottesdienste auf der bekiesten Fläche zwischen Friedhof und Hauptportal lockten in der Sommerzeit Gäste von nah und fern an. Seine theatralischen Predigten avancierten vor allem bei reiferen, meist weiblichen Gottesdienstbesuchern zu sonntäglichen Highlights mit Eventcharakter. Wortgewaltig dröhnte der Bass des gebürtigen Massai in seinem einzigartigen Akzent über die Friedhofsmauer, ohne dass wir ihn schon sehen konnten.

»… und waahlich, ich sage euch, dieses Brandopfer befreit nicht nua mich, sondern alle. Wie schon Abraham bereit war, seinen Sohn zu opfaan, bin auch ich bereit, da ich durch den Zölibat ohne Sohn leba muss, mein Liebstas dem Herrn als Brandopfer darzubringa. Es soll ein Zeichen sein, ein Gelübde, mehr für diese Welt, unsere Umwelt zu tun. Ich opfere *sie* für eine bessare Umwelt. Es soll ein Symbol sein für all unsere Sünda wider die Umwelt, wider die Schöpfung des Allmächtigen. Wir können so nicht weitamacha, wir essa zu viel Fleisch, wir zerstöra unsere Umwelt. Aber vor allem durch das Verbrenna von fossiler Energie verpassa wir Mutter Erde den Todesstoß. Daher muss jeder von uns eina Anfang macha, ein ganz persönliches Statement setza, und mein Anfang ist dieses Feuerfanal!«

Keuchend kamen wir bergan stürmend beim Friedhof an und lugten über die Mauer. Das Schauspiel war einzigartig. Ein Grüppchen von circa 40 Gläubigen stand zwischen Grabsteinen und idyllisch angesiedelten Streuobstbäumen im Halbkreis um unseren Pfarrer, der gerade durch eine Rauchwolke beidhändig auf den Scheiterhaufen zeigte, der auf der Grünfläche zum Komposthaufen loderte und von zwei Ministrantinnen bewacht wurde. Und dort brannte *sie.* Eingehüllt in einen Haufen von alten Trauerkränzen, die dichten gelben Rauch produzierten, lag die Alte, die Schöne. Seine NSU Quickly.

Butzi, ein verstorbenes Mitglied unseres Motorradklubs, hatte ihm vor vielen Jahren die 1,7 PS starke NSU Quickly S, Baujahr 1957 in perlgrau und jadegrün als Missionsfahrzeug hergerichtet, mit der er viele Jahre im Zweitaktrhythmus erfolgreich im Namen des Herrn unterwegs war. Und nun schwafelte Deo irgendetwas von Opfer.

Wir kletterten unter Ächzen und Keuchen über die Friedhofsmauer. Nun erst bemerkte uns der sich in Rage redende Geistliche und unterbrach seine Predigt. Er zeigte erstaunt auf mich:

»Hallo, Dani, was macht ihr hier? Der Gottesdienst ist fast schon zu Ende. Ich komme nachher zum Frühschoppa.«

Ich deutete auf die schmorende Quickly.

»Sag mal, spinnst du? Hast du wenigstens den Tank leer gemacht?«

Deos Augen wurden zu Tischtennisbällen mit schwarzem Punkt.

»Oh mein Gott, das habe ich vergessa!«

Unter den Gläubigen kam eine leichte Unruhe auf. Rollatorrädchen knirschten hektisch im Kies. Die pubertären Ministrantinnen bewegten sich gemächlich cool aus der Gefahrenzone. Meine Jungs wussten auch ohne Kommando ihres Präsidenten, was zu tun war. Eine mit einem Metallhaken versehene Holzstange zum Ästeschütteln diente als Angel, das legendäre Moped an der Vorderradfelge aus dem Feuer zu ziehen. Den Rest erledigte ich mit dem Feuerlöscher aus der Sakristei.

DAS JÜNGSTE GERICHT

Hiob 16, 9 – 10
Sein Zorn zerreißt, befehdet mich, knirscht gegen mich mit den Zähnen, mein Gegner schärft die Augen gegen mich. Sie sperren ihr Maul gegen mich auf, schlagen voll Hohn mir auf die Wangen, scharen sich gegen mich zusammen.

Sonntag, 18. Juli, Riedhagen, ***Goldener Ochsen*****, Mittagszeit**

Der Geruch nach verbranntem Grünzeug, olfaktorisch angereichert mit verbranntem Gummi und Öl, lag immer noch wie ein zarter Duftschleier über dem idyllischen, moorangrenzenden Riedhagen. Auch die Störche missachteten den Zwischenfall und widmeten sich in stoischer Ruhe wieder ganz den Amphibien und anderem Kleingetier, das auf ihrer Speisekarte stand. Mit Friedas folierter DIN A4-Speisekarte wären die Angehörigen der Familie der Ciconiidae nicht einverstanden gewesen, obwohl sie, wie die meisten Besucher des *Goldenen Ochsen*, ebenfalls reine Fleischfresser waren.

SUPPEN:

Flädlesuppe in kräftiger Rindsbrühe, hausgemacht
Leberknödelsuppe, hausgemacht
Maultaschensuppe

AUS DER REGION:

Schnitzel paniert
Riedsteak
Kalbsleber (nur Mittwoch)
Kässpätzle mit Speck und Bergkäse
Linsen (Alb-Leisa) mit Spätzle und Saitenwürstle
Wurstsalat
Strammer Max
Weiße Bratwürste
Currywurst nach Art des Hauses
Russische Eier mit Fleischsalat
Vesperplatte mit *Leberwurst Royal*

VEGETARISCH:

Großer oder keiner Salatteller
Kässpätzle ohne Speck
Tellerlinsen

DAZU:

Pommes
Spätzle
Bratkartoffeln mit Speck
Kartoffelbrei (nur Mittwoch)
Kartoffelsalat

Der kleine Tippfehler in der Rubrik »Vegetarisch« fiel nur den eifrigen Oberstudienrätinnen auf, entsprach aber der kulinarischen Philosophie des *Goldenen Ochsen* und deren Betreiberinnen. Lieber keinen Salat essen, denn regionales Fleisch ist das neue Gemüse. Absoluter Renner war derzeit die Vesperplatte mit der *Leberwurst Royal.* Zum Frühschoppen fand sie schon Freunde, mittags war sie von Wanderern und dem Nenestammtisch begehrt, abends war sie der Renner und erfreute Jung und Alt, Professor und Althippie, Black and White gleichermaßen. Nur Frauen hielten sich zurück und bemängelten mitunter die kleine vegetarische Auswahl. Aber die Gäste kamen ja nicht zum Diäteln oder Wellnessen in den *Goldenen Ochsen*. Man wollte satt werden und das nicht mit Goji-Beeren, Sojapampe und Superfood.

Deo, unser Ehrenmitglied, saß immer noch etwas bedröppelt in der Runde, da wir immer wieder seine »flammende« Predigt persiflierten und sein erstauntes Gesicht imitierten, als wir ihn auf seinen kleinen Fauxpas mit dem Benzintank hinwiesen.

Schuldbewusst wiederholte er immer wieder:

»Ja, das mit dem Benzintank war ein großa Fehla, aba in der Sache habe ich recht!«

Weit ausholend hatte uns Deo, indem er uns immer wieder die Geschichte von Paulus, der vom Saulus zum Paulus wurde, unter die Nase rieb, seine Bekehrung zum Öko-Pfarrer geschildert.

»Und wie willst du jetzt deine Missionsfahrten durch die Gemeinden machen? Die Quickly ist hin«, fragte Joe, unser Hausmann.

Deo schaute auf den Tisch, drehte nervös das Holzbrett, auf der sich die Vesperplatte mit *Leberwurst Royal* befand und suchte nach einer verträglichen Antwort für seine Freunde. Dann brach es nach wenigen Sekunden des Schweigens aus ihm heraus:

»Ich habe mir eina Elektrorolla zugelegt!«

Schweigen, pures Entsetzen am Tisch. Selbst das Gelächter der Nebentische schien sich im blauen Riedhimmel zu verlieren. Langsam begriffen wir, was er gesagt hatte.

»Waaaas hast du? Dir einen Elektroroller gekauft? Einen E-Roller? Weißt du, was wir vor einem Vierteljahr neu in unsere Statuten aufgenommen und auch geschworen haben? Weißt du das noch? Und das gilt auch für Ehrenmitglieder!«

Deo, der Hüne, wurde immer kleiner am Tisch. Er nickte.

»Weißt du noch, wer dir die Quickly hergerichtet hat? … Äh, im Schweiße seines Angesichts! Hä, weißt du das noch? Mit seiner Hände Arbeit! Das war unser Butzi!«

Deo, nunmehr ein Häufchen Elend, bekreuzigte sich und stammelte:

»Lass die Toten ruha, lass den Butzi aus dem Spiel. Ihr vasündigt euch!«

Da musste ich, nicht nur als Präsident der Gang, dazwischengehen, das wurde nun zu emotional.

»Hört mal her, die Quickly ist Schrott, die kokelt gerade in Friedas Schopf. Deo hat vergessen, den Tank zu leeren … Was soll's? Aber einen Elektroroller …«, selbst mir blieb die Sprache weg, »einen Elektroroller, das darf doch nicht dein Ernst sein!«

Meine *MIKEBOSSler* schwiegen, starrten fassungs- und verständnislos zu unserem Ehrenmitglied Deo.

Als ob er es geahnt hätte:

»Verliere ich nun die Ehramitgliedschaft?«

Ein fragender Blick aus seinen dunklen Augen, der mich ins Zentrum meiner Seele traf. Ich kannte die Antwort, die ich einem meiner engsten Freunde in dieser schweren Stunde schuldig war, sagte aber mit fester Stimme:

»Darüber müssen wir bei unserer nächsten Sitzung abstimmen.«

Die Gang nickte und schwieg. Gelächter und heitere Stimmung als Antipol rundum im Biergarten.

Dann die Schritte im tiefen Kies. Kein gemütliches Schlendern à la: Wo finde ich denn noch ein schönes Plätzchen?, nein, ein teleologisches Stampfen, hart, stakkatohaft. Das Ziel der Schritte schien erreicht, Deo wurde noch gebeugter und schielte von unten zu ihr hoch.

Monika Magen-Kohler hatte sich vor Deo aufgebaut. Die

Hände in die Hüften gestemmt, im bunten Sommerkleidchen, eine florale Furie, eine Personifikation des Jüngsten Gerichts, die sofort losgrollte:

»Was soll das? Sagen Sie mal, haben Sie den Verstand verloren? Das ist geschäftsschädigend!«

Deo kam nicht zur Ruhe. Ganz im Gegenteil, auch Monika Magen-Kohler, meine Lieblingsfleischundwurstwarenfachverkäuferinundmetzgermeisterin mit steiler Karriere schien mit Deo ebenfalls ein Hühnchen rupfen zu müssen.

»Frau Magen-Kohla, entschuldigen Sie vielmals, aber …«

»Kohler bitte, nicht Cola!«

»Ja, Frau Magen-Kohla, ich vergaß einfach, dass da noch Benzin im Tank war. Ich verspreche Ihnen, dass so etwas …«

Die Wütende unterbrach Deo und funkelte ihn an, sie plusterte sich, obwohl ihre beträchtlichen Ausmaße alleine schon angsteinflößend waren, noch weiter auf, die Stimme überschlug sich.

»Ich meine nicht Ihre alberne Mopedverbrennung, ich meine Ihre ständigen Aufrufe, weniger Fleisch zu essen. Das ist nun der dritte Gottesdienst, in dem Sie meine Branche attackieren! Ich attackiere doch auch nicht Ihren katholischen Gott!«

Deo versuchte vorsichtig, das Holzbrettchen mit dem *Leberwurst Royal*-Vesper etwas auf Distanz zu schieben.

»Und was bestellt der Herr Pfarrer? Natürlich einen Vesperteller, natürlich mit meiner Leberwurst … So etwas nenne ich Doppelmoral, jawohl Doppelmoral. Und das bei einem Pfarrer, ich denke, Ihr katholischer Herrgott ist nicht begeistert von so etwas!«

Mit rosafarbenen Würstchenfingern fuchtelte sie vor Deos Gesicht herum, dem die uneingeschränkte Anteilnahme der Biergartenbesucher sichtlich unangenehm war.

»Außerdem verwende ich für die *Royal* nur regionale Zutaten. Die Viecher, die da drin verarbeitet sind, haben alle gut gelebt, manche werden sogar auf der Weide geschossen. Meinen Sie, man bekommt heutzutage ein Bio-Zertifikat nachgeschmissen? Nein, dafür habe ich hart arbeiten müssen. Ja, glaubt Ihr weltfremden Pfaffen denn, eine gute Bio-Leberwurst wächst auf Bäumen? Allein die Kräuter da drin, die Kombination, das ist eine Kunst für sich. Glauben Sie eigentlich, man wird zur *Metzgerin des Jahres* durch Nichtstun oder Beten? Mit diesen Händen«, und Monika Magen-Kohler fächerte noch aufgeregter ihre fleischigen Fingerchen vor dem Gesicht des perplexen Geistlichen, »habe ich die *Royal*, die Königin der Leberwürste, kreiert und nicht nur einen Preis damit eingeheimst!«

»Die schmeckt ja auch wundabar, Frau Magen-Kohla, und ich bin ein schwacha Mensch. Das ist ein Prozess ... und kann nicht von heuta auf morga geschehen ... vom Saulus zum Paulus, vor allem beim Essen gelingt eina Neuorientierung nur nach und nach!«

Frau Magen-Kohler drehte sich abrupt um, nutzte den ganzen Schwung ihrer Leibesfülle und zeterte, ohne jegliches Verständnis für Deos theologische Ausführungen, im Abgang:

»Leben und leben lassen, ich komme in Ihren Gottesdienst, und Sie verbieten niemandem mehr das Wurstessen!«

Deo stand nicht nur hitzebedingt der Schweiß auf der Stirn, mit dem obligaten Stofftaschentuch entfernte er ihn tupfend. Er schüttelte sanft den Kopf, atmete tief ein:

»Oh ja, so stelle ich mir waahlich das Jüngste Gericht vor, so werde ich gerichtet am Jüngsten Tag! Ich hoffe, der Herr im Himmel hat nicht die Leibasfülle wie Frau Magen-Kohla.«

Er schob die Vesperplatte wieder näher zu sich heran.

»Aber die Lebawurst ist echt Spitzaklasse, die hat sie toll hinbekommen. Absolute Spitzaklasse!«

DIE FETTE KUH

Genesis 41, 17 – 21
Da sagte der Pharao zu Josef: In meinem Traum, siehe, da stand ich am Nilufer. Siehe, aus dem Nil stiegen sieben Kühe, fett im Fleisch und von schönem Aussehen, und weideten im Riedgras. Doch siehe, nach ihnen stiegen sieben andere Kühe herauf, elend, von sehr hässlicher Gestalt und mager im Fleisch. Nie habe ich so etwas Hässliches in ganz Ägypten gesehen. Die mageren und hässlichen Kühe fraßen die sieben ersten, fetten Kühe auf. Sie verschwanden in ihrem Bauch, aber man merkte nicht, dass sie darin waren; sie sahen ebenso hässlich aus wie am Anfang.

Sonntag, 18. Juli, Riedhagen, Villa Kohler, früher Nachmittag

Monika Magen-Kohler war ob des Disputes, eigentlich des Monologes, noch immer aufgewühlt, als sie nach Hause kam. Um runterzukommen, hatte sie noch einen kleinen Spaziergang durchs Ried gemacht, obwohl ihre Luxusschühchen mit den roten Sohlen eher dagegensprachen.

Die Wangen leuchteten rötlich. Auf das Rufen nach ihrem Sebastian antwortete lediglich die Stille. Er trieb sich mal wieder irgendwo herum, er sagte fast immer, er sei im Geschäft. Seit dem Hype mit der Leberwurst, ihrer Leberwurst, hatte die Arbeit im Betrieb stark zugenommen.

Vor dem Spiegel im Schlafzimmer zog sie ihr buntes Sonntagssommerkleidchen aus. Sie drehte sich und betrachtete kritisch ihre Form. Natürlich war sie nicht schlank, keiner würde sie der Anorexie bezichtigen. Aber fett, also richtig fett, war sie auch nicht. Nicht mehr! Sie hatte halt den Nachteil eines schweren Knochenbaus und eben keine knabenhafte, schmalhüftige Figur. Außerdem liebte Sebi ihre Fülle, er mochte ihre Pfunde. Sie lächelte in den Spiegel, als sie daran dachte, wie er sie beim Sex »mein Speckferkelchen« nannte. Das war schon etwas anderes als die Typen in der Berufsschule damals, vor dem Abschluss in *Fleisch 3*, die sie als fette Kuh bezeichneten. Sie war die einzige Frau, sie hatte es noch nicht gelernt, sich durchzusetzen.

Sie drehte sich noch einmal vor dem Spiegel und fand sich eigentlich schön. Die helle, zartrosafarbene Haut mit den blonden, ganz feinen Härchen. Die sanft schimmernden Speckfalten, an denen sich Sebi so gut festhalten konnte. Das runde, offene und freundliche Gesicht und die Krönung: ihr blondes, fast weißes Haar. Monika nickte zufrieden in den Spiegel. Und ordentlich Holz vor der Hütten hatte sie außerdem.

Und seit sie Jimmy hatte, waren die Pfunde ganz ordentlich gepurzelt. Okay, fünf Kilo, das fiel bei ihrer Statur noch nicht so auf, aber es war eben ein Anfang. Bis jetzt hatte sie alles erreicht, was sie wollte. Anfänglich war Sebi von der Idee eines Personal Trainers nicht begeistert. Zumal er ihre Pfunde, wie er immer wieder betonte, mit jedem Gramm liebte. »Darf's ein bissele mehr sein?«

Sie lächelte, der Spiegel antwortete prompt. Es war gar nicht so einfach, an einen Personal Trainer zu kommen. Aber der Bönle, Lieblings-Kundschaft der ersten Stunde: »Einen LKW bitte, aber mit Cornichons und wenig Senf«, hatte ihr den Jimmy empfohlen. Einer aus Bönles seltsamer Motorradgruppe, diesen *MIKEBOSSlern* mit den fürchterlichen Kutten, die ständig lärmend und scheinbar ziellos durch die Gegend fuhren, hatte ein Fitnessstudio in Bad Saulgau, und einer seiner Angestellten war Jimmy. Und Jimmy war nun auch bei ihr angestellt. Sebi hatte ihr zu Hause ein kleines Fitnesszimmer eingerichtet mit Stepper, Trainingsbank, Sprossenwand und etlichem anderen Zubehör. Und Jimmy machte auch Hausbesuche. Außerdem wurde er gut dafür bezahlt, sie zum Schwitzen zu bringen. Ihr Spiegelbild lächelte sie süffisant an und bestätigte sie mit einem forschen Kopfnicken.

Und sowieso konnte sie stolz auf sich sein, da hatte sich viel verändert seit der Berufsschule. Was hatte sie nicht alles erreicht! Von der kleinen, unsicheren drallen Fleischwarenfachverkäuferin zur preisgekrönten Metzgermeistergattin mit fünf großen und mehreren kleinen Filialen. Von der ausgelachten, von ihren männlichen Mitschülern nicht akzeptierten fetten Kuh zur Schöpferin einer Leberwurst, die auf dem Markt ihresgleichen suchte. Von der immer freundlichen, schwäbelnden Landpomeranze, die ganztägig lächelnd Wurstwaren über die Theke schob, zur selbstsicheren, knallharten Geschäftsfrau, die, nachdem sie den Metzgermeister gemacht hatte, sogar einen Rhetorikkurs erfolgreich besuchte, um ihre Produkte gekonnt selbst zu vermarkten.

Sebi hatte für die *Leberwurst Royal* in einem aufwändigen bürokratischen Verfahren den Produktnamen schützen lassen und schon Unsummen von den Konkurrenten auf dem heiß umkämpften Fleischmarkt geboten bekommen. Sogar der überregionale Konzern *Mühlenwalder* war auf sie zugekommen, sie wären bereit gewesen, ganz dem neuen Verbrauchertrend folgend, zwei Varianten auf den Markt zu bringen, eine fleischliche und eine vegetarische. Obwohl das viele Geld lockte, blieben sie einträchtig standhaft. Kein Verkauf der *Royal*, ihres Babys! Nur der einträgliche Verkauf der fertigen Ware an Metzgereien und Gastronomie im regionalen Alb-Bodenseebereich.

Und am Dienstag in einer Woche, in Stuttgart, in der Landeshauptstadt, die ganz große Chance, die *Royal* einem noch breiteren, exklusiveren Publikum, auf der *Kulinaria-Süd* vorzustellen. Und zwar eine Überraschungsausgabe der *Royal*. Eine weitere Chance, sich und ihr Produkt Deutschland vorzustellen.

Aber etwas, was sie als It-Girl der Wurstbranche gelernt hatte: Wer im Rampenlicht des Ruhms steht, hat plötzlich viele Freunde … und noch mehr Feinde!

Lachend drehte sie sich noch einmal vor dem Spiegel.

BIERGARTENDISKURS MIT VESPERPLATTE

Sprüche 17, 1
Besser ein trockenes Stück Brot und Ruhe dabei, als ein Haus voll Braten und dabei Streit.

Sonntag, 18. Juli, Riedhagen, *Goldener Ochsen*, am Spätnachmittag

Mittlerweile hatten wir schon Spätnachmittagssonne, das Ried wucherte mit all dem, was es so beliebt machte. Der Duft nach Kräutern, Blüten, Moder, das Summen und Kreischen der Insekten, ein an- und abschwellendes Orchester, ein Doping für die Sinne. Eifrige ländliche Wandersleute in Survivalkleidung in rhythmischem Einklang mit der Natur, mit blauen Rucksäcken bis über die Köpfe, stolpernde Stadtdeppen mit ihren stöckelbeschuhten Gattinnen, die im Minutenrhythmus *Anti-Brumm* um sich herum versprühten. Gemeinsam hatten sie ein Ziel: den *Goldenen Ochsen*.

Gut besetzt, selbst die Plätze ohne Beschattung, bot der Außenbereich des *Goldenen Ochsen* ein nahezu ähnlich wuseliges Bild wie der Eingangsbereich des *Europaparks* in Rust. Jeder wollte schnellstmöglich ein Lieblingsplätzchen ergattern. Was jedoch auf dem Rummelplatz im Badischen der *Wodan* war, war hier der *Stramme Max*, was in Rust der *Blue-*

fire war, war hier das *Schnitzel paniert*, und was dort der *Silverstar*, war hier die Vesperplatte mit *Leberwurst Royal*.

Und so saßen wir immer noch zusammen in hitziger Diskussion, wobei das kühlende *Walder* für eine sprachliche Verlangsamung gesorgt hatte. Meine Gattin warf mir bei jeder Neubestellung einen sogenannten Blick zu, und jedes bernsteinleuchtende Getränk knallte von Mal zu Mal härter vor mir auf dem Holztisch auf. Obwohl ich nicht der Einzige in der Ritterrunde war, der mehr als ein Bier konsumiert hatte. Auch Deo, unser geistlicher Beistand, musste, um die Scharte auszuwetzen, die er frühmorgens beim Gottesdienst in das Schwert unserer Freundschaft geschlagen hatte, diese mit Übererfüllung der Gruppennorm kompensieren. Selten, dass er um diese Zeit so lange beim Frühschoppen blieb. Mittlerweile mutierte der Früh- zum Spätschoppen.

Die Dämmerung schickte mählich erste Nebelfetzen ins Ried, legte sie sanft zwischen Nadelgewächs und Birken ab. Die Landeier wurden ruhig und dachten an Annette von Droste-Hülshoff, die Stadtdeppen hielten es vermutlich für Smog und dachten an die nächste Abgasuntersuchung ihrer übermotorisierten SUVs.

Ich dachte nichts, betrachtete das erhabene Naturschauspiel und deutete auf die erste Hufeisennase, die flatterhaft ihre Runden drehte, um sich an den Insekten, die durch erste Lichtquellen angezogen wurden, zu laben.

»Schaut mal, eine Rhinolophus ferrumequinum oder vielleicht sogar eine Rhinolophus hipposideros, wenn es die hier überhaupt noch gibt.«

»Seit sie dich aus der Schule rausgeschmissen haben, musst du wohl jedem zeigen, dass du ein intellektueller Rocker bist. Wem musst du etwas beweisen? Wahrscheinlich nur dir selbst! Sag doch einfach Fledermaus, und jeder hier versteht dich.«

Flaschen-Gordon, der sein Bier immer nur aus der Flasche genoss, schaute mich mit leicht trübem Auge genervt, vorwurfsvoll an.

»Nicht nur du bist mit dem Großen Latinum ausgestattet, nicht nur du …«

Deo, der nach dem feuerinfernalischen Einstieg in den Tag des Herrn Pluspunkte bei der Gang sammeln musste, nickte Flaschen-Gordon unterwürfig zu.

»Ja, da hast du ganz recht, da Dani will nur aufzeiga, wie gebildet, ähh eingebildet er ist. Er könnte ja auch saga, kuck, da fliegt da *Batman.*«

Deo erhob sich, streckte die Arme weit auseinander, hob dann die Rechte zur Faust, schaute schwankend in den Nachthimmel und gab ein Zischgeräusch von sich, ließ sich krachend zurück auf die Bank plumpsen und schaute laut lachend, Zustimmung fordernd, in die Runde. Stille. Sein *Batman*-Scherz verflüchtigte sich in der Weite des vor dem *Goldenen Ochsen* liegenden Rieds.

»Deo, deinen Bonus für heute hast du schon längst verspielt!«

Ich fuhr mir durch meinen Lemmy Kilmister-Bart, versuchte, die grauen Stellen zu ertasten.

Auch Gesicht, Joe, Goldi und Blacky, die Schleimer schienen meiner Ansicht zu sein und prosteten mir zu, Dinge wie »Allerdings«, »Feuerteufel von Riedhagen«, »Die schöne alte Quickly«, »Butzi dreht sich im Grab um« murmelnd. Was die Psyche unseres Pfarrers und Ex-Quicklyfahrers nicht stärkte.

Der zunehmend Depressive versuchte es mit einer neuen List.

»Willst du noch ein kleines Stückale von der *Lebawurst Royal*?«

Unter normalen Umständen wäre das ein Ansatz zur Versöhnung gewesen. Flaschen-Gordon kam mir mit dumpfer Stimme dazwischen, bevor ich reagieren konnte.

»Sag mal, bist du eigentlich noch ganz normal? Ich meine jetzt nicht deine Zündlerei vor der Kirche … und den vollen Benzintank, das Durchschnittsalter der Gottesdienstbesucher lag eh über 100, aber du kannst doch nicht Butzis Erbe … seine Hinterlassenschaft … die Erinnerung an ihn … in Flammen aufgehen lassen!«

Flaschen-Gordon knallte sein Bierfläschchen auf den Tisch, Schaum erhob sich zunächst widerwillig, dann in weißer Flut über den Tisch. Stille.

Wir wussten, dass Flaschen-Gordon den Tod Butzis nie verkraftet hatte. Dazu all der Stress, das Gymnasium in Riedlingen mit der ständigen Individualisierung von Schüler- und Elternwünschen, seine zänkische Gattin, von der er momentan getrennt lebte. In Zeitlupe nahm er einen Bierfilz und trocknete sorgfältig die kleine Bierflut.

Die kleine Flut in seinen Augen verwischte er zu einem feuchten Schleier … so wie er morgens über dem Ried lag.

Gesicht, der seinem Spitznamen wieder alle Ehren machte, dehnte sich, das weiße T-Shirt spannte sich über den Muskeln.

»Das mit dem bisschen Feuer ist okay, das darf man nicht dramatisieren, aber das, womit er das Feuer gemacht hat«, er unterbrach und schaute demonstrativ zu Deo, spannte noch einmal, leicht aggressiv nach vorne gebeugt seine Nackenmuskulatur und vollendete seinen schönen Satz, »das war voll Scheiße. Hei, überleg mal, Deo, die alte Quickly, das war dein Markenzeichen. Das wäre wie … wie … wie wenn ich keine Leuchtreklame mehr auf meiner Muckibude hätte.«

»Ja, tolles Beispiel, heißt ja mittlerweile *FINESSTUDIO*, weil ein T und ein S bei den Leuchtbuchstaben ausgefallen sind«, meldete sich Blacky.

Joe meldete sich wie ein Primaner und schnalzte sogar mit den Fingern.

»Wenn ich auch mal was sagen darf? Also da bin ich mit euch natürlich d'accord mit der Feuerteufelgeschichte, unser Deo hatte schon immer etwas Diabolisches.«

Leicht schwankend erhob sich unser Witwer Joe, deutete auf Deo: »Jawohl, deine Feuerschau war eigentlich spitze, so was bietet kein anderer katholischer Gottesdienst, vielleicht konvertieren jetzt sogar die Wilhelmsdorfer Pietisten. Mal sehen, vielleicht könntest du ja auch mal einen öffentlichen Exorzismus anbieten? Wie wäre das, Deo?«

Man merkte, dass der Frühschoppen viel zu lange gedauert hatte. Ich wollte, um meinen präsidialen Pflichten nachzukommen, verbal schlichten. Doch Deo war bereits aufgesprungen.

»Versündiga dich nicht! Die Teufel seid ihr alle, mit eura Benzinschleudara!« Der Zürnende beschrieb mit einer mächtigen Armbewegung einen Halbkreis über Freunde und die übrigen Gäste. »Meina Intention war rechtschaffa, unsere Gesellschaft muss umdenka, wir haben nur eina Welt. Und dazu gehört eba auch die Ökowende, wir müssa weg von fossila Energie. Und deshalb stehe ich hinta meinem dramatischen Beschluss, da Quickly als Symbol für die Zerstörung der Erde zu verbrenna. Wir müssa ein Zeicha setza! Und Frau Magen-Kohla weiß genauso gut wie ihr, dass die Fleischproduktion mithilft, unsara Globus zu zerstöra. Als Pfarrer ist es meina Pflicht, eine Gemeinde und euch Deppa wachzurütteln!«

Trottel, Depp, Spinner waren noch die zartesten Begriffe, die sich Deo, unser Ehrenmitglied anhören musste.

Blacky, unser neuestes Mitglied, zeichnete sich bis jetzt durch kinngestütztes, schrägköpfiges, ironisch lächelndes Staunen aus, zischte nun aber scharf dazwischen.

»Deo, wir sind mit Sicherheit auch nicht auf der Flädlesuppe daher geschwommen und wissen, dass es für unseren

Globus schon fünf nach zwölf ist. Wir alle kennen die Problematik von fossiler Energie und Massentierhaltung. Nur, wir werden dieses Problem nicht durch das Verbrennen einer Quickly lösen. Das ist naiv. Und unsere Harleys laufen noch, wenn deine giftige E-Roller-Batterie in wenigen Monaten schon zum Sondermüll gehört. Meine Harley läuft schon 50 Jahre und wird mit Sicherheit noch weitere 50 mühelos absolvieren!«

Hölzerner Tischapplaus. Ich war sehr stolz auf Blacky.

Obwohl die Sache mit Blacky schon so eine Sache war, wenn ich so zurück dachte …

RÜCKBLICK IN DEN SCHÖNEN MAIEN

Weisheit 11 – 12
Alle ohne Ausnahme wurden in gleicher Weise geplagt; denn zweifaches Leid und Seufzen brachte ihnen die Erinnerung an das Vergangene.

Freitag 30. April bis Samstag, 1. Mai, vor über zwei Monaten, Riedhagen, Festwiese

Natürlich waren die *MIKEBOSSler*, neben der Blasmusik mitgliederstärkster Verein in Riedhagen, bei der Organisation des alljährlichen Tanzes in den Maien mit dabei.

Seinerzeit, als Butzi noch lebte, war es Tradition, vor der Tanzveranstaltung den schönsten Mädchen im Dorf (meist reichte eine zittrige Krüppel-Birke) einen Maien zu stecken. Danach, auf Anraten Butzis, Gartentürchen aushängen, Toilettenpapier um die Grabsteine, Rasierschaum auf Deos Türklinke und ähnlicher Schabernack. Ja, unser Butzi war schon ein Traditionalist.

Wie immer war der schönste Teil der Tanz in den Maien. Es wurde weniger getanzt, mehr getrunken. Gerne hätte ich mit Cäci zu schmissiger Blasmusik ordentlich reingefeiert, aber sie ließ sich wieder breitschlagen und fungierte als Bedienung im feschen Dirndl. Und so blieben mir nur meine Bikerfreunde und der Alkohol.

Schon längst war 1. Mai, Riednebel vor dem Festzelt, Riednebel in meinem Kopf.

Und noch ein lecker *Walder*.

Plötzlich saß er mit uns am Tisch. Keiner wusste, woher er kam. Alles war schwarz an ihm, eine stattliche, eindrucksvolle Erscheinung. Und als er dann noch von seiner Shovelhead mit einer Leidenschaft erzählte, wie ich es selten gehört hatte, war mir klar, er ist ein Stück Zukunft der *MIKEBOSSler*, jung, gut aussehend, nicht auf das Maul gefallen und … eine Shovelhead. Ich wunderte mich in meinem Zustand kaum, warum meine Freunde mich immer wieder gegen das Schienbein traten und am Unterschreiben des Mitgliedervertrages mit Blacky hindern wollten. Auch Cäci weigerte sich aus unerfindlichen Gründen, Biernachschub zu bringen, auch das Bruderschaftstrinken mit unserem Neuzugang Blacky schien ihr zu missfallen.

SPÄTSCHOPPEN

Psalm 30, 6
Denn sein Zorn dauert nur einen Augenblick, doch seine Güte ein Leben lang. Wenn man am Abend auch weint, am Morgen herrscht wieder Jubel.

Sonntag, 18. Juli, Riedhagen, *Goldener Ochsen*, nach 20 Uhr

... Meine Erinnerungen an das legendäre Maifest und die Rekrutierung Blackys wiegten meinen Kopf sanft hin und her. Mittlerweile war Blacky unser Aushängeschild für Toleranz, Multikulti, Freedom und den ganzen anderen Scheiß. Blacky war ganz einfach super. Blacky war schwarz, stolz und eine äußerst attraktive Frau.

Nicht, dass ich an diesem legendären 1. Mai zu betrunken gewesen wäre, nein, mit an Sicherheit grenzender Wahrscheinlichkeit nicht ... es waren die bis zur Schädelhaut kurz rasierten Haare, die dunkle Stimme, die schwarze Kleidung ... ich weiß es einfach nicht! Ich hatte Blacky für einen Mann gehalten. Noch am 1. Mai gab es eine Änderung der Statuten für eine Mitgliedschaft bei den *MIKEBOSSlern*.

Und Blacky hatte noch einen großen Vorteil, der der ganzen Gruppe zugute kam. Sie war Sekretärin, und zwar Sekretärin auf dem Polizeipräsidium. Da waren wir mittlerweile nicht schlecht aufgestellt. Ein frustrierter Lateinlehrer, der sein Bier nur aus der Flasche trank, da er Angst vor den Bakterien an einem schlecht gespülten Glas hatte, ein Fitnessstudiobesitzer, der ständig dumm schaute und nicht einmal imstande war, seine Leuchtreklame zu reparieren, ein Witwer, der akribisch seinen Haushalt führte, und ein grenzdebiler Geistlicher, der sein Moped verbrannte, stellten gewiss keinen Zugewinn für unsere Gang dar, nein, mit Sicherheit nicht. Aber Goldi, unser Jurist, Schwerpunkt Verkehrsrecht, und nun eben Blacky als Sekretärin bei der Polizei in Ravensburg, von denen versprach ich mir schon einen gewissen praktischen Nutzen.

»So, wenn ich als Präsident auch mal was sagen darf … zu Punkt eins. Man hat mich nicht aus der Schule rausgeschmissen. Die Terminologie finde ich echt beschissen. Ich benenne es einfach mal so … Dissonanzen, es hat da einfach nur kleine Misstöne gegeben … Und äh, zu Punkt zwei, den Fledermäusen, wenn mein Latein besser ist als das unseres Flaschenkindes und Lateinlehrers, dann ist das nicht mein Problem. Mir wäre es recht, wenn wir nun wieder auf einer sachlichen Ebene diskutieren könnten.«

Gelächter rundum. Deo wieder mit Oberwasser.

»Dissonanza, da haben wir aba ein schönes Wort gefunda … in der *Schwäbischa Zeitung*, eine ganze Seite, eine ganze … üba die kleine Dissonanza! Eine jahralange Anhäufung von Verfehlunga und Eskalationa … nicht mehr haltbar für den Schulbetrieb … und lenk nicht mit den Fledamäusa ab!«

Deo kam richtig in Fahrt, er listete mit seinem fotografischen Gedächtnis die Kleinigkeiten auf, die letztendlich und bedauerlicherweise zu meiner Entlassung aus dem Beamtenstatus führten. Die Sache mit dem Mähdrescher, der illegale Waffenbesitz, noch ein paar andere Kinkerlitzchen, und jetzt eben : O-Ton Studiendirektor, »das, was das Fass zum Überlaufen brachte«, wirklich nichts Wildes. Eine kleine

Auseinandersetzung zwischen engagiertem Lehrkörper und echauffiertem Elternteil, das mit einer Drei seines einfältigen Sprösslings im Fach Katholische Religionslehre nicht einverstanden war. Da wurde es eben laut, ein zunächst verbales Tischtennisspiel. Ignoranter Lehrer: Arrogantes Elternteil; Kompetenzüberschreitung: Elterntrottel; Hochbegabt: Behindikindi. Das Wort »Behindikindi« löste wohl irgendetwas im Elternteil aus, es schubste mich zurück, diese Form der Körperlichkeit störte mich nicht, da war ich anderes gewohnt, wenn ich mit meinen Jungs unterwegs war. Aber der begleitende Satz zum Schubser löste nun andererseits bei mir etwas aus. Und ich brach ihm das Nasenbein.

Der wütende Erziehungsberechtigte beleidigte in einem Satz mein präsidiales Amt im Motorradklub und meine Harley Davidson, indem er sie »Hämorrhoidenschaukel mit Affenlenker« nannte. Und wie das eben so ist, wem glaubt man abschließend mehr? Natürlich dem Polizisten, nicht dem Lehrer.

»Und außerdem, wenn das alles so dramatisch gewesen wäre, hätten die mich nicht bei den Abendtechnikern wieder eingestellt«, rechtfertigte ich mich.

Wieder Gelächter.

»Die haben niemanden mehr, das hast du doch selbst gesagt, die finden doch niemanden, der abends unterrichtet, und dann noch dieses komische Fach. Und außerdem machst du das jetzt nur noch auf Angestelltenbasis und nicht als Beamter. Zu jeden Ferien bekommst du eine Kündigung und wirst erst zum Schulbeginn wieder angestellt. Und das für zwei Stunden in der Woche.«

Betroffene Stille.

»BKOM ist kein komisches Fach!«

Ich winkte ab, offensichtlich konnte man heute Abend mit denen nicht vernünftig reden.

DER LETZTE TANZ TEIL 1

Prediger 3, 1 – 4
Alles hat seine Stunde. Für jedes Geschehen unter dem Himmel gibt es eine bestimmte Zeit: eine Zeit zum Gebären und eine Zeit zum Sterben, eine Zeit zum Pflanzen und eine Zeit zum Ausreißen der Pflanzen, eine Zeit zum Töten und eine Zeit zum Heilen, eine Zeit zum Niederreißen und eine Zeit zum Bauen, eine Zeit zum Weinen und eine Zeit zum Lachen, eine Zeit für die Klage und eine Zeit für den Tanz …

Montag, 19. Juli, Ostrach, Filiale der *Traditions-Metzgerei Kohler*, frühmorgens

Monika war bei bester Laune. Durch den Hintereingang, den sie zur Durchlüftung immer eine Viertelstunde offen stehen ließ, startete sie die arbeitstägliche Inspektion ihrer Filiale. Sie ging, wie immer vor Öffnung der Filiale, durch den ehemaligen Schlachtraum mit den hellen Kacheln. Hier standen all die Maschinen und Gerätschaften, die sie so liebte. Die Geräte, die sie benötigte, um ihre eigenen Spezialitäten in kleinen, exklusiven Mengen herzustellen. Die Großproduktion für die übrigen Filialen fand in Sebis Reich statt. Aber hier war ihr Kreativlabor, ihr Experimentierraum.

Hier war sie entstanden, die *Royal*. Liebevoll fuhr sie mit ihrer Rechten über das kalte Metall des Wurstfüllers. Hier warteten auf weitere kreative Einsätze der Fleischwolf, der

Cutter, aber auch die Schleifmaschine für die vielen unterschiedlichen Messer und Beile und alle übrigen wichtigen Geräte zur Fleisch- und Wurstproduktion. Hier standen die bunten Euroboxen zu Versand, Kurztransport und Lagerung. Hier hingen die Fleischerhaken, Messer, Beile, Sägen und all die weiteren Zerleg- und Schneidapparate in allen Größen.

Sie hob die Hand, ließ die blanken Fleischerhaken aneinanderstoßen, klingen, sie spielten eine metallene Melodie. An den anderen hingen schon die Würste, Schwarz- und Blutwurst, Lyoner und Salami und dann auch die Königin, ihre *Leberwurst Royal*. Fast zärtlich nahm sie eine vom Haken, tanzte durch den gekühlten Vorratsraum, schnupperte an der kühlen lederartigen Darmpelle ihrer Erfindung. Rauch, etwas Schärfe, eine leichte Süße des Fleisches, die Kräuter, selbst durch den Darm kommunizierte Monika mit dem Darminhalt. Mit der Seele der *Royal*.

Sie hob ihr Näschen weg vom Spitzenprodukt des Betriebes und sog die Raumluft durch ihr rosa Rüsselchen ganz in sich hinein, sie liebte diesen typischen Geruch, den es ausschließlich in einer Metzgerei gab. Es weckte in ihr die Erinnerungen an ihre größten Niederlagen, die ausschließlich im Mobbing durch ihre männlichen Mitschüler bestanden, und an ihre größten Erfolge.

Die Berufsschule: *Fleisch 1,2,3*. Sie als einzige Frau. Die Jahre des Lernens. Wie sagte ihr Lehrer, den sie immer »Meister Schwein« nannten?

»Leute, ihr braucht Kompetenzen. Die Handlungskompetenz ist wichtig. Ihr seid nicht nur Fleischhauer, und trotzdem braucht ihr auch Fachkompetenz. Und ihr glaubt nicht, was man alles wissen muss, um gute Wurst zu machen. Wir dürfen aber die Humankompetenz nicht vergessen, auch als Metzger braucht man Werte. Leute, wir brauchen Kompetenzen, Kompetenzen, Kompetenzen … Sozialkompetenz,

Methodenkompetenz, kommunikative Kompetenz, Lernkompetenz.

Monika lächelte, so hatte sie ihre männlichen Mitschüler schnell überholt. Sie konnte sich mit ihrem nahezu fotografischen Gedächtnis alles mühelos merken. Die Berufsschule absolvierte sie ebenso wie die darauffolgende Meisterschule mit Bravour. Ihr Lernvermögen und ihre Kreativität machten sie zu dem, was sie nun war. Das It-Girl der Metzgerbranche.

Sie lächelte.

Meister Schwein hatte ihnen in 13 Lernfeldern den Umgang mit Fleisch beigebracht. Das erste Lernfeld »Einführen eines neuen Mitarbeiters« fand sie eher langweilig, aber schon im zweiten war ihr Interesse geweckt und der Anfangsfrust beseitigt. »Beurteilen und Zerlegen von Schwein oder Lamm«, da ging es tatsächlich ans Eingemachte. Da ging es um die Qualität des Fleisches. Das machte ihr Spaß. Hier lernte sie auch die Grundlagen der Mikrobiologie. Auch Lernfeld drei war sehr praxisorientiert, hier durfte sie erstmals Hackfleisch selbst herstellen. Hier brachte sie ihrem erstaunten Meister ein eigenes Tatar mit – er war begeistert.

»Moni, Moni, du wirst es weit bringen.«

Und im Lernfeld vier hatte sie dann ihre eigene Kreativität entdeckt, »Herstellen von küchenfertigen Erzeugnissen«. Hier ließ sie der Meister experimentieren, Gewürze und Zubereitungsarten, wie es ihr gefiel und schmeckte.

Lernfeld fünf war nicht so ihr Ding. Sie beherrschte es wie kein anderer in ihrer Klasse, aber das »Informieren über Produkte« war ihr zu langweilig, zu wenig kreativ, da ging es weg vom Umgang mit dem Fleisch. Und dann kam endlich ihr persönliches Highlight, ihre Königsdisziplin in Lernfeld sechs: »Das Rind, zerlegen und beurteilen.« Qualitätsmerkmale wie Geschlecht des Tieres und Reifegrad, Fleisch-, Fett-, Knochen- und Bindegewebsanteil wurden bestimmt, auch

Fleischfarbe und Faserstruktur mussten bewertet werden. Hoch interessant war gerade auch beim Rind die Fleischreifung.

»Moni, Moni, du wirst es weit bringen.«

Sie lächelte.

»Herstellen von Roh- und Kochpökelwaren« war auch recht spannend. Das darauf folgende Lernfeld acht »Herstellen von Kochwurst« stellte sich als das heraus, was ihre Lust auf Neues am meisten herausforderte. Hier experimentierte sie mit Herz, Leber, Niere, selbst mit Gehirn, alles, was man gemeinhin als Innereien bezeichnet. Mit den richtigen Gewürzen und Kräutern ließen sich die herrlichsten Spezialitäten zaubern. Auch ihre erste Blutwurst, die der Meister als geschmacklich gut, aber misslungen bezeichnete, weil sie zu fest geworden war, stammte aus dieser Phase der Ausbildung. Nun ging es bis zu Lernfeld zehn um die »Wurst, Brüh- und Rohwurst«.

In Lernfeld elf lachten dann Schnitzel, Kotelett, Fleischkäse, Bratwurst, Hackfleischprodukte, aber auch belegte und kunstvoll verzierte Brötchen und Kanapees auf verchromten Platten. Fingerfood und Feinkostsalate wurden hergestellt und liebevoll präsentiert. Es wurde thematisiert und praktisch durchgeführt, wie eine Warm- und Kaltlagerung funktionierte, ohne die Ware zu schädigen. Auch Qualitätssicherung war ein großes Thema. Nährwertberechnungen und langweilige Rückkalkulationen waren eher nicht ihr Ding.

»Moni, Moni, du wirst es weit bringen.«

Im Lernfeld zwölf konnte sie wieder ihren ganzen Elan und die Begeisterung für Fleisch einbringen, das »Gewinnen von Rohstoffen und das Herstellen ganzer Gerichte« war das, wofür sie nun drei Jahre gelernt hatte. Das Herstellen besonderer Fleisch- und Wurstwaren führte sie an herrliche Pasteten, Rouladen, Galantinen, Feinkostsülzen und Aspikwaren heran. Das letzte Lernfeld fand sie nervig: »Kundenberatung, Veranstaltungen planen, Verpacken von Produkten«. Das beherrschte sie mittlerweile eh schon perfekt und besser als ihre männlichen Berufsschulkollegen.

»Moni, Moni, du wirst es weit bringen.«

Ja, sie hatte es weit gebracht. Und das aus eigener Kraft. Natürlich hatte sie immer wieder ihren drallen, weiblichen Charme spielen lassen. Wie hatte Meister Schwein ihr mal zugeflüstert? »Nutze deinen Tittenbonus!« Selbst Sebi profitierte nun durch ihr kreatives Potenzial. Was hatte er am Anfang überheblich gelächelt und sie verhöhnt. »Eine eigene Wurst erfinden.

Ich erfinde keine eigene Wurst, ich kreiere eine. Kreieren, schöpfen, erschaffen.«

Und dann der Durchbruch auf der Wurstmesse in Stuttgart. Schon das Motto war ein Knaller:

WURST DARF UNS NICHT WURST SEIN!

Monika setzte sich auf den Schemel, den sie sonst nur dazu nutzte, die Würste an den Fleischerhaken aufzuhängen.

Sie zuckte kurz zusammen, als nebenan ein schepperndes Geräusch ihre Erinnerungen unterbrach. Sie wollte kurz nachschauen, was den Missklang erzeugt hatte, wollte jedoch schnell wieder zurück in die Welt der seligen Wurstretrospektive. Eine Metzgerei lebt immer, und schon ein kleiner Luftzug lässt hängende Messer, Kellen, Schüsseln erklingen. Und als kein weiteres Geräusch folgte, entlockte die Erinnerung an das Event im vergangenen November ihr einen brusttiefen, wohligen Seufzer.

JAHRMARKT DER WURSTEITELKEITEN – EIN RÜCKBLICK

Kolosser 2, 21 – 23
Berühre das nicht, iss das nicht, fass das nicht an! Das alles wird verbraucht und dadurch vernichtet. Menschliche Satzungen und Lehren sind es. Man sagt zwar, in ihnen liege Weisheit, es sei freiwillige Frömmigkeit und Unterwürfigkeit, den Leib nicht zu schonen. Doch das bringt keine Ehre ein, sondern dient nur zur Befriedigung irdischer Eitelkeit.

Samstag 7. November bis Montag 9. November vor einem Dreivierteljahr, Stuttgart, Messegelände

Zwischen der A8 und der B27 lag das riesige neue Messegelände, nachdem die Stadt beschlossen hatte, das heimelige Gelände auf dem Killesberg nicht mehr zu Messezwecken zu verwenden, da es aus den Kinderschuhen herausgewachsen war. Das Gelände einer der größten Messen Deutschlands erstreckte sich mit riesigen Hallen südlich von Stuttgart auf der Gemarkung Leinfelden-Echterdingen und war für die Messeneulinge aus Oberschwaben leicht zu erreichen. Man musste nicht durch die verkehrsinfarktende Stadt mit den lästigen und kaum CO2-reduzierenden 40er-Zonen fahren. Im Wohnmobil würden sie auf dem riesigen Parkplatz übernachten.

Schon am Vortag ging es drunter und drüber in Messehalle fünf. In diesem Jahr reservierte die *SÜFFA* als *die* Fachmesse der nationalen Fleischbranche und des Fleischerhandwerks zwei der riesigen Hallen für sich, um zu zeigen, was die Schwein, Rind, Lamm und andere Säugetiere pürierende Branche so alles drauf hatte.

Aussteller konnten hier ihre neuesten Produkte und Technologien sowie die dazugehörigen Dienstleistungen aus den Bereichen Schlachttechnik, Produktion, Logistik, Verpackung sowie Ladenverkauf, Feinkost, Fleisch- und Wurstspezialitäten, Handelswaren, Marketing, EDV und Entsorgung vorstellen. Da die Verbraucher immer kritischer wurden, Vegetarismus und veganes Leben immer trendiger, waren Informationen und Aufklärung über die Herkunft, die Qualität, aber auch die sachgemäße Verarbeitung von Nahrungsmitteln ein wichtiger Bestandteil der Messe.

Und im sogenannten *SÜFFAdorf*, das mit einem Rahmenprogramm und verschiedenen Wettbewerben das Publikum anlockte und mit einem Marktplatz der Ideen und einer Bühne für Trends und Innovationen aufwartete, hatten Monika und Sebi schon am Vortag ihr viertägiges Fleisch- und Wurstparadies aufgebaut.

Eines unter den vielen fleischlichen Highlights der Messe ist die Vergabe des *SÜFFA*–Innovationspreises, und in diesem Jahr hoffte Monika Magen-Kohler den Preis für die innovativste Leberwurst zu holen – ihre *Royal*. Einen Preis für ihr Baby, und nur für sie allein.

Der Stand wurde in schweißtreibender, aber leidenschaftlicher Arbeit hergerichtet, und Monikas Kreativtalent war mehr denn je gefragt. Die Konkurrenz schien übermächtig. Ihr kleiner Stand wurde jedoch mit Monikas Talent zum echten Hingucker. Sie studierte, arrangierte, korrigierte, platzierte und diskutierte … vor allem mit Sebi.

Sebastian Kohler, Monis Prachteber, war ausgesprochen nervös und dadurch wenig konstruktiv. Aber mit der Kühlanlage fand er bald ein Aufgabengebiet, das ihn aus der kreativ flowenden Sphäre Monikas entfernte. Sie konnte nun alles auf ihr Kind hin arrangieren und konzipieren. Natürlich hatten sie noch weitere Spezialitäten in die Landeshauptstadt transportiert. Aber im Zentrum musste die *Royal* stehen. Die ganze ideenreiche Logistik war auf sie ausgerichtet. Alle Slogans hatte Monika selbst erfunden. Auch die Entwürfe für die Grafiken auf den Plakaten stammten von ihr.

Und so war auf einem Plakat eine *Leberwurst Royal* zu sehen, die comicartig ein lachendes Gesicht präsentierte, kleine Ärmchen mit je drei Fingerchen von sich streckte, auf winzigen Beinchen zu tanzen schien. Eine Sprechblase aus dem Lachmund verkündete:

WAS SCHMECKT GENIAL?

DIE ROYAL!

Weitere Plakate verkündeten stolz:

LUST AUF FLEISCHESLUST!

AUCH EIN SCHNITZEL LIEBT SALAT!

ZWISCHEN BROCCOLI UND SALATBÜFFET PASST IMMER NOCH EIN RINDERFILET!

Besonders stolz war sie auf ihre Ausrufezeichen, den Punkt unter dem Vertikalstrich hatte sie als kleinen Schweinerüssel gestaltet.

Vor allem freute sich Monika jedoch auf den Tag der Metzgerfrauen. Wie war es im Internet angekündigt?

»Fleischerhandwerk eine Männerdomäne – diese Zeiten sind vorbei! Frauen sind aus der Branche nicht mehr wegzudenken, egal ob Meisterin, Fleischereifachverkäuferin, Mitarbeiterin oder Auszubildende.«

Deshalb lud die veranstaltende *SÜFFA* zum sogenannten »Tag der Metzgerfrauen« ein. Somit würde dieser Tag Monikas Tag werden.

Und dann war es endlich soweit, sie wurde auf die Bühne gebeten, blitzlichtumstrahlt hörte sie kaum, was der Moderator durch ein rückkoppelungspfeifendes Mikrofon reißerisch verkündete. Sie hörte nur mehrmals ihren Namen und immer wieder die Begriffe Leberwurst, Sensation, Royal, Neuerfindung der Leberwurst, und dann wieder ihren Namen. Wie sie die Prozedur der Ehrungen und Auszeichnungen überstand, daran konnte sie sich kaum mehr erinnern. Sie hatte sich kurz vor dem Event sogar noch überlegt, ihr Kleid, das sie extra für diesen Augenblick der Eitelkeit hatte anfertigen lassen, doch nicht anzuziehen. Doch Sebi drängte sie: »Was glaubst du, wie lange es gedauert hatte, diesen Stoff zu bekommen? Das Design stammt aus Japan!«

Aber eines war in diesem Moment ihres größten Triumphes sicher: Sie war mit ihrer *Royal* und ihrem Kleidchen nun das It-Girl der Wurstbranche. Sie war im Wursthimmel. Die in blütenweißem Stoff ihres eng anliegenden Kleides aufgedruckten krummen roten Würste schienen das grelle Lachen ihres gleichermaßen rot geschminkten Mundes zu imitieren.

RACHEENGEL

Daniel 13, 59
Da sagte Daniel zu ihm: Mit deiner Lüge hast auch du dein eigenes Haupt getroffen. Der Engel Gottes wartet schon mit dem Schwert in der Hand, um dich mitten entzweizuhauen. So wird er euch beide vernichten.

Montag, 19. Juli, Ostrach, Filiale der *Traditions-Metzgerei Kohler*, viel zu früh

Diese eitle fette Kuh, wer ist sie schon? Sie püriert Schweine, würzt sie und verkauft sie zu Schweinepreisen. Kommt mit ihrer albernen Krone und ihrer stinkigen Leberwurst in die Zeitung. Lächerlich!

Die Gestalt, die einen Rucksack trug, drückte sich gegen die Wand und beobachtete, wie Monika Magen-Kohler durch den Hintereingang die Metzgereifiliale in Ostrach betrat. Beim Vordereingang zur Hauptstraße hin hatte sie am Schaufenster schon ihr Statement abgegeben, ihre Abscheu ausgedrückt.

Danke, dass du die Tür auflässt. Das macht es mir leichter.

Die Gestalt, die einen roten Kapuzenpulli weit nach vorne über den Kopf gezogen hatte, folgte der Metzgerin durch das dunkle Loch der Hintertür. Sie versuchte, geräuschlos auf ihren Sneakers zu gehen. Bald wurde sie jedoch durch eine seltsame Musik unterstützt, die durch alle Räume klang. Aus ihrem Rucksack kramte sie hektisch etwas heraus. Ein

Teil des Inhalts landete auf dem grau gemusterten, steinernen Boden. Endlich hatte sie, was sie suchte, schnell über das Gesicht gezogen. Gedämpfte Töne drangen schmeichelnd in ihre Ohren.

Die wird sich wundern, ich werde ihre Wurstidylle zerstören. Das ist ja strange. Als Metzgerin hört man doch eher Metal? Slaughter? Aber das wird ihr auch nichts nützen, diese Soft-Musik. Heute werde ich sie konfrontieren. Die wird sich wundern, wenn sie mir ins Gesicht schaut. Das wird ihr Gewissen aktivieren! Sie wird sich zu Tode erschrecken!

Die Person im roten Hoodie schlich mit dem nachlässig geschlossenen Rucksack, den sie lediglich über die linke Schulter gehängt hatte, um jederzeit mit der Rechten hineingreifen zu können, hinter Monika Magen her und beobachtete durch den Türspalt, wie diese irgendein Plakat in die Fleischtheke stellte.

Gerade, als sie die Tür mit der rechten Fußspitze aufgestoßen hatte, ihre Performance starten wollte und sie in den Rucksack griff, drehte sich Monika um, erschrak und lachte.

Lachte sie aus und schrie nahezu hysterisch:

»Sebi, lass den Scheiß, zieh die Maske ab!«

Diese dumme Kuh schien immer noch nicht begriffen zu haben, was ihr bevorstand, und jammerte weiter:

»Sebi, du wilder Eber, lass das, du machst mir wirklich Angst!«

Rasend vor Wut, weil die Performance gänzlich missverstanden wurde, rief die Gestalt:

»Du wirst jetzt büßen! Du … du … Sau!«

Und dann geriet alles außer Kontrolle, nichts verlief so, wie es die Gestalt geplant hatte.

DER LETZTE TANZ TEIL 2

Sprüche 5, 5
Ihre Füße steigen zum Tod hinab, ihre Schritte gehen der Unterwelt zu.

Montag, 19. Juli, Ostrach, Filiale der *Traditions-Metzgerei Kohler*, viel zu früh und trotzdem zu spät

Sie bewegte sich mit tänzelnden Schritten zur antiquierten *Telefunken*-Stereo-Anlage mit dem herrlich weichen Sound. Lautsprecher in jedem Raum, selbst im Verkaufsraum, im *Showroom.* So war man informiert, und *SWR1* spielte immer eine großartige Mischung, von soft bis hard, von Elvis bis *ACDC.* Und jetzt:

»Strumming my pain with his fingers
Singing my life with his words
Killing me softly with his song …«

Monika schwang sich in weichen Wellen, geradeso wie die weiche Melodie zum Verkaufsraum. Das Wochenmotto, sie hatte für jede Woche ein eigenes Motto, war diesmal Aufschnitt. Es war gar nicht mehr so einfach, Aufschnitt zu verkaufen. Die Menschen waren heute nicht nur beruflich, technisch und hobbymäßig spezialisiert. Nein, sie waren auch geschmacklich spezialisiert oder, wie man auch schwäbisch sagte, sie waren hoiklig oder hoikel. Sie aßen nicht mehr alles, sondern nur noch das Ausgewählte, das Spezielle. Da war natürlich der Aufschnitt mit seinen verschiedensten Wurstmischungen fehl am Platze. Und eben zur Ehrenrettung des Aufschnittes hatte sie sich nun eine Aufschnittwoche ausgedacht, um die Vielfalt heimischer Wurstkunst aufzuzeigen. Zunächst aber das Plakat …

Was war das? Wieder ein Geräusch, ein Rascheln hinter ihr, durch die Melodie und den Gesang hindurch.

»Killing me softly with his song
Telling my whole life with his words
Killing me softly with his song …«

Das war der Wind … das himmlische Kind … Ich muss die Hintertür schließen. Zuerst noch das Plakat.

Monika hatte für die Aufschnittwoche ein eigenes Plakat kreiert und stellte es nun rasch in die Schautheke. Sie hatte ein galoppierendes Schwein gemalt und darunter geschrieben:

DO MUSS I ABER SAUA, SONSCHT KRIEG I KOIN AUFSCHNITT MEH!

Zufrieden betrachtete sie ihr mundartliches Kunstwerk, und jetzt die Frischwurst aus dem Kühlraum noch in die Auslagentheke, alles schön arrangieren, dann noch die täglichen Routinearbeiten … und wenn dann noch Schaki, ihre Angestellte, auftauchte … ja, dann konnte ein neuer Tag beginnen.

Und wieder ein Geräusch, diesmal ganz dicht und direkt hinter ihr.

Monika Magen drehte sich um. Hinter ihr grinste ein verzerrter Schweinskopf. Sie erschrak zu Tode, dann lachte sie.

»Sebi, lass den Scheiß, zieh die Maske ab!«

Immer wieder, vor allem in der ersten Phase ihres Zusammenseins, hatte sie Sebi morgens mit einer kleinen Aufmerksamkeit, aber auch mit einem Scherz überrascht. Danach gab es ab und an auch eine Kühlkammernummer.

»Sebi, du wilder Eber, lass das, du machst mir wirklich Angst!«

Aus der Maske klang es dumpf:

»Du wirst jetzt büßen! Du … du … Sau!«

Als Monika glaubte, dass nicht ihr Sebastian unter der Schweinsmaske steckte, sondern eine Person, die ihr nichts Gutes wollte, ging sie zum Gegenangriff über und schubste die Gestalt zur Tür des Verkaufsraums in den ehemaligen Schlachtraum mit den Werkzeugen. Immer wieder versuchte sie, ihrem Gegenüber die Maske herunterzuziehen, um zu sehen, mit wem sie es zu tun hatte. Jedoch vergeblich, die eher schmale Gestalt schien ihr kräftemäßig überlegen.

So hatte Monika keine andere Wahl, sie griff zu einer Bratpfanne und attackierte damit die maskierte Person. Diese schützte sich mit erhobenen Armen gegen die Angriffe mit der harten Pfanne. Mit verzerrter Stimme rief sie durch das Schweinsgesicht:

»Das wirst du büßen!«

Dann griff die Gestalt nach dem nächstbesten Werkzeug, das ihr in die Hände kam.

Was Monika Magen-Kohler, das It-Girl der Wurstbranche, im dämmrigen Morgenlicht aufblitzen sah, war das schlanke Ausbeinmesser. Sie wusste, dass es extrem gut geschliffen war.

»Killing me softly with his song …«

UND NOCH EIN RACHEENGEL

Sprüche 6, 34
Denn Eifersucht bringt den Mann in Wut, er kennt keine Schonung am Tag der Rache.

Montag, 19. Juli, Ostrach, Filiale der *Traditions-Metzgerei Kohler*, morgens

Na, Moni, du Ferkel, mal wieder früh auf den strammen Schweinshaxen, um aus totem Fleisch Gold zu machen? Außer wursten und mausen kannst du auch nichts! Und nun, nun bist du bestimmt schon Millionärin. Villa, Wohnmobil, Boot am Bodensee … Und in der Schwäbischen hast du es sogar auf eine ganze Seite gebracht … Das It-Girl der Wurstbranche kommt aus Ostrach. Und selbst kommt man kaum über die Runden.

Der dunkle Schatten verschwand fast in den Ziegelsteinen der Wand. Die beginnende Beleuchtung durch die Morgensonne malte ein hartes Gegenlicht zur Metzgerei hin. Nervös grinsend beobachtete der Schatten, wie Monika durch den Hintereingang in ihrem Geschäft verschwand und die Tür sperrangelwagenweit offen ließ, einen Holzkeil unterschob, um die Räume zu durchlüften. Zur Beruhigung ein *Fisherman's* zwischen die Lippen. Mit zittrigen Händen das gestreifte Papiertütchen zurück in die Brusttasche.

Gerade, als er all seinen Mut zusammennahm und starten wollte, um Monika frühmorgens mit frischem Atem zu überraschen, bemerkte er eine Gestalt mit großem Rucksack, die geschwind und unkenntlich durch einen roten Kapuzenpulli, dessen zwergenmützenartiges Kopfteil weit ins Gesicht gezogen war, Monika vorsichtig in leicht gebückter Haltung in die Metzgerei folgte.

Wer zum Teufel ist denn das? Was will dieser Gartenzwerg?

Der Schatten löste sich langsam von der Wand und ging zielsicher und neugierig auf das dunkle Türloch zu.

Im dämmernden Morgenlicht, unterstützt durch surrende Neonröhren im Raum, konnte man die Person gut erkennen. Staunend folgte er ihr mit angehaltenem Atem auf leisen Sohlen.

Was macht diese Figur denn jetzt? Eine Maske, wird das ein Überfall? Eigentlich wollte ich sie überraschen! Geld? Wer so viel hat, der darf auch abgeben. Aber morgens, am Montag? Da ist die Kasse noch nicht so voll.

Und dann geschah alles blitzschnell. Tumult aus dem Verkaufsraum. Geschrei. Schnelle Schritte in Richtung Ausgang. Er versteckte sich hinter der Tür. Die Gestalt mit dem roten Kapuzenpulli stürmte vorbei, ohne etwas wahrzunehmen, riss sich die Maske aus dem Gesicht und ließ sie fallen.

Oh mein Gott!

Mit allem hatte er gerechnet, aber nicht mit dem, was er sah. Er bückte sich rasch zur blutverschmierten Maske.

Die werde ich mitnehmen, die kann ich gebrauchen.

Und dann sah er nebenan Monika. Nervös ging er durch die Räume, analysierte alles, dachte nach, hatte die grausame Idee und handelte rasch. Zurück zu ihr!

Als er seine Arbeit wie in Trance verrichtet hatte, eilends noch einmal alle Räume durchschritt, hörte er von draußen ein kurzes Hupen. Er zuckte zusammen, hastete zum Hinterausgang und traute seinen Augen nicht.

Sie!

Er erkannte seine Chance.

FLEISCHLICHE FRÜHSTÜCKSGELÜSTE

2. Mose 16, 8
Weiter sagte Mose: Wenn der Herr euch am Abend Fleisch zu essen gibt und euch am Morgen mit Brot sättigt, wenn der Herr also euer Murren hört, mit dem ihr ihn bedrängt, was sind wir dann?

Montag, 19. Juli, Riedhagen, Grundstück Bönle, 7.38 Uhr

Als absoluter Frühaufsteher war es mir am Montagmorgen schon nach der Lektüre der *Schwäbischen* langweilig. Ich ließ mir auch noch einmal die ironischen Andeutungen und Vorwürfe, die zwischen den Worten meiner Freunde beim gestrigen Frühschoppen mitschwangen, durch den Kopf gehen.

Auch Cäci schien da nicht ganz meiner Meinung und wenig psychologische Hilfe zu sein. Nur Frieda zeigte immer wieder Verständnis für meine Sicht der Dinge. Gut, Frieda war vielleicht schon ein kleines bisschen tüdelig, trotzdem schmiss sie den *Goldenen Ochsen* mit Cäcis Hilfe immer noch mit Bravour. Die Gäste kamen aus nah und fern.

Aber diese Andeutungen … Natürlich war es nicht mein Wunsch gewesen, nach fast 20 Jahren aus dem Schuldienst auszuscheiden … ausgeschieden zu werden. Natürlich wäre eine Pensionsrente erstrebenswert gewesen. Natürlich hörte es sich besser an, Lehrer zu sein als Mädchen für alles. Da ich gerade erst im besten Alter angekommen war, stand mir die Welt noch offen. Und immerhin unterrichtete ich mit zwei Stunden an der Willi Burth-Schule in Bad Saulgau die Abendtechniker im Fach BKOM. Ich brauchte mir also von niemandem den Vorwurf gefallen lassen, nichts zu tun.

Natürlich gab es Gerede in einem so kleinen Ort wie Riedhagen.

Der lässt sein Weib schaffen. Der hat das Arbeiten doch gar nicht nötig, dem gehört doch halb Riedhagen. Der hat doch damals dicke geerbt. Verhungern wird der nicht. Der fährt doch sowieso lieber Motorrad, als zu schaffen.

Okay, an jedem blöden Geschwätz ist ein Stück Wahrheit dran. Aber kann ich etwas dafür, dass ich gut geerbt und mein Vater viel Grundbesitz hatte? Und kann ich etwas dafür, dass ich lieber Motorrad fahre, als in der Schule rumzuhängen?

Außerdem habe ich mich nicht selbst entlassen. Die Zeiten sind halt mal so … so sensibel. Das hätte ich ja selbst nicht geglaubt, dass man wegen solchen Kleinigkeiten aus dem Schulleben hinausgeschmissen wird, wegen Kinkerlitzchen seinen Beamtenstatus verliert. Komische Zeiten, irrationale Begründungen: »Das war die Summe der Verfehlungen über viele Jahre. Ihre Akte ist sooo dick!«

Nach einem kleinen Frühstücksbierchen sah die Welt schon besser aus. Ich zwängte mich aus meinem stoffbezogenen antiken Holzliegestuhl und winkte meiner Nachbarin und Ex-Kollegin Hilde zu, die sich gerade auf den Weg zur Schule machte.

»Hei, Dani, das wird wieder ein herrlicher Tag. Ich würde ins Ried gehen, ein bisschen Bewegung würde dir gut tun … wenn du mal reden willst, ich bin gerne bereit.«

Ich war etwas erstaunt, als Nachbar redete ich fast tagtäglich mit ihr.

»Wir reden doch ständig.«

»Ich meine über das!«

Sie deutete auf das leere Bierfläschchen neben meinem Liegestuhl.

»Du willst auch eines?«, mimte ich den Erstaunten. »Ist das nicht zu früh?«

Sie grinste mich kokett an, stieg auf ihr Lasten-E-Bike, dessen Ladefläche mit einem lächerlich kleinen Täschchen mit Materialien für den Unterricht bestückt war, und rief mir noch zu:

»Genau das meine ich. Über dein Problem reden, Cowboy.«

»Welches Problem?«

»Ich sehe dich fast nur noch im Liegestuhl, ein Bier und noch eines, dazu ein Leberkäswecken, bei Frieda noch eine Vesperplatte. Ich meine, du lebst sehr ungesund.«

Ja, die Zeiten waren schon komisch. Früher wollte sie etwas von mir, und jetzt wollte sie mit mir reden und mich missionieren.

Und dann rief auch Cäci noch vom Balkon in den Hof herunter:

»Und räum die Bierfläschchen weg, bevor meine ersten Patienten kommen!«

»Es ist nur eines, da ist der Plural nicht angebracht! Und außerdem haben deine Psychos andere Probleme als ein kleines Bierfläschchen im Hof!«

Und als dann noch Korbinian, mein Sohn, mit dem Schulranzen an mir vorbei wackelte und schelmisch meinte:

»Papa, früher hast du immer gesagt: kein Bier vor vier«, war das Maß voll.

»Steinigt mich doch, los, steinigt mich!«

Cäci tippte sich gegen die Stirn und warf Korbi noch ein Kusshändchen zu.

Ich hatte Hunger, das Frühstücksbier hatte mich richtig hungrig gemacht. Hilde hatte das wertvolle Stichwort gegeben, Leberkäswecken, LKW.

Ich rief Schaki an. Jacqueline Heberle kannte ich schon lange, eine tragische, lange zurück liegende Geschichte hatte uns zusammengeschweißt.

»Hallo, Schaki, kannst du mich ins Geschäft mitnehmen? Ich habe dermaßen Hunger auf einen Leberkäswecken, und Moni freut sich bestimmt, wenn ich mal bei euch reinschaue. Und ein Kaffee tut mir auch gut.«

15 Minuten später stand Schaki mit ihrem Nissan hupend vor dem Bönle-Anwesen, und ich hatte mich in meine Ausgehuniform geschmissen. Schwarzes Seidenhemd, schwarzes Jackett, schwarze Jeans, gelblichbraune Pythonleder-Cowboyboots.

IM SCHOCK

Hiob 30, 15
Schrecken stürzen auf mich ein, verjagt wie vom Wind ist mein Ansehen, wie eine Wolke entschwand mein Heil.

Montag, 19. Juli, Ostrach, Filiale der *Traditions-Metzgerei Kohler*, **im Hinterhof in einem Kleinwagen, morgens**

Sie zog sich die Kapuze aus dem Gesicht, saß im sicheren Auto und zitterte am ganzen Leib. War ich das wirklich? Habe ich das gerade getan? Sie atmete immer schneller, die Bronchien zogen sich krampfhaft zusammen, sie hustete, ihr wurde schwarz vor Augen. Mit ihrem Magen geschah etwas, sie würgte und würgte. Und dann übergab sie sich schlagartig, unkontrolliert. Gott sei Dank hatte sie noch nicht gefrühstückt. Mit einem Packen Papiertaschentüchern reinigte sie Lenkrad und Hose von der gelblichen schleimigen Flüssigkeit. Den roten Kapuzenpulli steckte sie in den Rucksack und warf ihn auf die Rückbank des Kleinwagens.

Es stank erbärmlich im Fahrzeug, sie ließ die Fenster herunter und wollte gerade die Fußmatte mit dem Erbrochenen ausschütteln, als ihr schlagartig einfiel: Keine Spuren, ich darf keine Spuren hinterlassen. Nachdenken, ich muss zuerst in aller Ruhe nachdenken, wenn ich jetzt überhastet aufbreche und mich jemand sieht, sich die Autonummer merkt, dann bin ich geliefert.

Viele Gedanken zuckten durch ihren Kopf. Sie ließ ihren Blick hektisch durch den Hinterhof gleiten. War das große dunkle Auto vorhin schon am Eck gestanden? Die beiden kleinen waren schon hier, da war sie sich sicher. Anwohner vermutlich, aber der große Wagen? Keine Panik!

Nervöse Hände suchten den Zündschlüssel, die Tür hatte sie vorhin nicht verriegelt, um eben schnell fliehen zu können, nach der geplanten Aktion. Er musste doch in der Hosentasche sein. Weder in der linken noch in der rechten, aber auch nicht in der Gesäßtasche war der Schlüssel zu finden. Sie musste nachdenken, sie wusste, dass er irgendwo war. Oder hatte sie ihn in der Metzgerei verloren? Sie wusste nicht, wie lange sie so im Auto saß, als es ihr wie ein heller Blitz der Erinnerung wieder einfiel. Sie hatte ihn in der kleinen Seitentasche des Rucksacks mit dem Reißverschluss untergebracht, um ihn nicht zu verlieren. Umständlich zerrte sie den Rucksack nach vorne zwischen Körper und Lenkrad und aktivierte dadurch zufällig kurz die Hupe. Starr vor Schreck vergaß sie zu atmen, presste die Luft zischend zwischen den Lippen wieder heraus. Bis zum jetzigen Zeitpunkt wusste sie nicht, dass ihre Hupe ohne Zündung funktionierte.

Ich muss hier sofort weg!

Als der Motor gestartet war, sie unkonzentriert krachend den ersten Gang einlegte, fiel es ihr ein: Die Maske, verdammt, wo ist diese Maske? Und ihr Statement am Schaufenster!

Gerade als sie aus dem Wagen springen wollte, um die Schweinemaske in der Metzgerei zu suchen, und alle Spuren, die sie verraten konnten, zu entfernen, dachte sie, eine Bewegung in der dunklen Tür gesehen zu haben. Umständlich, fast gelähmt vor Entsetzen, wendete sie den Wagen und versuchte, langsam und möglichst unauffällig aus dem Hinterhof hinauszukommen, den Ort des Schreckens zu verlassen.

Und dann gab sie richtig Gas.

DER JÄGER IM MORGEN

Jeremia 16 – 17
Siehe, ich sende viele Fischer – Spruch des Herrn –, die sollen sie fischen, und danach sende ich viele Jäger, die sollen sie erjagen auf jedem Berg und auf jedem Hügel und in den Felsenklüften. Denn meine Augen sind über allen ihren Wegen; sie können sich vor mir nicht verstecken und ihre Schuld ist vor meinen Augen nicht verborgen.

Montag, 19. Juli, über Ostrach, morgens

Er hatte sein Bestes gegeben an diesem Morgen. Sehr früh war er gestartet und hatte sich in der besten Gegend Ostrachs herum- und sein Unwesen getrieben. Nur zu dieser Zeit war an diesem Ort seine Jagd erfolgreich und einfach, einfacher als im Ried. Er hatte die flachsten Teiche aufgesucht und die besten Fische ausgewählt. Nun schwebte er über Ostrach, und es ging zurück zur fast schon flugreifen Brut. Da das Frühjahr regnerisch und kühl war, hatte sich das Graureiherpaar entschlossen, die Brutgeschäfte etwas nach hinten zu verschieben.

Nun kreiste der Hahn über Ostrach, um sofort in südlicher Richtung zu verschwinden. Hungrige Schnäbel warteten.

Hätte es ihn interessiert, wäre ihm ein kleiner roter Nissan aufgefallen, der mit dröhnender *Metal*-Musik und heruntergekurbelten Seitenscheiben von Königseggwald her unter der Bahnstrecke nach Ostrach einfuhr.

Aber es interessierte ihn genauso wenig wie die Tatsache, dass auf der L286 ein weißer Kleinwagen mit überhöhter Geschwindigkeit in nördliche Richtung aus dem Kreisverkehr hinausschoss.

Auch das Faktum, dass diesem Kleinwagen ein weiteres größeres, dunkles Fahrzeug folgte, war ihm offensichtlich egal. Sein Ziel war seine gefräßige Brut im Ried. Auch von der Schuld oder Unschuld, die all die Akteure unter ihm mit sich trugen, konnte er nichts erahnen.

KEIN LKW (LEBERKÄSWECKEN) – STATTDESSEN LKW (LEICHE KOTZEN WURST)

Hesekiel 28, 7 – 9
Sie zücken ihre Schwerter gegen all deine prächtige Weisheit, entweihen deinen strahlenden Glanz. Sie stoßen dich hinab in das Grab; wie einer durchbohrt wird und stirbt, so stirbst du im Herzen der Meere. Wirst du dann angesichts deiner Mörder noch sagen: Ich bin ein Gott? Du bist ein Mensch und kein Gott in der Hand derer, die dich durchbohren.

Montag, 19. Juli, Ostrach, Filiale der *Traditions-Metzgerei Kohler*, nach 7.45 Uhr

Schaki stellte ihren roten wenig gepflegten Nissan im Hinterhof der *Traditionsmetzgerei* ab. Die Fahrt mit ihr war sehr angenehm gewesen, ich musste nicht viel reden, wir hörten einfach nur schöne Musik. Mit seiner hohen Stimme, was sehr gut zum herrlichen Morgen passte, erfreute uns Tobias Sammet mit Geschichten vom Teufel. Er erzählte uns auch, nicht weniger poetisch, vom Ravenblack, auch wusste er eine Mär vom Piper, der never dies. Ja, so geht melodischer, kraftvoller *Power-Metal*. Kurz vor Ostrach unterbrach ich die metallgeschwängerte Stille:

»Ich freue mich richtig auf den LKW, es gibt keinen besseren als den! Und die Essiggürkchen sind immer so schön knackig.«

»Wir haben immer die aus dem Spreewald.«

»Schon der Hammer, was Moni alles geschafft hat … ich meine, was sie aus der Filiale gemacht hat, also ihr Engagement. Und der Lohn dafür ist ja auch nicht ausgeblieben. War sie nicht sogar vor einem halben Jahr in der *BILD*?«

»Ja, stimmt, aber es ist ihr auch ganz schön zu Kopf gestiegen. Sie bezeichnet sich selbst als It-Girl der Wurstszene … *It*-Girl!«

Schaki betonte das It und lachte hämisch, kramte im Rucksack, in dem sie ihre Utensilien und ein weiteres weißes T-Shirt hatte.

»Die mit ihren Wurstfingern, alles an ihr erinnert mich an eine Weißwurst. Und jetzt hat sie auch noch einen Personal Trainer. Den Jimmy, diesen Hohlkörper. Der sieht doch nur gut aus, ansonsten nichts im Kopf. Halt ein typischer Pumper. Der ist doch bei deinem Spezel mit dem Fitnessstudio angestellt?«

Ich nickte. Wir saßen immer noch in Schakis »Luxuskarosse«, sie gönnte sich noch ein Morgenzigarettchen. Die metall-lastige Musik von Edguy dröhnte weiterhin aus den Lautsprechern.

»Was meinst du mit zu Kopf gestiegen?«

»Ich finde, sie ist arrogant geworden. Sie ist als Chefin wirklich okay, aber früher hat man besser mit ihr reden können. Alles scheint jetzt mehr auf Glimmer, auf Bling-Bling ausgerichtet. Und wie sie mit diesem Vollpfosten angibt! Ich kann sowieso nicht verstehen, was die Männer an ihr finden.«

»Meinst du Sebi mit Vollpfosten?«

»Nein, nicht ihren Mann, der ist zwar auch schräg … diesen Personal Trainer, der bei Gesicht arbeitet, ich meine den Loser-Jimmy! Mit ihrem Sebi kommt sie, denke ich, ganz gut klar. Rate mal, bei was ich die ganz am Anfang mal erwischt habe ... im Kühlraum ... das glaubst du nicht! Sie hat ihm ...«

»Das möchte ich gar nicht wissen!«

»Und weißt du, was ich noch glaube? Dass dieser Jimmy mehr von ihr will, als nur ihre Pfunde schmelzen lassen. Der will mehr, aber ich weiß noch nicht, was. Mal sehen, ob ich das aus Moni noch herausbekomme.«

»Wie kommst du darauf?«

»*WhatsApp*!«

»Was hat das mit *WhatsApp* zu tun?« fragte ich erstaunt.

»Sie whatsappt ständig, da bekomme ich schon mal mit, mit wem und was.«

Ich nickte wissend und hoffte, dass der Leberkäs, nur wenige Meter entfernt, schon mit knuspriger Kruste unter seinem Solarium lag. Jetzt wurde es doch noch ein Gespräch, obwohl es schon recht interessant war, was man von Schaki über Moni erfuhr. Ja, ja, die Kollegin weiß oft mehr als der Gatte.

»Sollen wir nicht mal reingehen? Ich habe so langsam richtig Kohldampf.«

»Man trinkt eben kein Bier am frühen Morgen!«

»Danke für den Tipp, Cäci!«

Schaki schaute mich keck an und hauchte mit gespielter Verruchtheit in der Stimme:

»Oh, mit der würde ich gerne mal tauschen.«

Wir lachten beide und ahnten nicht, dass wir in Kürze nichts mehr zum Lachen haben würden.

»Ich guck schon mal, wie die Chefin drauf ist, und richte dir deinen LKW. Die Chefin mag's nicht, wenn Kundschaft hinten reinkommt! Nimm den Ladeneingang.«

»Ich hör mir noch ein bisschen Musik an.«

Schaki lachte, ihre rechte Hand vollführte eine Drehbewegung in die Luft. Sie hängte sich ihren Rucksack lässig über die Schulter.

»Dreh nur die Zündung aus und bring mir den Schlüssel mit, abschließen brauchst du nicht. Die Schüssel klaut eh niemand.«

Schaki verschwand im Dunkel der Hintertür.

Ganz in *Iron Maiden* vertieft, träumte ich von einem Leben als Rockstar

»Faster than a bullet, terrifying scream, enraged and full of anger, he is half man and half machine …«

Sie rannte auf mich zu, im Nachhinein war es wie in Zeitlupe. Ihr Gesicht war verzerrt, es lachte nicht, es weinte nicht, die Augen weit geöffnet, ein Tor bis tief in die Seele.

»He is the painkiller, this is the painkiller …«

Ich wusste, dass sie etwas gesehen hatte, was sie nicht sehen wollte, was niemand sehen wollte. Sie knallte beide Hände gegen die Scheibe, ihr Mund schrie etwas. Schakis Gesicht spiegelte ein Entsetzen wider, das jenseits des Vorstellbaren angesiedelt war.

»A savior comes from out the skies, in answer to their pleas …«

»Komm, komm schnell, die Moni … komm … mach die Scheißmusik aus, komm … die Moni …!«

Der Anblick war kaum erträglich, vor allem, weil sie immer noch leicht schaukelte, und somit die Spieße und Klingen wandernde Lichtreflexe wie eine Diskokugel an die gekachelte Wand spiegelten. Denn mittlerweile schickte die Morgensonne Lichtstreifen vom Verkaufsraum hinein in den ehemaligen Schlachtraum, und hier standen wir zur Salzsäule erstarrt. Wir beide waren Lots Frau, unfähig, uns aus der Starre des Unbegreiflichen zu lösen.

Monika hing am Edelstahlstirnradflaschenzug, an dem früher die Schweine hingen. Die Kette war ihr um den blutigen Hals gelegt. Überall in ihrem Körper steckten Messer unterschiedlichster Größe und Form, selbst Schleifstähle waren mit brutalster Gewalt in ihren Körper gerammt worden. Moni war gespickt.

Ein Plakat, das viele mit schwarzem Textmarker, wohl in hektischer Eile durchgestrichene Buchstaben enthielt, war mit einem kleinen Schälmesser auf Brusthöhe fixiert worden.

Doch das Entsetzlichste war das Gesicht. Die Augen, in tödlichem Erstaunen weit geöffnet, ein lederartiger Rüssel ragte aus dem bis zum Zerreißen geöffneten Mund.

Eine *Leberwurst Royal.*

Schaki übergab sich. Meine Knie zitterten. Ich griff zum Handy in meiner Brusttasche.

»Die Wurst, was macht die Wurst in ihrem Mund?«

Und noch einmal übergab sich Schaki, was die Gesamtsituation aber auch nicht verbesserte.

»Was bedeutet das eigentlich auf dem Plakat an ihrer Brust?«

Die Buchstaben ergaben:

I SAU KRIEG IT MEH!

»I Sau krieg it meh«, las Schaki stotternd vor.

»Was bedeutet das? Das ist ja pervers!«

Schaki rannte verwirrt und würgend zum Hinterausgang.

BLOND UND GIFTIG

Jesus Sirach 25, 19 – 23
Klein ist jede Bosheit im Vergleich zur Bosheit einer Frau; das Los des Sünders möge sie treffen. Wie ein sandiger Aufstieg für die Füße eines älteren Menschen, so ist eine geschwätzige Frau für einen stillen Mann. Fall nicht herein auf die Schönheit einer Frau und verzehr dich nicht nach einer Frau! … Ein bedrücktes Herz und ein mürrisches Gesicht und eine Wunde für das Herz ist eine böse Frau. Schlaffe Hände und weiche Knie – dies ist eine Frau, die ihren Mann nicht seligpreist.

Montag, 19. Juli, Ostrach, Filiale der ***Traditions-Metzgerei Kohler*****, Hinterhof, 8 Uhr bis 10.42 Uhr**

Bis die Profis ankamen, verbrachte ich die Zeit damit, Monika aus allen Perspektiven mit meinem Smartphone zu fotografieren, um mögliche Spuren zu sichern. Das war ich Monika schuldig, mindestens dreimal die Woche hatte sie mich mit einem leckeren LKW versorgt. Vor allem von der Leberwurst im Rachen der Getöteten, den vielen Messern in ihrem Leib und auch von dem auf ihre Brust gehefteten Plakat machte ich unzählige Foto-, aber auch Videoaufnahmen aus unterschiedlichsten Blickwinkeln. Das sah mir alles nach Übertöten aus, der Täter musste wohl in einer emotionalen Beziehung zu Monika gestanden haben. Auch die Leberwurst im Rachen, da wollte jemand erniedrigen … aber das musste ich

Cäci überlassen. Schön, wenn ich von ihrem Studium auch mal einen Nutzen hatte.

Danach unterzog ich den Verkaufsraum mit all seinen leckeren Auslagen einer gründlichen Inspektion. Jedes noch so kleine Detail in meiner Lieblingsmetzgereifiliale wurde zu einem digitalen Beweis auf meinem Handy.

Als ich die Schaufensterscheibe aufnahm, bemerkte ich auf einem der Plakate, das man von außen lesen sollte, einen grauen rechteckigen Schatten. Da war wohl vom Gehweg her etwas aufgeklebt worden. Schaki öffnete mir die Ladentür. Über einem Plakat, das einen lustig lachenden Schweinskopf in Comicmanier zeigte, um für unterschiedlichste Wurstarten zu werben, hing direkt unter dem lachenden Schweinsgesicht ein folierter DinA4-Zettel mit ausgedruckter fetter Schrift in Großbuchstaben. Die Botschaft war: WURSTESSEN IST MORD!

Bevor die Polizei auftauchte, durchsuchte ich nach dieser Entdeckung im Außenbereich noch einmal alle Räume der Metzgerei, damit mir nichts entging. Wobei ich peinlichst genau darauf achtete, keine Spuren zu verwischen, zu verändern, oder eigene zu hinterlassen, vor allem dort im alten Schlachtraum, wo das viele Blut war. Dann ging ich in den Hinterhof, damit die anrückenden Profis mich nicht beim Schnüffeln erwischten.

Schaki wartete draußen, starrte auf meine Hände und Füße.

»Was soll denn der Blödsinn? Sind das unsere Einweghandschuhe und die Plastiküberzieher, die du trägst? Was soll das?«

»Ich will doch meine Spuren nicht überall verstreuen, sonst gibt es nachher mehr von mir als vom Täter.«

Schaki hob den Zeigefinger ihrer rechten Hand gegen mich.

»Oh, meinst du, die Blonde kommt? Das kann ja heiter werden! Die wird sich freuen, wenn du ihr ins Handwerk pfuschst.«

Schaki hielt sich in gespieltem Entsetzen die Hand vor den Mund.

»Geht's dir wieder besser?«

»Ein bisschen, ich muss das erst mal verdauen.«

Schaki drückte eine Hand auf ihren Leib in Magenhöhe.

»Mir ist immer noch übel. Das Bild war einfach zu entsetzlich … die vielen Messer in ihrem Körper, das sah aus … wie … wie so ein überdimensionaler Mett-Igel.«

»Wie was?«

»Ein Mett-Igel!«

Ich nickte nachdenklich, und tatsächlich, wenn man das Bild einmal im Kopf hatte, war Monika ein überdimensionierter Mett-Igel.

Eine Gänsehaut arbeitete sich von meinem Rücken bis über die Arme zu den Handrücken.

Um die Wartezeit bis zum Eintreffen der Polizei sinnvoll zu überbrücken, widmeten sich meine Untersuchungen nun dem Hinterhof, da der oder die Täter hier und nicht durch den Kundenvordereingang hereingekommen sein konnten, da dieser und auch alle Fenster noch verschlossen waren und ich zunächst nicht davon ausging, dass der Täter einen Schlüssel hatte oder schon in der Metzgerei war. Schaki stand immer noch stauchenweiß im Gesicht an den Kotflügel ihres roten Nissans gelehnt.

»Was machst du denn jetzt schon wieder? Überlass das doch denen, die das gelernt haben!«

»Das siehst du doch, was ich mache. Ich fotografiere immer noch!«

»Warum den Hof? Hier ist doch nichts!«

»Der Täter ist vielleicht genauso wie du in den Hof hereingefahren, hat vielleicht an derselben Stelle geparkt. Und jede Spur ist wichtig.«

»Meinst du? Außerdem kann es ja auch eine Täterin sein!«

»Soll ich jetzt auch noch gendern? Täter*in?« Ich überbetonte die Gender-Pause.

»Nein, ich meine ja nur ... das muss man ja ebenfalls in Betracht ziehen. Sie hat sich nicht bei allen Frauen beliebt gemacht, seit sie fame ist.«

»Schon gut. Aber würdest du Monika, sie ist ja nicht gerade ein Leichtgewicht, so einfach an den Haken vom Flaschenzug bekommen? Man braucht dazu doch ganz schön Kraft, ich meine, richtige Muskeln, um sie an der Kette hochzuziehen.«

»Oh, hör auf, sonst muss ich noch einmal kotzen! Und außerdem braucht man mit dem Flaschenzug nicht viel Kraft. Man legt die Kette um den Hals, hängt den Haken an der Kette ein und zieht dann am herunterhängenden Kettenteil, dann schnurrt das ganz leicht hoch. Das ist ja der Sinn eines Flaschenzugs, dass man nicht viel Kraft braucht. Da kann selbst ich einen Ochsen hochziehen.«

»Okay, da hast du recht. Man hat so etwas ja auch in Werkstätten.«

Ich kniete mich auf den Boden des Hinterhofes, war etwas verlegen, dass Schaki mich belehrt hatte, und schaute, die Taschenlampenfunktion meines Handys nutzend, kurz unter Schakis Wagen, um Tätigkeit vorzutäuschen. Im Aufstehen bemerkte ich das kleine grün-weiß gestreifte Tütchen, das unter dem rechten Vorderrad des alten Nissans hervorlugte.

»Kannst du mal ein kleines Stück zurückfahren?«

»Okay. Was gibt es da?«

»Sieht aus wie eine Verpackung für *Fisherman's*.«

Schaki beobachtete fasziniert, wie ich am rechten Vorderrad ihres Nissans mit meinen einwegbehandschuhten Händen und der Zangenfunktion meines *Leatherman*-Mehrzweckmessers die Verpackung der scharfen Bonbons abzog.

»Das musst du hier aufgefangen haben, sonst wäre es durch die Zentrifugalkraft längst weg oder würde nicht mehr so gut aussehen.«

Ich hielt die kleine Verpackung vor Schakis Gesicht.

»Hast du für mich eine Plastiktüte?«

»Du wärst mal besser zur Polizei gegangen als ins Lehramt, da hättest du garantiert eine andere Karriere hingelegt als in der Schule. Geht auch ein Gefrierbeutel? Ich hol dir einen.«

Ich nickte.

Ein Hupen schreckte mich hoch. Ich hatte das Auto nicht gehört. Ein Tesla. Und schon ging das Geschimpfe los:

»Bönle, das darf doch wohl nicht wahr sein! Gibt es eigentlich keinen Tatort in Oberschwaben, an dem Sie nicht vor der Polizei da sind?«

Ich ging auf die Frage erst gar nicht ein, da ich sie unter der Rubrik »rhetorisch« in meinem Gehirn ablegte.

»Zuerst mal: Grüß Gott, Frau Krieger. Wollen Sie mich nicht Ihrem Begleiter vorstellen?«

Neben der feschen Hauptkommissarin stand ein junges Zwetschgenmännchen, dem noch nicht einmal ein richtiger Bart wuchs und das trotzdem schon verdorrt wirkte. Vielleicht lag es an den Falten im jungen Gesicht. Schmalbrüstig, schüchtern lächelnd, nickte es mir höflich zu. Es schien mich noch nicht zu kennen.

»Lassen Sie das, Bönle, das ist Herr Nedlich, PKA … äh, Polizeikommissaranwärter … äh, mein Kollege.«

»Niedlich!«

Sie funkelte mich an.

»Lassen Sie das, Sie sind in den letzten Jahren offensichtlich nicht reifer geworden!«

»Sie offensichtlich schon.«

Die Jahre waren nicht spurlos an ihr vorübergegangen, aber Respekt, sie war immer noch ein Hingucker. Die blonde Kriminalhauptkommissarin, Frau Petra Krieger.

»Lassen Sie Ihre albernen Anzüglichkeiten und Wortspiele, Bönle! Was haben Sie hier zu suchen? Wo ist die Leiche, die gemeldet wurde? Oder ist es mal wieder ein Fehlalarm aus dem Ried?«

»Entschuldigung, Fräulein Krieger, wenn ich vorausgehen …«

Es machte die Hauptkommissarin immer rasend, wenn ich sie Fräulein nannte, daher zürnte sie:

»Lassen Sie den Blödsinn, für Sie immer noch Frau Krieger!«

»Oh, haben Sie doch noch einen abbekommen? Gratulation! Heißen Sie nun Krieger-Niedlich?«

Wir waren schon am Hintereingang angekommen, und ich hörte aus ihrer Richtung so etwas wie Astloch in meine Richtung.

»Sie bleiben hier, ich finde mich zurecht! Und das, was Sie da in der Hand haben, geht an mich!«

Ich reichte ihr den Gefrierbeutel mit dem Bonbonpapier.

»Wir reden nachher, Sie halten sich zur Verfügung! Und Ihre albernen Handschuhe und Schuhüberzieher können Sie jetzt ablegen. Ich ermittle hier und sichere, was zu sichern ist. Außer, Sie wollen hinter die Wursttheke, dort gehören Sie ja eigentlich hin!«

Sie war mal wieder drauf wie ein Messer und verschwand in der Metzgerei mit ihrem Zwetschgenmännchen. Sekunden später:

»Oh, verdammt, oh, mein Gott!«

Und vermutlich zu ihrem Hering:

»Spusi … und schnell, das Band, die Kamera, Tatort absichern!«

»Also dann mal tschüss, Frau Hauptkommissarin, Sie können mich gerne ...«

»Halt, Bönle, Sie halten sich mit Ihrer Begleitung zur Verfügung. Wir brauchen noch die Aussagen von Ihnen beiden zur Auffindesituation. So schnell geht das nicht.«

Schon bald stapften Menschen in weißen Schutzanzügen mit allen möglichen Spurensuchutensilien durch Hof und Metzgerei und verrichteten in akribischem Zeitlupentempo ihre wichtige Arbeit, um herauszufinden, wer Monika Magen-Kohler ermordet hatte. Sowohl bei der Spusi-Truppe als auch beim herbeigerufenen Rechtsmediziner schienen zurzeit Alu-Koffer groß in Mode zu sein.

Der Rechtsmediziner würde nun mit großer Sorgfalt und Gewissenhaftigkeit den Körper Monikas ein zweites Mal mit seltsamen Instrumenten behandeln, aber dieses Mal zu einem guten Zweck. Er würde Todeszeitpunkt und Todesursache bestimmen und einige der Geräte aus seinem Tatortkoffer einsetzen, vielleicht ein modernes Reizstromgerät, bestimmt die Augentropfen. Er würde die Körpertemperatur notieren, die er mit einem speziellen Tatortthermometer, das die Umgebungstemperatur mitmessen konnte, aufgenommen hatte. Er nähme verschiedenste Abstrichröhrchen, würde sie beschriften, DNA-Spuren sichern. Er würde den Körper, speziell die Haut und Wunden, nach allen Auffälligkeiten untersuchen. Ein spezielles Augenmerk würde er auf alle Körperöffnungen legen, vor allem die Wurst im Rachen des Opfers würde ihn interessieren.

Dass Monika keine Suizidantin war, erkannten Hauptkommissarin und das Zwetschgenmännchen rasch, in Absprache mit dem Rechtsmediziner.

»So, Bönle, nun zu Ihnen und Ihrer … äh, Partnerin!«

»Sie ist nicht meine Partnerin. Sie ist eine Freundin und arbeitet hier in der Filiale von Moni, äh, Frau Magen-Kohler.«

»Sie nennen Sie Moni. Kannten Sie sie näher, in welcher Beziehung standen Sie zu Frau Magen-Kohler?«

»In gar keiner, nur in einer zu ihrem Leberkäs, den hole ich hier immer … und meine Fleisch- und Wurstwaren … äh Grillen und so, das habe ich alles von Moni, äh, Frau Kohler-Magen.«

Und so ging ein zähes Frage- und Antwortspiel los, das die sehr technikaffine Hauptkommissarin auf ihrem Smartphone aufzeichnete. Auch Schaki kam zu Wort, und mit vielen, vor allem an mich gerichteten Ermahnungen durfte ich noch mit Schaki vor der Spurensicherung den Tatort verlassen. Und immer wieder, wie ein bedrohliches Mantra: »Und wehe, Sie beide reden mit irgendjemandem über das, was Sie hier gesehen haben! Das Täterwissen darf nicht an die Öffentlichkeit. *Bönle*, ich reiße Ihnen den Arsch bis ins Genick auf, wenn nur ein kleines Detail an die Öffentlichkeit gerät!«

Ich fuhr Schaki nach Hause. Sie war nicht mehr fahrfähig. Im Wagen schniefte sie immer wieder in ein blau-weiß kariertes Stofftaschentuch, das ich ihr geliehen hatte.

OBSERVATION INFORMATIV

Offenbarung 2, 3
Du legst Geduld an den Tag und hast um meines Namens willen Schweres ertragen und bist nicht müde geworden.

Montag, 19. Juli, Sigmaringen, Leopoldstraße und Fahrt nach Scheer, 8.37 Uhr bis 9.42 Uhr

Er war dem Wagen bis in die Leopoldstraße gefolgt. Er nahm mit seinem Handy alles auf, was ihm relevant schien. Immer noch war sein Puls hoch. Das war wie früher beim Versteckenspielen, irgendetwas Aufregendes tat sich in seiner Magen-Darmgegend. Die Finger trommelten auf das Lenkrad. Er starrte auf den roten Kapuzenpulli. Der Kopf drehte sich plötzlich, schaute gehetzt und scannte nervös die Umgebung.

Mein Gott, ist die hübsch! Hat sie mich gesehen? Egal, sie kann von mir nichts wissen.

Er war sich nun sicher, dass er einen Volltreffer gelandet hatte und das Schicksal es endlich gut mit ihm meinte. Er hatte Zeit, er würde warten. Er brauchte nur etwas Geduld, und geduldig war er schon immer. Was hatte er schon alles erduldet?

Irgendwann musste sie zur Arbeit, einkaufen oder irgendetwas anderes tun. Der elektrisch gesteuerte Fahrersitz fuhr flüsternd in eine angenehme Ruheposition. Er suchte einen Sender mit Volksmusik, das nahm ihm die leichte Unruhe, die immer noch in seinen unteren Regionen herrschte, und brachte ein Gefühl von Stärke in seinen Kopf. Die Sonnenblende herunter. Er hatte alles im Blick.

Schon eine knappe Stunde später kam sie bleich im Gesicht aus der Tür. Sie hatte sich umgezogen, stieg in ihren Wagen, fuhr am mächtigen Hohenzollern-Schloss vorbei, entlang der Donau bis nach Scheer. Wegen einer Ampelregelung nach der Donaubrücke verlor er im engen Städtchen den Wagen aus den Augen. Rot leuchtete das Licht, das ihn zum Anhalten gezwungen hatte.

Egal, ich weiß, wo du wohnst, ich werde ein Besüchlein bei dir einplanen. Einen Überraschungsbesuch.

Er starrte auf die Ampel. Rot, rot wie die blutige Maske in seinem Handschuhfach.

ABENDUNTERRICHT BEI DEN TECHNIKERN

2 Timotheus 4, 2 – 4
Verkünde das Wort, tritt auf, ob gelegen oder ungelegen, überführe, weise zurecht, ermahne, in aller Geduld und Belehrung! Denn es wird eine Zeit kommen, in der man die gesunde Lehre nicht erträgt, sondern sich nach eigenen Begierden Lehrer sucht, um sich die Ohren zu kitzeln; und man wird von der Wahrheit das Ohr abwenden, sich dagegen Fabeleien zuwenden.

Montag, 19. Juli, Bad Saulgau, Willi-Burth-Schule, Parkplatz und Klassenraum 035, 17.20 Uhr bis 19.10 Uhr

»Nein, mit Sicherheit trinke ich jetzt kein Kofferraumbier mit Ihnen.«

»Ach, Herr Bönle, warum sind Sie denn immer so streng? Alle anderen Kollegen trinken immer eins mit.«

»Das ist doch bestimmt brühwarm!«

»Aber Herr Bönle, sind wir Techniker oder nicht … Kühlbox!«

»Okay, aber: Alle Kollegen, immer … wenn ich das schon höre! Kleiner Kompromiss: Nach den zwei Stunden, in der Pause trinke ich eines mit Ihnen. Okay? Aber nur, wenn Sie ordentlich mitarbeiten!«

Die sieben Anwesenden nickten erfreut, die Raucher zogen noch heftig an ihren Zigaretten, die Dosenbiertrinker nahmen noch einen hastigen Schluck, und ein Apfelesser ließ es noch einmal knacken.

»Bis gleich im Klassenzimmer, muss noch kopieren ... das kann dauern!«

»Kopierer schon wieder defekt?«

»Immer noch!«

Die Klasse FTMT6, deren Kürzel sich mir immer noch nicht erschloss, bestand aus acht Schülern und drei Schülerinnen, von denen vier Herren zurzeit für ein Vierteljahr auf Montage in China waren.

Sieben war eine tolle, eine magische Zahl, ich war zufrieden, es hätte schlimmer sein können. Klassenarbeiten waren bei dieser Schülerzahl immer schnell korrigiert, auch wenn noch so ein Mist geschrieben wurde.

Die Abendtechniker der Willi Burth-Schule in Bad Saulgau absolvierten in acht Semestern in einem praxisorientierten, aber auch theoretischen Unterricht mit ungefähr 15 Unterrichtsstunden ein kleines Studium – und das neben Beruf und eventuell Familie. Die Altersspanne meines Kurses lag zwischen 24 und 41 Jahren, und sie befanden sich im sechsten Semester, Berufserfahrung von knapp einem Jahr war Voraussetzung. Die erreichbaren Abschlüsse waren der mittlere Bildungsabschluss, die erstrebenswerte Fachhochschulreife oder der begehrte staatlich geprüfte Techniker. Dazu mussten sie so eigenartige Fächer wie Technische Mathematik, Informationstechnik, Technische Physik, Qualitätsmanagement, Fertigungstechnik, Konstruktion, Automatisierungstechnik, BWL und Produktionsmanagement belegen.

Vor allem gefürchtet war jedoch die Technikerarbeit. Hier mussten die geneigten Eleven zeigen, dass sie wissenschaftlich arbeiten und dokumentieren konnten, und zwar in Kooperation mit Betrieb und Schule. Zittermomente bot dann die abschließende Präsentation des Elaborierten.

Und hier war auch mein Fach Betriebliche Kommunikation, neben Berufsbezogenem Englisch, das einzige Fach, das eigentlich Sinn machte, angesiedelt. Die pädagogische und didaktische Breite des Lehrplans belegte so schöne Bereiche wie das Lernen lernen, Rhetorik und Präsentation, Psychologie, erfolgreich kommunizieren, Konfliktmanagement, Motivation und Führung. Das war spannender, als es sich anhörte.

Als ich nach vielen Störungen, die vielleicht auch meiner mangelnden Konzentration wegen der fürchterlichen Ereignisse am Morgen geschuldet waren, den Kopierer doch noch dazu motivieren konnte, wenigstens die wichtigsten Arbeitsblätter auszudrucken, starteten meine Techniker mit dem schönen Fach BKOM in den lauen Abend.

»Herr Bönle, können wir heute mal etwas anderes machen als Prüfungsthemen zu wiederholen? Es ist so warm!«

Ich verstand zwar den Kausalzusammenhang, aber da die Prüfung in BKOM schon im siebten Semester angesiedelt war, verstand ich den Unmut der Schüler nicht, die prüfungsrelevanten Themen zum wiederholten Male einzupauken.

»Was sollen wir stattdessen machen? Blöd herumhocken und auf den Handys herumhacken? Das tun Sie doch eh den ganzen Tag.«

»Wir kommen von der Arbeit!«, entrüstete sich Bea, die gerade in stakkatohaftem Parallelismus mit ihren beiden Nebensitzerinnen Barbara und der Italienerin Veronika-Margerita auf dem Handy herumtippte.

»Im Gegensatz zu Ihnen«, grinste Sergeij frech.

»Wir können diskutieren«, meldete sich Mehmed.

»Über was? Haben vielleicht die Damen ein Thema, über

das es sich lohnt zu reden? Aber nicht schon wieder über Vegetarismus. Und Handys jetzt sofort weg, die Damen!«

Die laktoseintolerante Bea nutzte jede Chance, um über Ernährung zu diskutieren, sie ernährte sich überwiegend vegetarisch. Ihre Nebensitzerin Barbara litt an Glutenunverträglichkeit und deren Nebensitzerin, die schmächtige und temperamentvolle Italienerin Veronika-Margerita, lebte vegan und war selbsternannte Tierschützerin. Da war genügend Diskussionsstoff vorhanden.

Da liebte ich doch meine drei Russenbuben Sergeij, Alexander und Viktor, sie aßen und tranken alles. Vor allem liebten sie Fleisch und Wodka. Auch Mehmed war unkompliziert, er fehlte meistens.

»Sie kennen doch die Metzgerei, da hab ich Sie schon gesehen, in Ostrach. Da haben sie heute Morgen eine Frau abgestochen! Voll krass, da ist das Blut zur Tür rausgelaufen!«

Stille im Klassenzimmer.

»Woher wissen Sie das, Viktor?«

Er hob sein Smartphone in die Höhe.

»*Facebook*! Und ich bin aus Ostrach.«

Das reichte ihm, aber auch mir als Erklärung.

Bea, die gerade an einer Plastikwasserflasche mit neongelbem Nuckel saugte, hob die linke Hand, verschluckte sich und hustete:

»Au ja, lassen Sie uns darüber reden, das ist voll krass. Und Sie haben uns doch beigebracht, dass alles Kommunikation ist. Also können wir auch darüber reden.«

Triumphierend schaute die Laktoseintolerante in die zustimmend nickende Runde. Offensichtlich hatten sie keine Lust, das geplante Wiederholungsthema aus dem Bereich Psychologie »Instanzenmodell nach Sigmund Freud« zu behandeln. Sie wollten lieber über das Grausame, das Gruselige, das Unfassbare, das Töten eines Menschen reden.

»Und wenn Sie immer in dieser Metzgerei sind, dann kennen Sie vielleicht die Ermordetet?«

»Wer sagt denn, dass das Opfer eine Frau ist?«

Drei Handys gingen über Kopfhöhe.

»Habt ihr all eure Neuigkeiten aus dem Handy?«

Die Schüler schienen die Frage nicht verstanden zu haben.

»Woher denn sonst?«

Es setzte nun eine rege Diskussion ein über Gewalt im Allgemeinen und Speziellen. Das Morden und Töten war Gegenstand der zwei Unterrichtsstunden im Fach Betriebliche Kommunikation. Vom Allgemeinen ging es dann ins Detail.

»Haben Sie die Frau gekannt?«

»Ja, ich habe da tatsächlich meine Fleisch- und Wurstwareneinkäufe getätigt.«

»Stimmt es, dass Sie da immer einen Leberkäswecken mit Essiggurke holen?«

»Äh nein, äh ja, aber nicht immer, woher wissen Sie das, Viktor? Steht das auch in Ihrem Handy?«

»Nein, ich habe Ihnen doch schon gesagt. Ich bin aus Ostrach.«

»Dann kennen Sie Frau Magen-Kohler bestimmt besser als ich, der nur gelegentlich als Kunde vorbeikommt?«

»Ha, gelegentlich! Da stehen Sie mit Ihren Bikern doch öfters an den Tischen mit Bierchen, LKW, Fleischküchle, Schnitzelweckle und so weiter, Herr Bönle.«

Die Damen meldeten sich aufgeregt und durcheinander, man konnte Satzfetzen hören wie: Nachhaltig ernähren; Tierwohl ist Ihnen wohl egal; Ungesund, das weiß doch heute jeder; Tierquälerei, et cetera, et cetera. So kannte ich meine Damen, trotzdem mochte ich sie.

»Leute, Leute, hört mal her, nicht alle durcheinandergackern, etwas disziplinierter. Es geht mir ebenfalls, und das können Sie mir glauben, um das Tierwohl, aber zunächst geht es mir auch um mein Wohl. Und wohl ist mir, wenn ich meinen LKW, meine Rindsroulade, meinen Zwiebelrostbraten und meine Leberwurst …«

»Pfui, das macht alles unsere Umwelt kaputt! CO2 und so, und für Ihre Leberwurst müssen arme Kälbchen sterben!«

»Und wenn niemand mehr Schweine isst, niemand mehr Rindfleisch kauft, niemand mehr ein Hühnchen brät, niemand mehr eine Weihnachtsgans zubereitet … dann gibt es keine Gänse mehr auf den Weiden, keine Hühner mehr in Ställen, keine Rinder mehr und keine Schweine mehr auf dieser Welt. Omas Hühnerstall leer, die Allgäuer Weiden und die Riedlandschaft ohne Rinder und Ihre Kinder werden nicht mehr wissen, wie ein Schwäbisch Hällisches Schwein ausgesehen hat. Eine Welt ohne Nutztiere. Eine leere Welt!«

Stille im Klassenzimmer.

»Warum soll's die dann nicht mehr geben? Man kann die ja so halten, ohne sie zu essen.«

Die Italienerin hatte sich gemeldet und trotzig das Kinn nach vorne geschoben.

Ich konterte:

»Klärt die Frage von Veronika-Margerita bitte im BWL-Unterricht.«

Gelächter. Veronika-Margerita schnaubte:

»Tatsache ist, dass die Tiere, die wir auffressen, bevor wir sie auffressen, leiden.«

»Erstens: Woher wissen Sie das, waren Sie schon einmal Tier? Zweitens: Nicht alle Tiere, die wir für unsere Nahrung produzieren, leiden, es gibt schon nachhaltige Fleischproduktion. Hier im Ried gibt es Rinder, die bis zur Schlachtung artgerecht gehalten werden, manche werden sogar auf der Weide geschossen, um somit …«

»Das ist Tiermord!«

»Bitte, Vorsicht mit dem Begriff Mord. Rechtlich gelten Tiere als Sache, deshalb sollten wir mit dem Begriff Mord vorsichtig sein. Die im deutschen Recht verankerten Mordmerkmale haben eine ganz lange Tradition. Und Sie können mir glauben, die Schöpfer dieser juristischen Definition von Mord haben es sich nicht leicht gemacht. Mord ist seit den 1940er-Jahren im Paragraph 211 oder so ähnlich geregelt, und zwar nach ganz bestimmten Merkmalen, sonst ist es eben kein Mord.

Und ein Merkmal ist die Verwerflichkeit: Ein Täter begeht nur dann einen Mord, wenn er aus niedrigen Beweggründen einer anderen Person das Leben nimmt. Einer Person! Nicht einem Tier, ein Tier ist, wie schon gesagt, nach deutschem Gesetz eine Sache. Im Gesetz finden sich wiederum mehrere Kriterien für die erwähnte Verwerflichkeit, nämlich Mordlust, Befriedigung des Geschlechtstriebs und Habgier und dazu noch sonstige niedrige Beweggründe wie Rachegelüste, Eifersucht, Wut und so weiter.

Und ich kann mich nicht erinnern, jemals ein Tier aus Mordlust oder wegen meines Geschlechtstriebes oder aus Habgier, geschweige denn aus Eifersucht aufgegessen zu haben. Also Vorsicht mit dem Begriff Mord.«

»Was war denn das Motiv für den Mord an der Metzgerin, oder war das dann auch kein Mord?«

»Woher soll ich das wissen? Fragen wir Viktor, der scheint ja bestens informiert, was in Ostrach so abgeht. Nun ,Viktor, was erzählen die Buschtrommeln?«

Viktor dachte kurz nach, schüttelte den Kopf:

»Ich möchte da eigentlich keine Gerüchte in die Welt setzen, aber die Metzgerin muss ja, wie soll ich das sagen … ja, die muss schon ein bisschen so eine gewesen sein. Die hat's schon so mit den Männern gehabt, sagt man. Und seit sie mit ihrer Wurst da groß rausgekommen ist, hat sie schon ganz schön viel Männerkundschaft dazu gewonnen. Aber ich möchte da nichts Falsches sagen!«

Viktor streckte abwehrend beide Hände vor die Brust.

»Sie hat ja auch so einen Pumper, für ihre Fitness, man sagt, der wäre auch ins Haus gekommen, und das hätte dem Kohler gar nicht gepasst. Aber wie gesagt, von mir haben Sie das nicht.«

Interessiert lauschte ich noch dem Disput meiner Schüler, die die abenteuerlichsten Geschichten und Motive für den schrecklichen Mord an Monika Magen-Kohler bis zum Stundenende erzählten. Da war wohl viel Tratsch, aber meist gab es auch einen wahren Kern. Zufällig, eher aus Versehen, war die Aufnahmefunktion meines Phones aktiviert.

Nun hatten wir alle unser Kofferraumbier verdient, das Freud'sche Instanzenmodell musste nächstes Mal herhalten. Auch der Kollege Needle, der sich mit seinen 71 Jahren penetrant seiner Pensionierung entzog und Jahr um Jahr weitermachte, gesellte sich noch zur kleinen Gruppe und nahm vor seinem Unterricht im beliebten Fach Konstruktion auch ein Bierchen en passant mit. So unberechenbar war eben das Schulleben, die einen müssen gehen, die anderen wollen nicht gehen.

AUSSERORDENTLICHE KRISENSITZUNG IM STENGEL

Sprüche 15, 21–22
Torheit macht dem Unverständigen Freude, der einsichtige Mann geht den geraden Weg. Wo es an Beratung fehlt, da scheitern die Pläne, wo viele Ratgeber sind, gibt es Erfolg.

Montag, 19. Juli, Bad Saulgau, Gaststätte *Bohnenstengel*, 19.30 Uhr bis Sitzungsende um 23.50 Uhr

Bei Chris hatte ich mich über die *Facebook*-Gruppe mit neun Personen angemeldet. *MIKEBOSSler* in voller Stückzahl, plus Ehrenmitglied, plus Schaki, plus Cäci, also neun Mann hoch. Er reservierte für uns den großen Tisch neben dem Küchenzugang, unter der eingefahrenen Projektionsleinwand. Ich hatte auch acht Vesperplatten, eine weniger als die Anzahl der Personen unserer Gruppe, vorbestellt, da auch Chris die darauf befindliche *Leberwurst Royal* bei Moni einkaufte und man mit der neuesten Entwicklung der Dinge nicht sicher sein konnte, wie sich nach Monis Tod der regionale Leberwurstmarkt entwickeln würde.

»Wer fehlt denn noch?«

Ich schaute in die Runde.

»Deo!«

»Hast du ihm nicht Bescheid gegeben?«

»Natürlich, ich war sogar gestern Abend nach dem ›Frühschoppen‹ persönlich bei ihm. Er war noch ganz schön verschnupft wegen der Abstimmung zu seinem Ausschluss und hält es für eine Farce.«

Ich äffte ihn kurz nach, solang er nicht hier war:

»Aba wenn ich Reua zeiga für da Vabrenna von da Quickly, dann kann ich doch Ehramitglied bleiba. Und wea von euch ohna Schuld ist, werfa da easta Schtein.«

Meine Deo-Imitation kam immer sehr gut an, auch dieses Mal, nur etwas gedämpfter. Ich wurde wieder etwas ernster:

»Und Leute, dass eines klar ist, wir schließen ihn natürlich nicht aus, aber wir verpassen ihm einen Denkzettel. In unseren Statuten steht eindeutig, dass E-Motorräder, eigentlich alles zweirädrige Elektro-Geraffel, zu ächten ist. Ich habe hier noch mal den Passus herauskopiert. Und ihr beiden habt übrigens kein Stimmrecht«, ich deutete auf Cäci und Schaki.

Ich schwenkte eine Kopie unserer Statuten, eigentlich ein eher bedeutungsloser Fetzen Papier, da im Verein eh jeder tat, was er wollte, und meine präsidiale Funktion nahezu ausschließlich auf Fassanstiche reduziert war.

»Wir lassen auch geheim abstimmen, wegen der Dramatik, und ich werde dann beim Auswerten der Ergebnisse so tun, als ob es sehr knapp würde für Deos Verbleib im Verein. Wo bleibt er denn überhaupt? Er ist doch sonst nie unpünktlich. Und nach der Abstimmung müssen wir über Monis Tod reden, ihr habt ja alle mitbekommen, was passiert ist. Vielleicht fehlt Deo auch wegen Monis Tod … Trauerbegleitung bei irgendwelchen Angehörigen oder so.«

Cäci verdrehte die Augen in meine Richtung:

»Ich finde das echt kindisch mit dem Ausschlussverfahren, vor allem heute, nach diesen Ereignissen. Ihr wisst doch alle, wie Deo sich so etwas zu Herzen nimmt. Weiß der überhaupt schon von Monis Tod? Da bin ich mir nicht sicher, montags hängt der doch oft den ganzen Tag am Computer und bereitet die kommende Woche vor.«

Zustimmungsheischend blickte meine Schöne zu ihren Geschlechtsgenossinnen Blacky und Schaki. Die nickten zögerlich.

»Also, Cäci«, hob ich an, »du bist zwar die Gattin des Präsidenten, hast aber keinerlei Stimmrecht ... nur so zur Info. Und das Leben geht weiter, so viel Kontakt zu Moni hatten wir eh nicht mehr oder nie gehabt, sie hat sich in Ostrach recht rar gemacht. Und wenn du mehr Mitspracherecht bei uns willst, dann musst du eben in den Verein eintreten.«

Zögerlich zustimmendes Nicken am Tisch:

»Eintreten! Eintreten!,« machten sich Joe und Gesicht unter rhythmischem Gläsergeklopfe bemerkbar.

Ich blickte zu Blacky, lächelte mein bestes Lächeln, dann zu Cäci:

»Wir brauchen noch mehr Frauenpower, also eintreten, dann hast du Stimmrecht! Den Führerschein hast du ja.«

Cäci tippte sich gegen die Stirn, schob sich das brünette Haar aus der Stirn.

Wir genehmigten uns ein lautes Prost, die anderen Gäste, überwiegend reiferes Publikum, sollten ruhig merken, dass wir hier waren.

Mein Handy summte auf dem Tisch.

»Oh, das ist Deo, seid mal leise!«

Ein kurzer Wortwechsel, absolute Stille am Tisch.

Ich konnte ein Grinsen nicht unterdrücken.

»Goldi, du bist mit dem Pick-up hier. Hol bitte Deo ab, sein E-Roller hat schlapp gemacht. Er steht am Bahnübergang in Hoßkirch, zwischen Hoßkirch und K-Wald am Prellbock. Pack am besten gleich seinen Roller auf die Ladefläche, sonst muss ich die Kiste morgen abholen.«

Höhnisches Murmeln am Tisch. Goldi brach sofort auf, bekam noch zwei schöne Kommentare zur Begleitung mit.

»Deine Vesperplatte kann ja sowieso warten!«

»Und dein Bier wird auch nicht warm!«

Verhaltenes Kichern rund um den Tisch. Goldi, unser blondgelockter Schönling und Jurist aus Ravensburg, bekannte sich schon seit seiner Jugend zum Vegetarismus, außerdem trank er auch keinen Alkohol – meistens.

»Und noch eins, sag ihm zunächst mal nichts von Monis Tod! Wenn er es nicht schon weiß!«

»Hast du mia auch eine Vespaplatte bestellt, Dani?«

»Zuerst mal guten Abend!«

Deo winkte allen mit seinen riesigen Pranken zu und zeigte sein weißestes Lachen. Fishing for Sympathie. Mit seiner dunklen Soutane wirkte er noch mächtiger.

»Bist du mit den Klamotten Roller gefahren?«

Deo schaute entsetzt:

»Das sind keine Klamotta! Das ist meine Dienstkleidung, und ein Pfarra ist immer im Dienst! Man nennt das Soutane. Und sie hat 33 Knöpfe, so wie das Lebensalta von Jesus Christus.«

Cäci frotzelte:

»Ist sie ein bisschen eingegangen?«

»Aba, Cäci, eine Soutane muss eng anliega.«

Er grinste, setzte sich und fragte:

»Wann kommt die Vespaplatta? Ich freu mich auf meina Henkasmahlzeit! Bevor ihr mich rausschmeißt.«

Er wieherte los, unser Deo, und rief froh gelaunt in die Runde:

»Was gibt es Schönares, als mit seina Freunde zu veschpara? Ist irgenwas, gibt es keina Vespaplatte? Ihr guckt so betröppelt!«

Offensichtlich wusste Deo noch nichts von Monikas Tod, und Goldi hatte tatsächlich seinen Mund gehalten.

Vorsichtig und rhetorisch geschickt bereitete ich Deo auf die schlimme Nachricht vor:

»Deo, du solltest andere Sorgen haben als deine Vesperplatte. Es geht immerhin heute auch um deine Ehrenmitgliedschaft und außerdem um eine ganz schlimme Nachricht.«

Zum zentralen Thema wurde nun Monis Tod, die infrage gestellte Ehrenmitgliedschaft Deos wurde nicht mehr diskutiert, vielmehr ließ man die vielen heiteren Momente, die man mit der getöteten Metzgerin hatte, Revue passieren. Aber auch kritische Zwischentöne wurden auf den Tisch gebracht, nämlich, wie sich Moni verändert hatte, und nicht nur zu ihrem Besten. Deo war auch in großer Sorge, Hauptverdächtiger im Mordfall Moni zu sein, da er beim sonntäglichen Frühschoppen unter vielen Zeugen hart von Monika wegen seiner Antiwurstphilosophie attackiert wurde.

Ich übernahm das Protokoll selbst, damit meine motorradfahrenden Analphabeten keine inhaltlichen Fehler einbauten. Auch mochte ich es nicht, wenn Rechtschreibfehler die Protokolle zierten.

Abschließend stand auf dem Bestellblöckchen, das mir freundlicherweise Chris zur Verfügung gestellt hatte, in einem sorgfältig umrahmten Kästchen ein kleines Psychogramm von Monika. Und ich hoffte, dass meine gelernte Psychologin aufmerksam zugehört hatte und meinen Aufschrieb nutzen konnte, um den Fortgang meiner Ermittlungen zu beschleunigen, indem sie daraus vielleicht etwas zu Motiv und Täter sagen konnte. Ich wusste, dass sie mich wieder schimpfen würde, mich in Dinge einzumischen, die die Profis besser machen würden als ein durchgeknallter Hobbykriminalist, dem es langweilig ist.

PROTOKOLL MIKEBOSS Montag, 19. Juli, Bad Saulgau, Bohnenstengel, 19.30 – 23.50	
Moni früher	Moni heute (seit Erfolg Leberwurst Royal)
Lustig	Arrogant
Dick	Nicht mehr ganz so dick
Altbacken gekleidet	Schick
Bescheiden	It-Girl, mediengeil, »zeigt Geld«
Angestellte	Chefin, Frau von Chef
Unsicher gg. Männer	Baggert Männer an (Verhältnis???)
Wenig Initiative	Kreativ, überpowert
Keine Probleme?	Probleme mit: Ehemann, Betrieb, Angestellten, Pfarrer, Fitnesshirsch, wer noch???
Lebendig	Tot -> Gründe: Eifersucht, Habgier, Mordlust???
	Freund*innen heute?
	Feinde heute?
Freundeskreis herausfinden!	Bedeutung Plakat
	Möglicher Täter? Täterin? Täter*innen
	Spuren *Fisherman's*-Tütchen Offene Hintertür Plakat an Leiche: I SAU KRIEG IT MEH! Plakat in Folie Schaufenster: WURSTESSEN IST MORD!

Da Cäci manchmal nervig gendrig drauf war und leider neben mir saß, hatte sie auf meinem Blöcklein in der Spalte rechts vermeintlich gendergerechte Korrekturen angebracht. Manchmal fragte ich mich, was die sogenannte Emanzipation aus manchen Frauen gemacht hat. Ich mochte sie aber trotzdem. Wer gendergerechte Sprache als Hauptproblem hat, hat ansonsten keine Probleme.

Immer wieder nervte Deo, der unbedingt darauf bestand, unter der Rubrik Probleme aufgelistet zu sein. Auch die Übrigen nervten, da sie unbedingt wissen wollten, wie es am Tatort aussah, Schaki und ich hielten uns, soweit es ging, zurück. Einzig den Spruch auf dem Plakat zitierten wir, ohne zu beschreiben, in welchem Kontext er zum Tatort stand. Lange deutelten wir hin und her was mit *I SAU KRIEG IT MEH!* gemeint sein konnte.

Die gewagten Interpretationen hatten eine inhaltliche Spannweite von: Ich rase, haste, von sauen und bekomme dafür trotzdem nicht genug an Geld oder Anerkennung, bis zu: Ich Schwein bekomme den Hals nicht voll.

Als Deo immer wieder insistierte, unter der Rubrik »Möglicher Täter« aufgeführt zu werden, wurde es mir zu bunt und ich beendete meine Tätigkeit als Protokollant und steckte den Zettel in meine Hosentasche.

In Memoriam Moni Magen-Kohler ging unter fast gebetsmühlenhaftem Abspielen heiterer Erinnerungen an die Getötete der Abend im *Stengel* zu Ende.

Der Alkohol und der dralle Geist von unserer Monika Magen schwebten über allem und geleiteten uns sicher nach Hause.

Zurück blieben leere Gläser und Vesperteller mit der Pelle der *Leberwurst Royal.*

TÊTE-À-TÊTE IM SEPAREE

Prediger 5, 18
Außerdem: Immer, wenn Gott einem Menschen Reichtum und Wohlstand geschenkt und ihn ermächtigt hat, davon zu essen und seinen Anteil fortzutragen und durch seinen Besitz Freude zu gewinnen, besteht das eigentliche Geschenk Gottes darin, …

Freitag, 23. Juli, Riedhagen, Gaststätte *Goldener Ochsen*, **18.45 Uhr bis 22.38 Uhr**

Frieda hatte es vor zwei Tagen aufgeregt angekündigt: Der Kohler kommt, der hat auf Freitagabend, 19 Uhr, reserviert, für zwei. Bei schönem Wetter in der Laube, bei Regen will er Vaters Jagdzimmer für sich. Wie üblich in der Region nannte die Altwirtin ihren verstorbenen Mann Vater.

Schon am Dienstag hatte die Hauptkommissarin gestört und mir fast dieselben Fragen gestellt wie am Montag, am Tattag, wie sich herausstellte. Mein Eindruck hatte mich nicht getäuscht, Monika musste kurz vor Schakis und meiner Ankunft in der Metzgerei getötet worden sein.

Mein Arbeitszimmer, das eigentlich keines mehr war, hatte in dieser Woche einen neuen Sinn bekommen. Es wehte darin nicht mehr der Geist einfältiger Pädagogik mit ungerechter Notengebung, sondern der Geist der scharfsinnigen Ermittlung. Mit wenigen Handgriffen raus mit Cornelsen, Schöningh, Schroedel, Reclam und Co., weg mit Stundenplan und Lehrplan. Das Lehrerarbeitszimmer wurde zum Ermittlerzimmer. Hinein mit einer weißen beschreibbaren Magnettafel, ein paar bunten abwischbaren *Staedtler*-Stiften, bunten Klebezettelchen, ein paar Apps, die mir Blacky als engagierte Polizeisekretärin empfahl und aus dem »Geschäft« mitbrachte, um meinen *Mac* sinnvoll und speziell für Ermittlungsarbeiten einsetzen zu können. Aus irgendwelchen sentimentalen Gründen stellte ich das Mikroskop aus meiner Kindheit neben den mintgrünen Computerbildschirm. Das sah sehr professionell aus.

Ansonsten funktionierte Riedhagen, wie es immer funktionierte. Es wurde fünf Tage nach dem Mord immer mehr getratscht und, was mir ganz recht war, es wurde vor allem im *Goldenen Ochsen* getratscht, da er die einzig verbliebene Gaststätte im Dorf war.

Frieda war glücklich, rein geschäftlich gesehen, der Mord stand unter überregionaler Medienbeobachtung, immer mehr Gäste kamen unter Vorgabe des Arguments, das Ried erkunden zu wollen, um vom grausigen Mord zu hören. Da erstaunlich wenig über die tatsächliche Auffindesituation an die Öffentlichkeit kam, brodelte die Gerüchteküche verständlicherweise umso mehr.

»Das mach ich nur sicherheitshalber!«

Ich war genervt, Cäci war genervt, und Frieda schüttelte den Kopf.

»Dafür will ich mein Handy nicht hergeben! Wenn du deines ins Separee legst, ist mir das zwar nicht egal, aber mein Handy verwendest du nicht, um Leute abzuhören. Du spinnst ja, das ist bestimmt strafbar. Die haben ein Recht auf Intimsphäre!«

Auch Frieda, die sonst meist auf meiner Seite stand, fand mein Vorhaben fragwürdig.

»Was willst denn da aufnehmen? Davon wird die Monika auch nicht mehr lebendig. Ich muss jetzt zu meine Spätzle. Und lass den Blödsinn mit dem Handy, sonst geht's dir noch wie in der Schul, wie in der Schul!«

Frieda humpelte hinaus, das Laufen fiel ihr immer schwerer.

»Siehst du«, triumphierte meine Gattin, »auch Frieda findet das nicht in Ordnung, den Kohler abzuhören.«

»Das ist doch nicht abhören, wenn man zufällig ein Handy irgendwo liegen lässt und zufällig die Aufnahmefunktion gedrückt ist, das ist einfach …«

»Das sind etwas zu viele Zufälle, mein Handy bekommst du nicht, und damit basta! Außerdem sitzen die heute garantiert in die Laube und nicht in diesem Gruselzimmer.«

Cäci machte eine fahrige Handbewegung in den Raum hinein und schimpfte weiter:

»Und das ist sehr wohl abhören, wenn du mein Handy mit Panzerband unter den Tisch kleben willst, an dem sie sitzen. Ist ja schon albern genug, dass ich alles so herrichten musste, dass sie nur diesen Tisch auswählen.«

Die Zürnende tippte sich gegen die Stirn, ich kannte diese Geste nur allzu gut.

Meine glänzende Idee war, nur zur Sicherheit, nur für den Fall, dass Sebastian Kohler sich mit seiner Begleitung nicht in die Laube setzte, die wir intern nur »Separee« oder auch vornehmer »Chambre séparée« nannten, ein Handy sicherheitshalber auch im Jagdzimmer zu installieren.

Leicht deprimiert schaute ich mich mit Schaudern im Jagdzimmer um, im Gruselkabinett. Unangenehme Erinnerungen kamen auf.

Cäcis Vater, passionierter Waidmann, hatte in diesem skurril geschmückten Jagdzimmer seinerzeit mit den Jägern nach erfolgreicher Jagd das Halali geblasen. Man hatte zu

Ehren des erlegten Wildes gesungen und gefeiert, aber auch der wöchentliche Stammtisch der Jäger traf sich auf diesem speziellen Friedhof der erlegten Tiere. An der Wand hingen gelbliche Schädel mit oder ohne Geweih. Auf einigen der Geweihe waren ausgestopfte heimische Vögel drapiert: Eichelhäher, Elstern, Krähen, Fasane und auch Kirschkernbeißer aus der Familie der Finkenvögel. Es ging aber auch größer, ebenfalls über den Tod hinaus präpariert, kauerten da auch Bussarde und Sperber. Früher drohte noch ein mächtiger Eberkopf, aber den hatte ich nach dem Tod unseres Mitgliedes Butzi in einem sehr emotionalen und etwas unbedachten Moment pulverisiert … mit einer Schusswaffe. Nicht ganz so martialisch wirkten die präparierten Fische aus heimischen Gewässern. Da hingen, ihrem natürlichen Element entrissen, mit Hochglanzlack überzogen, Karpfen, Hechte, Felchen, Neunaugen und Forellen. Sie machten das Gesamtarrangement nicht bekömmlicher.

Irgendwo musste noch eine Kugel, vielleicht auch mehrere in der Wand stecken, nicht alle Schüsse, die ich damals auf den verdammten Eberkopf abgab, trafen ihr Ziel.

»Denkst du auch gerade an Butzi?«

Cäci schlupfte ganz eng an mich ran. Kopf an Kopf starrten wir an die Stelle der holzgetäfelten Wand, die etwas heller war.

»Okay, du hast recht, ich lass das, die sitzen bei dem Wetter garantiert im Separee. Bin gespannt, mit wem der Kohler da aufkreuzt.«

»Gott sei Dank, das muss ich mir im Kalender rot anstreichen, dass bei dir auch mal die Ratio siegt, ich gehe jetzt in die Küche, wird wieder voll heute. Das wird ein langer Tag. Der Kohler wird bestimmt auch bald aufkreuzen, gleich ist 19 Uhr.«

»Der war noch nie pünktlich. Was meinst du, was der jetzt alles um die Ohren hat nach Monis Tod.«

Die von Sebastian Kohler reservierte Laube lag geschickt für meine Zwecke, sie war einst ein nach vorne offener Schopf für Gartengeräte und lag etwas abgesondert von der eigentlichen Gartenwirtschaft ums Eck. Hinter einem Holzspalier, das blickdicht mit Efeu überwuchert war, befand sich Friedas großer Schopf, in dem sie vor allem Holzvorräte und alte Gartenwerkzeuge gelagert hatte. Aber auch Deos Quickly stank in diesem hölzernen, garagenartigen Häuschen vor sich hin. Und hier, genau hinter der Efeuwand, hatte ich meinen Horchposten. Ein kleines Bistrotischchen, ein Hocker, ein *Walder*, das reichte aus. Und unter dem Tisch im angrenzenden Separee hing mit Panzerband befestigt mein Phone. Zufällig war die Audioaufnahmefunktion aktiviert. Und Kohler würde bald kommen, mit wem auch immer. Und ich konnte alles später analysieren, vielleicht gab es Hinweise, was mit Moni passiert war. Ich war zufrieden, irgendwie war ich schon genial.

Es knirschte im Kies, Schritte einer Person, das winzige Guckloch, das ich mir durch den Efeu geschaffen hatte, zeigte, dass es Sebastian Kohler war. Aufgeregt und immer noch überzeugt von meiner glänzenden Idee fuhr ich mir durch den Bart.

Dann durchfuhr es mich: Ooooh, verdammter Mist, wenn mich jetzt jemand anruft!

In der Euphorie meiner hervorragenden Idee hatte ich völlig vergessen, das Smartphone stumm zu schalten. Augenblicklich brach mir der Schweiß aus. So passiert es halt, wenn man zu viel um die Ohren hat, da wird man in manchen Dingen nachlässig.

Noch mehr ins Schwitzen kam ich, als es wenige Minuten später etwas zarter im Kies knirschte. Was für eine Rakete! Ich musste aufpassen, die Efeuwand nicht umzudrücken, aber was das kleine Spähloch freigab, war schon beeindruckend. Im wahrsten Sinne des Wortes eine Femme fatale. Schlank, sehr gepflegt, blonder Pagenschnitt, dezent geschminkt, graues Jackett, weiße Bluse, knielanger, enganliegender grauer Nadelstreifenrock mit seitlichem Schlitz. Der untere Abschluss: graue hochglänzende High Heels mit roter Sohle.

Kohler sprang auf. Und mir auf den Schoß sprang Mimi, die Hofkatze, die hatte mir gerade noch gefehlt. Ich wusste, wie widerborstig sie sein konnte, am besten ließ ich sie sitzen, bevor sie mich verriet. Phone und Katze, zwei Unsicherheitsfaktoren. In kleinen Bächlein lief mir der Schweiß den Rücken hinunter.

»Bleiben Sie bitte sitzen! Das ist ja idyllisch hier. Und der Blick ins Ried! Guten Tag, beziehungsweise, schönen Abend, Herr Kohler. Den Ort haben Sie hervorragend ausgewählt, wie gesagt, welch ein Blick.«

Auf den Mund gefallen war die Blonde offensichtlich nicht.

»Hallo, Frau König! Nehmen Sie doch Platz.«

»Danke und nochmals persönlich mein aufrichtiges Beileid zum Tod Ihrer Gattin. Ich durfte sie glücklicherweise auf der Messe kennenlernen … eine Tragödie, mir fehlen die Worte. Ich hoffe, Sie sind schon in der Lage, dieses Gespräch zu führen. Es ist doch alles noch so nahe.«

In dieses Begrüßungsgespräch hinein ein weiteres Knirschen, ich vernahm Schritte, wieder näherte sich jemand diesem abgelegenen Bereich der Gartenwirtschaft. Cäci, ich erkannte sie am Schritt, das leichte Schlürfen mit den hochhackigen Cowboyboots. Sie nahm die Bestellung der beiden auf. Beide wählten Weißwein, einen Hagnauer. Mimi schnurrte friedlich auf meinen Oberschenkeln, das Drecksviech!

»Wollen Sie auch etwas essen?«

Beide: »Gerne.«

»Ich bringe Ihnen die Karte. Wein kommt gleich.«

Cäci wischte anstandshalber mit einem karierten Tuch über den Tisch und ging zum Schankraum, Karte und Wein holen.

»Eine sehr attraktive Bedienung, ein bisschen ordinär gekleidet, in dem Alter geht das eben noch. Aber das bringt männliche Kundschaft, Vermarktung heißt die Zauberformel, da werden die Bauernbuben Schlange stehen, haha«, lachte Frau König zu Sebastian Kohler hin.

»Das ist keine Bedienung, das ist die Juniorchefin, die Frau Bönle. Und so jung ist die auch nicht mehr.«

Nach weiterem Small Talk und etlichen Höflichkeitsleerformeln und rein rhetorischem Blabla wurde die Blonde mit dem Pagenschnitt etwas lockerer und bot Sebastian Kohler das Du an. Das war mir mehr als recht, dass sie endlich in die Gänge kamen. Je schneller das Gespräch ging, desto geringer war die Wahrscheinlichkeit eines Anrufs auf meinem Phone. Nach wie vor war ich in verständlicher Sorge, dass mich irgendeiner meiner denkabstinenten Bikerfreunde anrufen könnte. Nicht auszudenken, wenn das seltsame Paar, das neben meinem Versteck bis jetzt nur Belanglosigkeiten und Unwahrheiten über den Look meiner Frau ausgetauscht hatten, mein Handy entdeckten. Mimi schien mittlerweile eingeschlafen.

»Wenn Sie nichts dagegen haben, können wir uns auch gerne duzen. Ich heiße Fernandine.«

»Äh, ja, gut, und ich Sebastian.«

»Oh, ein schöner und heute seltener Name, bestimmt nach dem Heiligen Sebastian benannt, der wurde der Legende nach mit Spießen durchbohrt und … Oh, Entschuldigung, das passt jetzt nicht hierher. Entschuldige bitte den Fauxpas, Sebastian.«

»Äh, was, äh, wie bitte?«

»Ach, Herr Kohler, äh, Sebastian, das ist so schrecklich mit deiner Gattin, ein entsetzliches Verbrechen. Sooo schön, dass ich sie auf der *SÜFFA* in Stuttgart noch kennenlernen durfte. Sie war sooo lebensfroh, sooo kreativ, sie sprühte nur so vor Ideen. Sie war das Highlight im *SÜFFAdorf*. Welch Verlust, für dich, für uns alle, ein persönlicher Verlust, aber auch ein großer Verlust für unsere Wurstbranche.«

Kurz legte die Blonde die Fingerspitzen ihrer Rechten auf den Handrücken Kohlers.

»Ja, stimmt.«

Cäci brachte zwei Weißweine in bauchigen Traditionsgläsern mit grünen zum Kelch hin schlankenden gerippten Stielen.

»Hier die Karte, bin gleich wieder da.«

Die Karte landete jedoch nicht auf, sondern unter dem Tisch. Cäci entschuldigte sich ob ihrer Fahrigkeit, hob die Karte umständlich vom gekiesten Boden wieder auf, wischte sie an ihrem adretten Mini-Schürzchen ab und legte sie, dieses Mal erfolgreich, auf den Tisch. Mein Blickwinkel war jedoch so eingestellt, dass ich nur das sehen konnte, was oberhalb des Tisches und zwischen den beiden geschah.

»Oh, das ist mal eine interessante Karte, heute ist in vielen Restaurants das vegetarische und vegane Angebot größer als das fleischliche. Ach, das ist ja schön: Flädlesuppe in kräftiger Rindsbrühe hausgemacht, und Leberknödelsuppe, ebenfalls hausgemacht. Wo bekommt man das heute noch? Riedsteak, was sich dahinter wohl versteckt? Kalbsleber, nur am Mittwoch, schade, dass heute Freitag ist. Und hier, die Vesperplatte, mit der *Royal*, da wird es mir ganz eng, wenn ich das lese …«

Stille am Tisch, die Fingerspitzen der Blonden kurz auf dem Handrücken des trauernden Metzgermeisters.

»Das ist ja zum Piepen, unter Vegetarisch, hast du das gesehen, hast du den Rechtschreibfehler erkannt? Bei Salat *keiner* statt kleiner, das ist ja wirklich zum Piepen!«

Das verletzte mich in meinem Versteck, ich zuckte kurz zusammen, die Speisekarte ging auf meine Kappe, da hatte ich mich in *PowerPoint* versucht, und bis jetzt hatte sich noch niemand über einen Rechtschreibfehler beschwert. Irgendwie schien Mimi meine Missstimmung gespürt zu haben, sie war aufgewacht und starrte mich aus ihren eiskalten blauen Augen gefährlich an, die Schwanzspitze zuckte.

»Also, Herr Kohler, sorry, Sebastian, da hast du mich ja in eine richtige oberschwäbische Perle entführt. Die Speisekarte ist wunderbar, hier auf dem Land schätzt man noch das Rustikale, scheint man das Fleisch noch zu lieben und wertzuschätzen. Ich werde natürlich eine Vesperplatte mit *Leberwurst Royal* bestellen. In Memoriam Monika … ach, es ist so furchtbar!«

»Ja!«

»Wobei wir beim Thema wären, Sebastian, ähm, der Leberwurst, der *Royal*. Wie soll das nun weitergehen, wenn ich fragen darf? Ich meine auch rein geschäftlich.«

»Dürfen Sie, äh, du.«

»Hier kann uns ja niemand hören.«

Der Schweiß lief nun auch aus meinem dunklen Haupthaar in den Nacken, über Stirn, Schläfe und Hals. Ich traute mich nicht, mich zu bewegen, die Scheißkatze. An das Phone wollte ich gar nicht mehr denken, ich hätte auf Cäci hören sollen. Wenn das Phone nicht klingelt, wenn die Dreckskatze mich nicht verrät, dann werde ich viel öfters auf Cäci hören, schwor ich still in mich hinein.

»Du weißt, Sebastian, die *Royal* ist reines Kapital, reines Kapital …«

Durch mein Versteck sah ich, wie die Attraktive die rechte Hand vor Sebastians Gesicht hob und Daumen und Zeigefinger aneinander rieb. Sie dann auf Sebastians Hand ablegte.

Und dort liegen ließ. Sebastian schien etwas verstört, schien sich aber an die Hand zu gewöhnen. Rasch zuckte sie zurück. Schritte im Kies. Cäci.

»Haben die Herrschaften gewählt?«

»Zweimal die Vesperplatte. Ist da auch die original *Royal* drauf?«

Cäci empört:

»Was sonst? Darf es noch mal Wein sein? Der gleiche?«

»Ja, gerne.«

»Einen?«

»Zwei.«

»Danke. Kommt sofort.«

Cäci ging zur Küche, in der mit immer noch geschickten Händen Frieda regierte, unterstützt von einer russlanddeutschen Aushilfskraft.

Am Separee-Tisch warteten Fernandine und Sebastian auf ihre Vesperplatte mit der original *Royal*, während das Ried sich in weiche Farben und pastellenen Dunst legte, um einen sommerlichen Sonnenuntergang anzukündigen.

»Und das ist die Juniorchefin, wirklich ausgesprochen attraktiv. Wie heißt sie noch mal?«

Kohler war unkonzentriert, verschüttete etwas Weißwein, stammelte:

»Wie bitte? Äh, Bönle, sie heißt Bönle. Ihr Mann ist so eine gescheiterte Existenz, musste aus dem Lehrbetrieb entfernt werden, munkelt man, war wohl nicht mehr tragbar. Hat den Bogen überspannt. Da lief so einiges. Rocker und Mädchen für alles, hähä. Eigentlich ein netter Kerl. Aber ein Chaot. Und neuerdings bietet er seine Dienste als Privatermittler an. Okay, ganz ungeschickt ist er nicht, hat früher schon in einigen Fällen der Polizei dazwischen gepfuscht und gezeigt, dass er kann, wenn er will.«

»Und seine Frau? Die wirkt ja nicht dumm.«

»Psychologin, praktiziert nebenher, aber nur Privatpatienten, das bringt mehr.«

»Ah, eine interessante Frau.«

Verdammt, das ging mir langsam auf den Wecker. Wollte diese Dame etwas von meiner Cäci? Die Blonde ist garantiert eine Leckschwester, so etwas spürt man als Mann, und sie wird bestimmt nachher noch Cäci anbaggern. Gescheiterte Existenz, ich? Und wie er »Privatermittler« gesagt hat, fast schon verächtlich. Aber irgendeinen Beruf musste man in unserem eigenartigen Staatssystem ja angeben, man konnte ja nicht »entlassener Lehrer« angeben.

In Erregung war ich mit meinem Ellbogen gegen den Bierkrug gestoßen. Dumpf prallte er auf den Kiesboden, blieb jedoch heil.

»Was war das? Da ist doch jemand! Sebastian schau mal hinter dem Efeu nach!«

Fernandine König war plötzlich sehr aufgeregt. Reaktionsschnell packte ich die verdammte Katze, die mich wegen der Störung vorwurfsvoll anstierte, und warf sie Richtung Separee.

»Ach, nur eine Katze! Dachte schon, wir werden belauscht. Man weiß ja nie, da kann man auch nicht vorsichtig genug sein.«

Mimi fauchte die beiden Gäste an und verschwand mit aufgerichtetem Schwanz. Ich konnte ein bisschen durchatmen, aber das Phone unter dem Tisch, das machte mir mittlerweile ein Magengeschwür.

»Die Vesperplatten, bitte. 'n Guten! Sonst noch ein Wunsch, alles okay?«

»Danke, alles bestens.«

Meine Frau ließ die beiden wieder allein.

»Wie alt ist denn die Juniorchefin?«

Sebastian Kohler grübelte kurz, dann nuschelte er: »Die müsste auch schon um die 40 sein, also auch nicht mehr die Jüngste.«

»Das sieht man ihr nicht an, Respekt. Sie wird viel Sport treiben?«

»Keine Ahnung, einen Guten, Fernandine, lass es dir schmecken. Genieße unser Ried und unsere Riedhagener Vesperplatte, vor allem die Leberwurst. Wer weiß, wie lange es die noch gibt«, schnupperte Sebastian sentimental.

»Aber Sebastian, du wirst doch weiterhin die *Royal* produzieren und im Programm haben! Oder kommen wir doch noch ins Geschäft? Auf der *SÜFFA* war deine Frau ja strikt gegen den Verkauf der Rezeptur.«

»Das Interesse ist nach wie vor groß an unserem Spitzen-Produkt, und ein Verkauf kam für uns nie infrage. Ich bin zuerst mal heilfroh, dass die Filiale wieder geöffnet ist, dass das mit der Spurensicherung und der Kripoarbeit so schnell ging. Auch die Tatsache, dass wir … äh, ich kaum Kundschaft verloren habe, da bin ich wirklich froh. Das hätte auch ganz anders aussehen können. Aber die Leute hier sind wunderfitzig, ich habe fast mehr Kundschaft als vorher. Und meine Kundschaft, die kennt mich, bei mir ist alles picobello. So sauber war die Filiale noch gar nie, habe auch das ganze Sortiment ausgetauscht. Das weiß halt meine Kundschaft, dass ich ein 100-Prozentiger bin. Auch die Moni war ja so, fast schon pedantisch, alles musste auch bei ihr picobello sein.«

In Erinnerung an seine Moni schüttelte der Metzgermeister langsam den Kopf und fuhr schwer seufzend fort:

»Und am kommenden Dienstag hätte Moni die Chance gehabt, die *Royal* auf einer kleinen, aber feinen Spezialitäten-Messe in Stuttgart vorzustellen, auf der *Kulinaria*. Sie hat sich intensiv darauf vorbereitet. Eigens entworfene Plakate drucken lassen, ihr Kleid, das sie auf der letztjährigen

SÜFFA getragen hatte, du erinnerst dich, das mit den Würsten, hat sie reinigen lassen …«

Mit kehliger Stimme unterbrach sich Sebastian. Schweigen am Tisch. Die Blonde bohrte weiter. Nun ging es wohl medias in res.

»Ja, die *SÜFFA*, da sah alles noch anders aus, ihr wolltet damals auf keinen Fall verkaufen. Und schlagartig hat sich die Situation verändert. Wir hätten damals sogar den Namen mit übernommen. Ich hatte das vor der Messe mit meinem Chef, Herrn Bläsle, schon alles geregelt. Du erinnerst dich bestimmt an unser Telefonat im Frühjahr. Sie wäre weiterhin als *Leberwurst Royal* auf dem Markt geblieben, aber auf einem weitaus größeren. Ihr kommt schon mit dem Beliefern des oberschwäbischen Marktes nicht nach. Und wir, wir könnten den kompletten deutschen Markt beliefern. Dazu brauchen wir aber eure, äh, deine Zustimmung, sprich Verkauf der Marke *Royal* und natürlich die Rezeptur.«

»Ja, ich weiß, und da liegt das Problem.«

»Welches Problem?«

»Das Rezept!«

Fernandine legte den Kopf schräg, ein angedeutetes fragendes Lächeln in Richtung Sebastian.

»So schwer ist das ja nicht herauszubekommen, was in einer Leberwurst alles so drin ist, das ist ja kein Geheimnis, für eine studierte Lebensmitteltechnikerin sowieso nicht«, provozierte Fernandine.

Kohler konterte mit harter Stimme: »Aber den Geschmack und die Konsistenz habt ihr mit eurer Billig-Imitation trotzdem nicht hinbekommen. Das Produkt ist gefloppt.«

Fernandine König stocherte mit dem Messer in das Scheibchen graubraune Leberwurst mit lederartigem Naturdarm, das neben anderen Köstlichkeiten hübsch mit Salatblatt, Essiggürkchen und Radieschen garniert auf ihrer Vesperplatte im Zentrum thronte, nahm mit der Messerspitze ein Stückchen und ließ es prüfend im Mund zergehen. Machte kleine Kaubewegungen, zerdrückte die breiige Masse am Gaumen, schob sie mit der Zunge vor zu den Zähnen bis zur dezent rot geschminkten Oberlippe. Eine echte Leberwurst-Sommelière.

»Wir haben ja versucht, sie nachzuahmen. Ich bin da ganz ehrlich: Es ist uns aber nicht gelungen. Da scheint mehr Leber drin zu sein als üblich. Kalb, Rind? Majoran, mehr, als normalerweise verwendet wird. Eventuell Thymian. Also alle weiteren Gewürze und die Menge, das muss man wissen. Auch die Konsistenz ist ganz besonders, sie ist cremiger und trotzdem stückig, vermutlich erst nach dem Cuttern unter die Farce gerührt. Da wurde doch ganz anders mit dem Cutter gearbeitet, mit dem Eis und mit dem Salz, da sind die Proteine schön aufgespaltet worden, das kann diesen Schmelz erklären. Und Trüffel, was ist da für ein Trüffel drin? Und das Räucherverfahren, das ist auch ganz speziell, das gibt ebenfalls Rätsel auf. Vermutlich kalt geräuchert, aber wie lange? Das Wie, Sebastian, es geht uns um das Wie! Das Verfahren und das Rezept. Jetzt, wo deine Frau tot ist, bist du doch alleine überfordert! Lass es uns *gemeinsam* machen. Gib uns Rechte, Rezeptur, Verfahren, und es ist für beide Partien eine Win-win-Situation!«

»Schon, ich wäre unter den jetzigen Umständen auch bereit, die *Royal* zu verkaufen, wenn der Preis stimmt. Aber, wie gesagt, da gibt es ein kleines Problem.«

Sanft legte sie wieder ihre Hand auf Sebastians.

So, jetzt war es raus. Da war jemand scharf auf die *Leberwurst Royal*. Interessant!

»Und, lieber Sebastian, wo soll da ein Problem sein?«

»Das Rezept.«

»Was ist mit dem Rezept?«

»Es fehlt!«

»Was heißt: Es fehlt?«, fragte Fernandine entgeistert.

»Das heißt, dass es fehlt. Es ist verschwunden!«

»Wie verschwunden? Wann? Gibt es keine Kopie?«

»Nein, es war nur ein handschriftlicher Zettel, der in ihrer Filiale in Ostrach lag. Im Bestellbüchle, ganz vorne drin. Und das lag auch immer ganz offen da. Sie meinte immer: ›Den Fresszettel hält niemand für das Rezept, hier vermutet das niemand. Jeder würde doch sofort auf dem Computer oder auf dem Handy suchen!‹ Und seit dem … äh, Mord ist er verschwunden.«

»Und es gibt wirklich keine Kopie, auf ihrem Computer oder zu Hause oder sonst irgendwo … auf dem Handy, oder hat sie es vielleicht eingescannt?«, fragte Fernandine mit verzweifeltem Unterton.

»Nein, mit Sicherheit nicht, ich habe schon alles durchsucht. Aber sie hat immer gesagt: ›Da in meinem Kopf, da drin ist die Royal entstanden und es gibt sie nur auf meinem handgeschriebenen Zettel und in meinem Kopf.‹ Und jetzt fehlt genau das, was mir meine Existenz sichern würde! Ich könnte verzweifeln! Die Moni war doch die Kreative, die Leute dachten zunächst, dass die Ideen von mir kommen, aber das hat alles die Monika gemacht. Den ganzen neuen Wind, auch die Bio-Idee, das hat alles Moni mit reingebracht. Die Leute haben sie total unterschätzt, auch ich am Anfang. Und dann ist die in ihrer Arbeit so richtig aufgegangen. Hat sogar die Texte für die Werbeplakate, die Slogans selber geschrieben. Ich bin doch über das Motto: ›Gute Wurst zu guten Preisen‹ nicht hinausgekommen … Ich muss das Rezept wieder bekommen, der Täter muss es mitgenommen haben. Wer sonst?«

»Und die Angestellte, von der du mir erzählt hast, kann die etwas wissen?«

»Die Heberle, die Jacqueline? Nein, das glaube ich nicht, aber ich werde mit ihr mal reden.«

»Oh ja, tu das. Und du hast doch vorhin erwähnt, dass dieser Bönle seine Dienste als privater Ermittler anbietet. Wie wäre es, wenn der als Hiesiger und Insider von uns den Auftrag bekommt, das Rezept zu finden. Ich sage mal ganz plakativ: 3.000 auf die Hand, weitere 5.000, wenn das Rezept auf dem Tisch liegt. Wenn der, wie du geschildert hast, gerade keine Arbeit hat und sowieso gerne herumschnüffelt, die Leute hier kennt … Das wäre doch ideal für uns. Kannst du mit ihm reden? Und wir beide können uns einigen: Findet er das Rezept, und unser Deal kommt zustande, dann übernimmt *MegaWurst* die Kosten, wenn nicht, Fifty-fifty bei den 3.000!«

»Hört sich interessant an, ich werde mit Bönle reden. Wir müssen jede Chance nutzen, das Rezept für die *Royal* zu finden. Unternehmen wir nichts, ist es verloren. Der finanzielle Schaden wäre für mich enorm, die *Royal* sollte eigentlich unsere Zukunft sein!«

Die Blonde beugte sich zu Sebastian Kohler und flüsterte:

»Oder du bekommst einen Erpresserbrief. Das ist auch im Bereich des Möglichen, dass jemand auf die Idee kommt, Geld für das Rezept zu verlangen.«

Sebastian schnitt nachdenklich ein ordentliches Stück von der *Royal*, entfernte aber zuvor sorgfältig mit Gabel und Messer den Darm und schob es sich zwischen die zarten, zitternden Lippen und stammelte:

»Die schmeckt … die schmeckt … wie meine Moni.«

ABGEBÜRSTET

Jesus Sirach 26, 26
Eine Frau, die den eigenen Mann ehrt, erscheint allen als weise, eine Frau, die ihn hochmütig verachtet, wird von allen als gottlos erkannt. Eine gute Frau – selig der Mann, denn die Zahl seiner Jahre wird sich verdoppeln!

Freitag, 23. Juli, Riedhagen, Gaststätte *Goldener Ochsen*, **Gartenwirtschaft, 23.47 Uhr**

Cäci funkelte mich an, hatte die Hände in die Hüften gestemmt. Ihre Körpersprache war eindeutig, sie würde mich jetzt ordentlich abbürsten. Eigentlich hatte ich es erwartet.

»Und jetzt hör ich von dir noch Vorwürfe! Ich rackere hier bis in die Nacht hinein, und wenn ich dich bitte, mal für eine halbe Stunde zu übernehmen, dann ist das schon zu viel für den Herrn. Ich darf mich doch wohl mal zur Kundschaft hinsetzen, wenn ich auf ein Gläschen eingeladen werde. Das kommt auch nicht jeden Tag vor. Ich lauf mir hier die Füße wund, bewahre dich vor einer Anzeige oder Schlimmerem. Weißt du, wie lange es gedauert hat, bis dein Handy geklingelt hat, nachdem ich es unterm Tisch entfernt hatte? Was glaubst du, wie nervös ich war, als ich die Speisekarte auf den Boden fallen ließ? Gott sei Dank war der Kohler voll auf die Frau König konzentriert! Außerdem war sie sehr nett, sie wollte vor allem auch wissen, was du so machst. Und der Herr Kohler hat sich sehr für deine Tätigkeit als Privatdetektiv interessiert und etwas von lukrativem Auftrag geschwafelt. Aber bei dir ist eben Hopfen und Malz verloren, bekommst Eifersuchtsanfälle, wenn ich nur ein paar Minuten …«

»Äh, zum Stichwort Hopfen, könntest du mir ein *Walder* …?«

Die Frage war zu diesem Zeitpunkt in dieser Situation wohl nicht angemessen. Cäci hub zu einem längeren Zorn-Monolog an:

»Sag mal, spinnst du? Hol dir dein Bier selbst, dann kannst du auch gleich dein Handy holen. Es hat übrigens keine zwei Minuten gedauert, bis es geklingelt hat. Dann hättest du jetzt keinen lukrativen Auftrag. Was ist das eigentlich für ein Auftrag, darf das deine Frau auch mal erfahren oder ist die nur zum Arbeiten hier? Ich arbeite in meiner Praxis, zusätzlich hier in der Gastwirtschaft und habe nebenher noch deinen Sohn zu erziehen. Und du trinkst neuerdings schon morgens Bier. Hängst im Liegestuhl oder mit deinen Kumpels ab, und wenn du deinen Hintern mal hoch bekommst, dann geht's nach Ostrach in die Metzgerei, LKW und nächstes Bierchen. Da muss sich was ändern!

Seit du aus der Schule so gut wie raus bist, hängst du nur noch rum und vergammelst! Früher hast du noch gerne gekocht. Du könntest auch deutlich mehr mit Korbi machen, ihm bei den Hausaufgaben helfen, mit ihm spielen. Aber nein, der Herr hat eine Krise, Krisen bekämpft man aber nicht mit einem Frühstücksbier. Auch nicht mit dem Bespitzeln von Gästen im *Ochsen*.

Und jetzt rede endlich mal, was soll das für ein Auftrag sein, von dem du faselst? Was können die König oder der Kohler ausgerechnet von dir wollen?«

Hoppla, Cäci war ordentlich in Fahrt, so hatte sie mich noch nie abgebürstet. Aber im Großen und Ganzen hatte sie recht. Ab jetzt würde ich mein Leben ändern, das hatte ich ja schon oft getan.

DER AUFTRAG

Sprüche 18, 9
Wer lässig ist bei seiner Arbeit, ist schon ein Bruder dessen, der zerstört.

Samstag, 24. Juli, Riedhagen, Anwesen Bönle, kurz vor 6 Uhr bis 10.38 Uhr

Da ich mein Leben schon geändert hatte und es das Wetter erlaubte, lag ich schon gegen 6 Uhr frühmorgens in meinem Liegestuhl, um die kühle, feuchte Luft, die vom Ried her wehte, zu genießen. Neben mir stand auf dem Boden ein Bierfläschchen – alkoholfrei. Es schmeckte mir nicht. Morgen früh würde ich mein Leben noch mehr ändern und einen Kaffee trinken. Während ich Hildes Lamas beobachtete, die auf der dem Ried zugeneigten Seite ihr eingezäuntes Dasein fristeten, ließ ich den gestrigen Abend noch einmal Revue passieren und war im Nachhinein sehr dankbar. Dankbar, dass Cäci die Sache mit meinem Phone geregelt hatte, ansonsten, wer weiß, vielleicht gibt es doch einen Auftrag.

Direkt nach dem Aufstehen hatte ich aus meinem Lehrerfundus einen ungebrauchten Schuljahresplaner und Kugelschreiber geholt, die nach meiner Befreiung aus dem Beamtendienst nutzlos geworden waren. Wenn tatsächlich von Kohler und dieser Frau König ein Auftrag käme, dann wäre ich schon bestens vorbereitet. Mit meinem neuen Leben sowieso. Mit Abscheu betrachtete ich das Alkoholfreie.

»Morgen, Dani, wollen wir mal wieder zusammen laufen? Auf! Das ist besser als ein Frühstücksbier! Was machst du mit dem Schuljahresplaner, so was brauchst du jetzt nicht mehr, für deine zwei Stunden Hobby-Unterricht reicht ein Gaststättenbestellblock von Frieda.«

Ich hob grüßend die Flasche und rief über die Grundstücksgrenze: »Alkoholfrei. Guten Morgen, das frühe Huhn fängt den Wurm.«

»Tief gesunken, ich meine das Alkfreie. Die Lamas kurz versorgen, dann die übliche Riedrunde«, rief es von der anderen Seite.

»Ich ändere gerade mein Leben, habe jetzt Zeit dafür.«

Nochmals hob ich die Flasche in die Höhe, den Beweis.

»Lass den Blödsinn. Dani, wir hatten die Woche über kaum Zeit zu reden. Gibt es schon Neues im Fall Moni?«

Ich wedelte mit dem Schuljahresplaner in ihre Richtung. »Versuche, alles gerade ein bisschen zu ordnen.«

»Pfuschst du wieder der Polizei ins Handwerk?«

»Nein, ich ermittle, in meinem Rahmen der Möglichkeiten eben.«

»Ja, man sieht's! Bei mir war die Hauptkommissarin übrigens auch, bin mir vorgekommen wie eine Verdächtige.«

»Bei dir? Warum?«

»Wenn ich das richtig interpretiere, dann ist die wegen einer Sache, die schon ewig zurückliegt, bei mir aufgetaucht. Du erinnerst dich, ich war doch vor vielen Jahren, bestimmt acht, neun oder zehn her, unter den Mitbegründern des Vereins *TieLie Oberschwaben*. Da bin ich dann raus, als die immer militanter wurden und in Ställe eingebrochen sind, um zu filmen.«

»Ja, ich erinnere mich.«

Ich machte sofort eine kurze Notiz in meinen Planer, »Organisation TieLie Oberschwaben?«

»Tilly, die von *Palmolive*? Huch, ich habe meine Hände in Spülmittel gebadet! Mit natürlichen Proteinen und so.«

»Trottel, *TieLie*, Tierliebe Oberschwaben!«

»Ah!«

»Ich bin mir wirklich wie eine Verdächtige vorgekommen. Sie wollte alles wissen, was mit damals zusammenhing. Dabei hab ich zu den Leuten gar keinen Kontakt mehr.«

»Gibt's den Verein noch?«

»Ich glaube schon, ist aber entweder eingeschlafen oder im Untergrund tätig. Vor drei, vier Jahren habe ich mal einen Flyer im Briefkasten gehabt, aber mehr nicht.«

»Hast du den noch?«

»Keine Ahnung. Da müsste ich mal schauen. Die Hauptkommissarin wollte den auch.«

»Wenn du ihn findest, kannst du ihn mir per *WhatsApp*-Foto schicken?«

»Klar, aber die Chance ist wirklich gering. Ich muss jetzt los.«

Im modisch sportlichen Dress startete Hilde ihre morgendliche Erstinspektion bei ihren Lieblingstieren, um dann durch eine lange Riedjoggingrunde ihre eh schon sportliche Figur zu optimieren. Sie winkte mir kurz zu, stoppte sofort wieder, drehte sich noch einmal her und tippte sich an den Kopf:

»Eines fällt mir da noch ein. Eine Kollegin, damals aus meiner Grundschulzeit, die war auch in der Gründungszeit mit dabei. Ich meine, Korbi hat die auch im Unterricht. Die Frau Scheitel, Sabine Scheitel, das war damals eine ganz Radikale. Und der Hammer war, die war damals hinter dem Kohler her.«

Hilde war wieder bis zum Zaun herangekommen.

»Wir haben uns damals lustig gemacht. Da wusste kaum jemand, wie man vegan schreibt, und die Radikalste im Verein war tatsächlich hinter einem Metzger her. Sie erklärte damals immer, das sei ein bisschen wie bei Romeo und Julia.«

Hilde warf den Kopf in den Nacken, lachte, wedelte mit einer Hand vor der Stirn und ergänzte:

»Die war schon immer sehr speziell, für die lege ich keine Hand ins Feuer.«

Ich fragte sicherheitshalber noch einmal nach:

»Die Scheitel, die Klassenlehrerin von Korbi, *diese* Scheitel wollte mal etwas von *dem* Kohler, der hier in der Region der größte Metzger ist? Und diese Scheitel lebt vegan und ist oder war bei *TieLie*?«

»Ja, so ist's, ich war ja nur kurz dabei, aber immer Realo, nichts Radikales, drum bin ich ja raus. Und das ist schon der Hammer, dass die Krieger dann bei mir auftaucht. Wie gesagt, ich bin mir vorgekommen wie bei einer Täterbefragung.«

»Hast du ihr auch von der Scheitel erzählt?«

»Nein, ist mir ja gerade erst wieder eingefallen. Das ist doch schon ewig her!«

Hilde und verdächtig, ich grinste in mich hinein. Wenn jetzt jeder, der sich vegan oder vegetarisch ernährt, oder jeder, der sich für das Tierwohl einsetzt, unter Generalverdacht steht, Monika Magen-Kohler ermordet zu haben, dann hatte die Hauptkommissarin einiges zu tun. Dann würde sie auch bei Goldi auftauchen, der im Kreise der *MIKEBOSSler*-Karnivoren der einzige Vegetarier war, es aber nie an die große Glocke hängte.

Aber immerhin ein interessanter Gedanke, die Gruppe der Tierschützer und militanten Vegetarier und Veganer in den Fokus zu nehmen. Vielleicht findet Hilde doch noch den alten Flyer dieser *TieLie-Oberschwaben*-Organisation.

Ich machte mir ein paar kurze Notizen in die Spalte Samstag 24. Juli im Sinne einer To-do-Liste und bemerkte, dass dem Samstag im Planer nur sechs Stunden gewidmet waren, dem Sonntag noch weniger. Der Planer war wirklich weniger für Ermittler, mehr für Lehrer konzipiert. Außerdem ein bisschen sperrig.

Anschließend beobachtete ich meinen Rasenmähroboter, wie er aus seiner Ladestation gekrochen kam und summend und raspelnd seine idiotische Arbeit verrichtete. Dann hatte ich eine gute Idee für mein neues Leben.

Schon eine Stunde später, so gegen 7 Uhr, lief der alte Motormäher wieder. Vergaser geputzt, Tank gereinigt, Zündkerze mit Stahlbürste geschrubbt, fünfmal den Seilzuganlasser mit Kraft aktiviert, und schon konnte ich lostuckern. Herrlich, barfuß im leicht feuchten Gras, herrlich, der Geruch nach Benzin und Öl. Jawohl, das war echte Nachhaltigkeit, das alte Gelumpe zu reaktivieren. Ein Elektromäher riecht nach nichts. Schön, dass wir weit unterhalb des Dorfes auf Friedas Grundstück nahe des Rieds wohnten. Den letzten Rand Riedhagens bildete Hildes kleines Grundstück. Beide Häuser grenzten direkt an das Naturschutzgebiet *Pfrunger-Burgweiler Ried*. Das nächste Haus war schon Friedas *Goldener Ochsen*, der am Hang schön über dem Ried lag. Aber weit genug entfernt, dass morgendliche Motorrasenmähermusik niemanden störte. Und Hilde war joggen.

Im Augenwinkel nahm ich ein Fuchteln wahr.

Motor aus! Die hatte ich vergessen: Cäci und Korbi!

»Sag mal, hast du eine Meise?«, rief meine Gattin im geblümten Schlafanzug herunter. »Korbi möchte am Samstag gerne ein bisschen ausschlafen, und ich übrigens auch! Weißt du, wie lange das gestern im *Ochsen* noch gegangen ist? Außerdem haben wir einen Mähroboter. Wo ist der?«

Ich deutete auf die Garagen, die meine motorisierten Schätze enthielten, aber auch die unterschiedlichsten Abfalltonnen beheimateten, und rief zum Balkon hinauf:

»Kaputt, im Müll!«

»Der war doch gerade mal zwei Jahre alt!«

»Das Zeugs verreckt heute immer direkt nach der Garantiezeit!«

Von nun an würde ich wieder von Hand mähen.

»Ich leg mich noch mal hin.«

»Gut, ich mähe später weiter.«

Ein neues Leben ist manchmal gar nicht so einfach, wie man denkt.

Ich hatte eine Idee, zog meine Schlamper-Cowboystiefel an und wanderte Richtung *Ochsen* hoch.

Gegen 10 Uhr war ich wieder im heimischen Garten, deckte auf dem riedblickenden Balkon den Frühstückstisch und wartete, bis meine beiden erschienen. Es war Usus, dass ich samstags und sonntags das Frühstück richtete. Korbi und ich freuten sich besonders, da es an diesen beiden Tagen schon morgens einen Aufschnitt gab. Korbi liebte vor allem Salami und die Lyoner mit den Pilzen, ich die Paprikalyoner. Butter, ein Bauernbrot, Aufschnitt, herrlich. Krönung: hauchdünn geschnittene Essiggürkchen. Cäci bevorzugte es frugaler. Eine Schüssel, ungefähr ein Liter Inhalt. Frische Him- und Heidelbeeren, Fertig-Müslimischung, Milch darüber, umrühren, fertig war die Frühstückspampe.

Aber zu meinem neuen Leben würde nun auch gehören, dies zu tolerieren.

Nach dem Frühstück ging es zur Garage, die Breakout reinigen. Das war ebenfalls festes Samstagmorgenritual. Vivid black und mit überdimensioniertem Hinterradreifen, im aggressiven Dragsterlook, ausgestattet mit *Gasser*-Felgen und breitem Lenker war sie schon ein Biest, aber auch schön. Gerade als ich den Tank auf Hochglanz polierte, kam wummernd die G-Klasse in den Hof gefahren. Kohler. Der Auftrag, so hoffte ich.

»Morgen, Herr Bönle. Schöne Maschine.«

»Schönes Auto.«

Kurzer Händedruck.

»Noch mein persönliches Beileid zum Tod von Moni, äh, Ihrer Frau. Cäci hat ja schon eine Kondolenzkarte …«

Es war immer wieder schwierig, über den Tod zu reden. Ich stotterte noch ein paar Beileidsbezeugungsformeln herunter, die Monika auch nicht lebendiger machten als die Erinnerung an sie. Kohler merkte mein Bemühen.

»Ja, Sie haben sie ja auch gekannt, sind ja Stammkunde in der Filiale. Mal sehen, wie das jetzt weitergeht. Die Frau Heberle, die Jacqueline, die macht das diese Woche ja ganz gut. Ich hab ihr noch eine Aushilfe dazu gestellt. Das hat, wie gesagt, ganz gut geklappt, nachdem die Filiale wieder freigegeben war, das ging ja schneller, als ich dachte. Zu der Frau Heberle muss ich nachher auch noch, ein paar Dinge klären. Wie das weitergeht in der Filiale, einerseits kommen Gaffer andererseits, ein Mord …«

Er redete nicht mehr weiter, schüttelte den Kopf.

»Herr Kohler, wissen Sie schon, wann Monis, äh, Monikas Beerdigung stattfindet?«

»Ja, da muss ich auch noch mit dem Pfarrer reden, mit dem Herrn Ngumbu, beim Bestatter war ich schon. Die Leiche wird vermutlich nächste Woche freigegeben, da hat es wohl einige Verzögerungen gegeben. Ich werde sie verbrennen, äh, eine Urnenbestattung. Sie hat immer gesagt, wenn es mal soweit ist, dann möchte sie eine ganz tolle Urne.«

»Ja, das verstehe ich. Wollen wir reingehen? Darf ich Sie zu einem Tässchen Kaffee einladen?«

Im Haus kam es dann tatsächlich zum Auftrag, zum Vertrag. Da ich ja aus meiner vortägigen detektivischen Arbeit den Betrag kannte, den Frau König im Namen der *Mega-Wurst* und in Absprache mit Kohler, der ja auch nicht unvermögend schien, bereit war, für meine Arbeit zu zahlen war, handelte ich letztendlich 4.000 Euro sofort und weitere 6.000 für einen erfolgreichen Abschluss heraus. Meine Aufgabe war es, das Rezept zu finden, das Rezept für die *Leberwurst Royal*. Das andere würde laut Kohler schon die Polizei übernehmen.

Bis zur Vorbereitung des Mittagessens googelte ich Ferndine König und *MegaWurst*. *MegaWurst* war der größte fleischverarbeitende Betrieb Süddeutschlands und im Allgäu angesiedelt. Frau König war wohl so etwas wie eine leitende Angestellte mit dem Status einer Chefsekretärin mit weitgehenden Befugnissen. Eindeutig war das aus dem Internet nicht zu rekonstruieren. Als Geschäftsführer war ein Doktor Melchior Bläsle eingetragen, der allerdings rechercheresistent schien. Keine weiteren Einträge waren über ihn zu finden, außer ältere Zeitungsartikel, in denen er als »Mr Mega-Metzger« tituliert wurde und bei Wohltätigkeits- und Vereinsveranstaltungen auftauchte.

Das reichte mir fürs Erste. Der angenehme Teil des Sonntags, mit Familie und so, konnte beginnen.

FETISCHKELLER

Weisheit 14, 27
Die Verehrung der namenlosen Götzenbilder ist aller Übel Anfang, Ursache und Höhepunkt.

Samstag, 24. Juli, in einem Keller in Aulendorf gegen 10 Uhr

Fast eine Woche war vergangen. Noch zweimal hatte er ihr aufgelauert, sie beobachtet, und immer fuhr sie zu leicht unterschiedlichen Zeiten nach Scheer. Dort arbeitete sie offensichtlich.

Grübelnd ging er im fensterlosen Kellerzimmer umher, streichelte da ein Figürchen, nahm dort eines in die Hand, um es zu studieren, als ob er es zum ersten Mal sähe.

Er kannte den Raum, solang er zurückdenken konnte. Hier musste er büßen, wenn er nicht leer gegessen oder sonst etwas angestellt hatte, was dem Vater nicht passte. Die Mutter hatte gar nichts zu melden.

Er nahm ein *Schleich*-Tier in die Hand, betrachtete es aufmerksam: Das hast du gut gemacht. Durchschritt andächtig und nachdenklich immer wieder den Raum, nahm ein kuschelig weiches *Steiff*-Tier, drehte es fasziniert um die Längsachse und stellte es behutsam wieder an der Stelle ab, an der er es aufgenommen hatte. Und so ging er Runde um Runde, dachte über die nächsten Schritte nach. Dann setzte er sich auf die Pritsche mit der dreigeteilten blau-weißen Matratze, auf der er schon als Kind gesessen hatte, und weinte. Er fuhr mit der Hand über den rauen Stoff, meinte, über den Fleck streichend, noch den säuerlichen Geruch wahrzunehmen. Rasch zog er die Hand zurück.

Blass und bruchstückhaft kamen die Erinnerungsfetzen, wurden farbiger, zu den Bildern gesellten sich, wie durch einen Trichter, die Geräusche, Töne, Stimmen. Die Stimme seines Vaters.

Der Vater hatte ihn an den Haaren aus dem nagelneuen gelben Opel Rekord mit dem schwarzen Dach herausgezogen und direkt in den Keller geschleppt. Übel war ihm geworden, das Geschaukele in dem großen Wagen, aber vor allem der seltsame Geruch nach neuem Auto in der Kombination mit dem Gelbwurst-Weckle. Dieser ekelhaft süßliche Geruch von Gelbwurst, darunter die fette Butter. Er hatte sich im neuen Wagen übergeben. Und dann nochmals auf der Pritsche im Keller.

Auf der alten meuchteligen Matratze war immer noch der Fleck zu sehen. Er roch ihn, den Gestank des Erbrochenen. Es schnürte ihm den Hals zu.

Und dann immer wieder, das Essensthema.

Du hast nicht leer gegessen, nimm das mit hinunter. Du kommst erst wieder herauf, wenn das aufgegessen ist. Und fast immer gab es Schwein. Schwein in Form von Wurst, Schwein in Form von Braten, Schwein in Form von Klopsen, Klößen, Küchle, und Schwein in Form von Sülzen, die er manchmal schon zum Frühstück essen sollte. Was hatte es ihn geekelt, wenn das Frühstück aus Rührei mit gebratenem Speck bestand oder sein schulisches Vesperbrot aus Griebenschmalz mit Zwiebeln.

Eskaliert ist es dann regelmäßig zu den Festen, den Partys mit Freunden, das musste in den 90ern gewesen sein. Das obligate Fondue mit Fleischbrühe und den Sößchen. Der Vater hatte schon getobt, als er sich die hauchdünnen Einweghandschuhe übergezogen hatte, um das kalte Schweinefleisch ohne Hautkontakt berühren zu müssen. »Was denken denn die Gäste? Zieh das sofort aus!« Und als er bat, nur ein Stückchen vom in der Gemüsebrühe gegarten Filetfleisch zu probieren, um seinen guten Willen zu zeigen und sich dann dem Kartoffelsalat und dem Ackersalat hinzugeben, eskalierte die Stimmung nach den Partys in einem fürchterlichen Streit.

Der Vater war erbarmungslos, er zwang ihn wieder und wieder, Schweinefleisch zu verspeisen. Und sein kleines Schwesterchen sah mit großen Augen zu, wie er, nachdem er sich übergeben hatte, vom schweigenden Vater in den Keller gezerrt wurde.

Und dort hatte er sich wieder und wieder auf die Matratze übergeben.

Und dann, dann kam das Weihnachtsfest, Heilig Abend 1991. Als er sah, was auf dem Tisch stand, wurde ihm speiübel.

Nochmals durchschritt er den Raum. Betrachtete die Figürchen ... Und dann hatte er die Idee. Er würde sie hierher bringen.

FOLTERKAMMER

Jesus Sirach 33,27
Joch und Zügel werden den Nacken beugen, dem bösen Sklaven gebühren Folter und Pein.

Samstag, 24. Juli, Bad Saulgau Fitnessstudio, zwischen 10 und 12 Uhr

Tagsüber war Gesichts FINESSTUDIO tatsächlich ein Fitnessstudio, da die Buchstaben nicht beleuchtet waren und so der kleine Mangel des nächtlichen Leuchtdefizits nicht auffiel. Gesicht war mehr als erstaunt, als ich am Samstagnachmittag bei ihm auftauchte, zumal ich trotz inständiger Bitten seinerseits seine Muckibude noch nie besucht hatte. Das war nicht so meine Welt. Ich war auch nicht wegen des Studios und seiner Geräte angereist, mein Besuch galt seinem Angestellten Loser-Jimmy, dem Ex-Personaltrainer von Monika.

Leider war Gesicht sehr stolz auf sein Studio. Ich war schon nach wenigen Sekunden vom rhythmischen Knacken, Quietschen, Schaben, Surren, Atmen und Stöhnen überfordert. Vom Geruch ganz zu schweigen.

Eine Führung meines Bikerfreundes durch die Halle mit pflegefreundlichem beigen Laminatboden und kleinem Sicht-Schaufenster nach draußen war unvermeidlich.

Zunächst präsentierte er mir die Abteilung Cardio-Trainer, der Crosstrainer war für das Ausdauertraining, Herz-Kreislauf und Ähnliches bestimmt. Für jeden, laut Gesicht, geeignet, Anfänger und Fortgeschrittene.

»Würde dir auch nichts schaden!«, klopfte er frech auf meinen kleinen Bauchansatz.

»So ein Training mit dem Cross- oder Ellipsentrainer ist das mit Abstand nachhaltigste Herz-Kreislauf-Training, und du kannst den Widerstand einstellen, wie du willst. Hier kannst du die großen Muskelgruppen trainieren. Bauch, Arme, Beine, Po. Durch die beweglichen Armteile werden automatisch auch die Rücken-, Schulter- und Bauchmuskeln trainiert. Also Ganzkörpertraining, und du kannst 700 Kalorien pro Stunde locker verbrennen. Also echt was für die Ladies. Auf, melde dich nachher gleich an! Alle meine Cardio-Geräte haben eine dynamische LED-Digitalanzeige, die alle Parameter während der Übungen anzeigt, also alle Geräte in diesem Bereich sind mit intelligenter Technologie ausgestattet.

»Kann man von deiner Kundschaft wohl nicht behaupten!«

»Hei, nicht jeder Pumper ist dumm, du immer mit deinen Vorurteilen! Würde dir auch nichts schaden, ein bisschen für deinen Körper zu sorgen. Nicht nur Leberkäswecken und Blutwurst!«

Und wieder tatschte er meinen kaum wahrnehmbaren Bauchansatz.

Vom Crosstrainer ging es zum Laufband, auf dem gerade eine anorektische Mittvierzigerin mit Musikstöpseln in den Ohren scheinbar mühelos, ohne zu transpirieren, in hohem Tempo lief, ohne von der Stelle zu kommen.

»Was glaubst du, was das verbrennt? Geschwindigkeit stufenlos einstellbar, bis 20 Stundenkilometer. Absolut geräuscharmer AC 5,8 AP Motor. Neueste Technologie, auch intelligentes Display.«

Der Dürren auf dem Band hätte ich keinen Crosstrainer verschrieben, sondern ein Rezept mit einer Frieda-Kur im *Goldenen Ochsen*. Da musste etwas auf die Rippen und nicht noch mehr herunter.

Und so nötigte mich Gesicht noch, die Hometrainer-Fahrräder sitzend, von denen drei sein Studio zierten, und zwei Ergometer-Fahrräder liegend aus der Abteilung Cardio-Geräte zu bestaunen.

Anstatt nun mit Pumper-Jimmy reden zu können, führte mich mein Bikerfreund zu einem Heißgetränkeautomaten, der verschiedenste Geschmacksrichtungen bediente. Neben dem Automaten stand adrett ein Philodendron. Ich hielt ihn in deutschen Häusern für ausgestorben. Aus dem Automaten gönnte ich mir weder Gemüse-, Rinder- noch Hühnerbrühe. Auch keinen Mate-Tee, sondern einen ordinären Kaffee mit Milch, aber ohne Zucker, wegen des Fitnessstudios.

Nun warteten die Kraftgeräte sehnlichst darauf, von mir nickende Anerkennung zu erfahren, eine Beinpresse mit 45 Grad Winkel, die Brustpresse sitzend und die Bizeps-Maschine.

»Absoluter Klassiker, ein paar Mal in der Woche mit steigerndem Widerstand deine Curls runterhauen, dann sieht's hier ganz anders aus, hähä. Nicht mehr so Pudding!« Gesicht drückte mich dort, wo er meinen Bizeps wähnte.

Ich deutete auf eine Person, die Muskeln wie ein trainierter Mann hatte, ein Gesicht wie ein Mann hatte, eine Stimme wie ein Mann hatte, nur etwas weniger Bartwuchs als ein Mann.

»Das ist die Silvie beim Workout! Arbeitet wie Jimmy, aber nur aushilfsweise bei mir. Sie ist spezialisiert auf Schulter und Hüfte, vor allem therapeutischer Bereich, Reha und so. Macht auch Hausbesuche. Du jammerst doch auch schon über deine Hüfte. Hi, Silvie, sag hi zu meinem Freund Dani, das wird deine nächste Hüfte, hähä.«

»Hi, Dani!«

»Hi, Silvie.«

»Die Standardausführung der Maschine ist mit 80 Kilogramm Gewicht. Rate mal, mit was Silvie trainiert?«

Ich wollte es gar nicht wissen, ich wollte nur mit Jimmy reden.

»Wo ist denn Jimmy?«

»Eile mit Weile, gleich, gleich. Der Herr Trentel sitzt im Büro, bereitet ein Programm vor. Das Büro zeige ich dir zum Schluss.«

Und so kam ich in den Genuss, alles über Adduktoren-Maschinen, Beinpressen mit verstellbaren Sitzschlitten, eine Kraftstation mit V-Kabelzugturm und Klimmzugstange, aber auch unterschiedlichste Bänke wie die Hantelbank zu erfahren. Als ich inständig hoffte, durch das Folterstudio und seine perversen Geräte durch zu sein, machten wir noch Station an der Hyperextensionsbank, bei deren Erklärung Gesicht mir immer wieder ins Kreuz schlug.

»Mit Stützstange und verstellbaren Polstern. Individuell verstellbar.«

Ich nickte nur noch zu allem, was er sagte, und bewunderte abschließend seine Hantelsammlung.

»Also, wann meldest du dich an?«

»Ich bin doch kein Masochist!« Ich deutete auf die Gäste des Studios. »Und die bezahlen tatsächlich dafür, sich zu quälen! Und das auch noch am Samstag.«

»Wir haben dafür montags geschlossen. Am Samstag laufen die Hausbesuche bei den Alten ganz gut, auch Personal Training.«

Im Büro saß Jimmy mit buntem Trainingsanzug, strahlend weißen Sportschuhen und stellte als Personal Trainer für einen Schulter-Patienten ein Aufbauprogramm zusammen. Er schaute kurz auf, nickte höflich, tippte kurz mit dem Zeigefinger an ein knallrotes Schirmkäppi mit der Aufschrift »I«, und dann kam ein Herz-Symbol, danach »fit«. Was immer das bedeuten mochte.

Gesicht erklärte Jimmy, dass ich mit ihm reden wollte. Erstaunt blickte er auf.

»So gefragt war ich noch nie! Vorhin die Blonde von der Kripo und jetzt Sie.«

Ich nickte Jimmy Trentel, dem gebürtigen Leipziger, wie meine vorgelagerten Recherchen ergaben, freundlich zu:

»Haben Sie ein paar Minuten Zeit für mich, Jimmy? Ich darf Sie doch Jimmy nennen, ist das Ihr tatsächlicher Name? Ich ermittle ebenfalls im Mordfall Monika Magen-Kohler, aber, äh, auf privater Ebene, also als …«

»Als Privatdetektiv? Wow, spannend! Na, dann ermitteln Sie mal los. Und Jimmy ist schon richtig, meine Eltern stammen aus der ehemaligen DDR, Leipzig. Ich könnte sie köpfen für den Namen, aber das war damals die einzige Freiheit, die sie hatten. Die Namensgebung, Ronnie, Jimmy, Daisy, hört sich an wie aus einem *Micky Maus*-Comic.«

Jimmy lachte gackernd über den eigenen Scherz. Ich ging nicht darauf ein, sondern erklärte kurz meine Funktion.

»Ja, so ähnlich, ich bin engagiert, um privat zu ermitteln. Ich habe Auftraggeber, die gewisse Interessen verfolgen und meine Hilfe in Anspruch nehmen. Aber, wie gesagt, auf privater Ebene.«

»Dann muss ich Ihnen gar keine Auskunft geben?«

»Nein, von Müssen ist keine Rede. Sie können aber genauso wie mit der Hauptkommissarin mit mir sprechen, damit ich meinen Auftraggebern sagen kann, dass Sie kooperativ und glaubwürdig sind, ich Sie quasi, äh, entlasten kann.«

»Ach so. Was habe ich dann davon, wenn ich mit Ihnen über den Fall rede? Nichts?«

Eine durchschaubare Idee blitzte in Loser-Jimmys Augen auf. Ich antwortete vorsichtig, zögerlich:

»*Zunächst* mal nichts.«

Ich gab mit einer leichten Seitwärtsbewegung und mit einem kurzen Blick zur Tür meinem Freund Gesicht das Signal, den Raum zu verlassen. Unter vier Augen funktionierte in der Regel so ein Gespräch besser.

Nachdem ich einen Fünfzigeuroschein aus meinem Vorschuss von Kohler wie zufällig auf den Bürotisch vor Jimmy ablegte, war sich dieser seiner bürgerlichen Pflicht, bei der Aufklärung eines Verbrechens mitzuhelfen, plötzlich bewusst. Ein Frage- und Antwortspiel begann.

»In welchem Verhältnis standen Sie zu Monika Magen-Kohler?«

»In gar keinem, ich war nur ihr Personal Trainer.«

»Wie haben Sie Monika Magen-Kohler als Kundin gewonnen?«

»Gar nicht, sie ist auf das Studio zugekommen, auf meinen Chef.«

»Warum?«

»Warum, warum? Das ist doch wohl klar, sie wollte abspecken. Die hatte vor meinem Programm eine Figur wie ein Kartoffelsack. Und jetzt, äh, oh, sorry, so soll man nicht über Tote reden.«

»Kannten Sie Frau Magen-Kohler schon vorher?«

»Nein, ich habe sie erst als Kundin kennengelernt.«

»Wie ist sie gerade auf Sie gekommen?«

»Gar nicht, der Chef hat mich eingeteilt. Bei Frauen muss ich ran, bei Männern die Silvie. Kundenbindung oder so, meint der Chef.«

»Wie war denn Ihre Bindung so an die Kundin Magen-Kohler?«

»Wie meinen Sie das?«

»Wie haben Sie sich mit Monika verstanden?«

»Gut.«

»Wie gut?«

»Was soll die Frage schon wieder? Am Anfang war es ein bisschen zäh, vor allem, wenn ihr Mann, der Sebi, noch im Haus war.«

»Ach so, Sie waren im Haus?«

Ich mimte den Erstaunten.

»Ja, von Anfang an, Moni hatte einen perfekt ausgestatteten kleinen Fitnessraum. Crosstrainer, Bank, Hanteln, Bänder, Matten, alles, was das Herz begehrt. Sogar eine kleine Sauna mit Dusche fehlte nicht. Sie wollte nur Hausbesuche, das ist zwar deutlich teurer, aber Geld spielte bei denen offensichtlich keine Rolle.«

»Nannten Sie sie von Anfang an Moni?«

»Was soll die Frage jetzt schon wieder? Das geht mir zu weit. Wollen Sie mir eigentlich ein Techtelmechtel mit der Moni unterstellen? Passen Sie auf, das ist Verleumdung.«

Pumper-Jimmy war offensichtlich entrüstet. Seltsam, dass er auf eine eher harmlose Frage, das Beziehungsgeschehen zwischen Auftraggeberin und Personal Trainer betreffend, auf diese Art und Weise reagierte. Etwas überempfindlich. Ich musste das Thema vertiefen.

»Okay, dann anders gefragt: Wie hat sich das Verhältnis zwischen Ihnen und Frau Magen-Kohler entwickelt? Es muss sich ja entwickelt haben, denn von Anfang an nannten Sie sie wahrscheinlich nicht Moni.«

»Das ist richtig, am Anfang war sie für mich Frau Magen-Kohler. Dann hat sie mir vor etwa zwei Monaten das Du angeboten, kurz danach durfte ich sie Moni nennen.«

»Hatten Sie Sex mit ihr?«

»Ja, aber das geht Sie nichts an!«

Ich war erstaunt, das ging ja einfach. Pumper-Jimmy war wohl nicht in jeder Beziehung ein Loser.

»Das geben Sie einfach so zu, Jimmy? Haben Sie kein Problem damit?«

»Nein, warum, kommt ja eh raus.«

»Wie soll das rauskommen? Hat man Sie beobachtet?«

»Nein, aber Moni filmte das, äh, wenn wir ge… äh, zusammen waren.«

»Mit einer Kamera?«

»Nein, nur mit dem Handy. Und das Erste, was die Bullen heute untersuchen: Computer und Handy.«

»Hat Herr Kohler davon etwas mitbekommen?«

»Keine Ahnung, so oft war der nicht zu Hause. Aber schon möglich, ich weiß aber nicht, ob es ihn groß interessiert hätte. Moni hat öfter mal angedeutet, dass er auch nicht der Treueste sei.«

»Wie meinen Sie das, es hätte Herrn Kohler nicht groß interessiert?«

»Die Moni hatte mal gemeint, er wäre eh nur auf ihre Wurst scharf und …«

»Wie bitte?«

»Ja, die Moni war für sein Geschäft ein Glücksfall. Sie wissen wahrscheinlich auch, dass die *Leberwurst Royal* eine Erfindung Monis war und nicht die von Sebi.«

»Warum nennen Sie ihn Sebi? Kennen Sie ihn auch näher?«

»Nein, ich nenne ihn so, weil Moni ihn immer so genannt hat.«

»Hat Sebastian Kohler Monika Magen-Kohler umgebracht?«

Loser-Jimmy überlegte lange, strich sich grübelnd über die höhensonnengebräunte Haut seiner Stirn.

»Deutlich mehr Motive als ich hätte er bestimmt, aber ich glaube nicht, dass er es war. Dafür ist er viel zu feige. Und wer Schweine umbringt, bringt nicht unbedingt Menschen um.«

»Haben Sie Monika Magen-Kohler umgebracht?«

Ungläubig blickte mich der Muskelmann mit offenem Mund an.

»Nein, warum sollte ich? Ich habe gut an ihr verdient, das Trinkgeld war spitzenmäßig.«

»Wie hoch?«

»Jedes Mal ein Fuffi!«

»Wie bitte?«

»Da staunen Sie! Bekommen Sie so viel auf die Stunde als Privatschnüffler?«

»Kann ich Sie, wenn nötig, noch einmal zum Metzgerpaar befragen?«

»Gerne, wenn die Kohle stimmt.«

ELTERNGESPRÄCH

1. Mose 1, 29 – 31
Dann sprach Gott: Siehe, ich gebe euch alles Gewächs, das Samen bildet auf der ganzen Erde, und alle Bäume, die Früchte tragen mit Samen darin. Euch sollen sie zur Nahrung dienen. Allen Tieren der Erde, allen Vögeln des Himmels und allem, was auf der Erde kriecht, das Lebensatem in sich hat, gebe ich alles grüne Gewächs zur Nahrung. Und so geschah es. Gott sah alles an, was er gemacht hatte: Und siehe, es war sehr gut. Es wurde Abend und es wurde Morgen: der sechste Tag.

Montag, 26. Juli, Grundschule Bad Saulgau, in der großen Pause und einer anschließenden Freistunde

Frau Scheitel kauerte vor mir wie die personifizierte Pädagogik. Wir befanden uns im Klassenzimmer Korbis, da die Schüler im Sportunterricht ihrem Bewegungsdrang nachkamen. Wir saßen uns auf winzigen Stühlen, was für Frau Scheitel offensichtlich kein größeres Problem darstellte, an einer niedrigen Schulbank gegenüber. Die großen Fenster sogen das Sommerlicht in den warmen Raum ein. Auf der Tafel stand mit bunten Buchstaben: »Guten Morgen, 3b«. Eine gelbe Sonne, die aus dem Tafeleck lachte, und bunte Blüten ergänzten die freundliche Begrüßung. Auf der Türseite waren längs der Wand niedrige helle Schränke mit Schiebetüren, deren Abschluss ein deckenhoher Schrank bildete. Auf den niedrigen Schränken standen Bastelarbeiten der Schulkinder aus Pappmaschee. Darüber an der Wand hingen bunte Bilder.

In der großen Pause hatte ich an die Tür des Lehrerzimmers geklopft. Lichtdurchflutet, mit dem hellen Schein der Pädagogik überzogen, fanden hilfsbereite Pädagogen und vor allem unzählige Pädagoginnen, das, wonach ich suchte: Korbis Klassenlehrerin, Frau Scheitel. Sie schien eine gewisse Ausnahme zu sein, sie lachte nicht freundlich, bewegte sich nicht dynamisch, saß nur allein in einer Ecke des Lehrerzimmers, bei braun angelaufenen Apfelstückchen aus einer Tupperschüssel, die sie mit Kerngehäuse verspeiste.

Gerne war sie zu einem Gespräch, meinen Sohn Korbinian T. Rex Bönle betreffend, bereit, da sie eine Hohlstunde hatte.

»Ich kann es Ihnen gerne zeigen. Solche Bilder können viel über die kleinen Seelen aussagen.«

Sie nickte auffordernd in meine Richtung. Ich nickte akzeptierend zurück. Hatte jedoch Mühe, aus dem Stuhl für Liliputaner hochzukommen.

Sie deutete auf ein buntes Bild, tippte mit dem Zeigefinger dagegen.

»Sehen Sie den Unterschied? Das ist ja recht deutlich.«

Sie fuhr mit der Hand einen vagen Bogen über die anderen Bilder, tippte dann wieder auf das Bild, vor dem wir standen.

»Ich denke, Sie sehen den Unterschied.«

Ich sah keinen Unterschied. Überall waren schlecht gezeichnete Tische mit fürchterlich gemalten Personen zu sehen. Auf den Tischen herrschte Chaos.

»Die Aufgabe war: Sonntagsfrühstück. Also eine Situation zu zeichnen, die bei den meisten oberschwäbischen Familien Ritualcharakter hat. Etwas, das sich in gleicher oder ähnlicher Form wiederholt. Und jetzt schauen Sie sich mal an, worin sich das von Korbinian von den anderen unterscheidet.«

Ich konnte es noch immer nicht erkennen. Auf allen Bildern waren perspektivisch schlecht gelungene Tische zu sehen, auf denen sich die üblichen Frühstücksutensilien befanden. Um den Tisch saßen große und kleine Menschen mit runden Bäuchen und Glotzaugen. Mütter hatten lange Haare, Väter kurze. Geschwister, wenn vorhanden, waren kleiner als die Erwachsenen gezeichnet und lachten. Bei manchen waren noch Haustiere zu sehen. Katzen und Hunde, die aussahen, als wären sie von einem großen Gewicht erschlagen worden, sie streckten alle viere von sich.

»Ah, jetzt sehe ich den Unterschied! Das Aquarium, wir haben ein sehr großes Aquarium im Wohnzimmer, und Korbi hilft bei der Pflege schon richtig.«

»Ich meine nicht das Aquarium. Vergleichen Sie doch bitte mal, was auf den Tischen liegt, die die Schülerinnen und Schüler so liebevoll gezeichnet haben!«

»Ach so, das Messer, das große. Das habe ich mit Korbi zusammen selbst in meiner Werkstatt geschmiedet. Hier in der Schule hatte er im ersten Jahr nur Häkeln, Indianertanz, Schmetterlinge zeichnen, Kuchen backen, Makramee und Mandala malen.«

»Ich meine auch nicht das Messer. Außerdem schadet es einem Jungen nicht, auch über Messer, Auto und Indianerspielen, oh, Entschuldigung, das sollte man nicht mehr sagen, äh, hinauszudenken!«

Da war ich zwar etwas anderer Meinung, behielt sie aber bei mir.

»Dann helfe ich Ihnen auf die Sprünge Herr Bönle. Was liegt denn auf den Tellern des Sonntagsbildes Ihres Sohnes?«

Jetzt fiel es mir auch auf. Die meisten Teller waren mit Bananen oder anderen, kaum erkennbaren grünen oder roten Dingen geschmückt, die offensichtlich Gurken, Tomaten, Ananas oder anderes Gemüse und Obst darstellten.

Auf Korbis Meisterwerk waren ganz offensichtlich andere Dinge der sonntagmorgendlichen Kulinarik zu erkennen. Papa mit schwarzem langem Haar und Strubbelbart schien Mama gerade eine Pfanne hinzuhalten, in der zweifelsohne ein *Strammer Max* briet. Das Spiegelei auf dem Leberkäs war leicht zu identifizieren. Auf dem Tisch stand auch eine Platte mit ausgewählten, naiv gezeichneten Charcuteriewaren, eine Schwarzwurst war eindeutig an ihrer Farbe und den Fetteinschlüssen zu erkennen, das andere konnte eine Lyoner sein. Eine Anordnung von Kreisen und Kringeln auf einer noch größeren Platte stellte wohl den Aufschnitt dar. Korbis Hand, nur mit vier Fingern versehen, schien, mit einer überdimensionalen Gabel ausgestattet, die Aufschnittplatte anzuvisieren. Tränen der Rührung netzten ein ganz kleines bisschen mein Auge.

»Und wo ist das Problem, Frau Scheitel?«

»Und dann schauen Sie sich das noch an!«

Korbis Klassenlehrerin fuhr mit einer großzügigen Bewegung über die vor uns aufgebauten Bastelarbeiten aus Pappmaschee.

»Aufgabe war ›Der schönste Tag in den großen Ferien‹ zu gestalten. Sehen Sie hier diese Insel im blauen Meer, hier ein blaues Freibad mit Schwimmreif und dort eine Achterbahn eines Freizeitparks. Und bei Ihrem Sohn ein schwarzer Grillrost mit etwas undefinierbar Braunem darauf. Er meinte nur, es sei ein Pulled Pork, was immer das sein mag.«

Eine weitere Träne befeuchtete mein Auge. Es war die Erinnerung an einen herrlichen Grillabend mit meinen Freunden und meiner Familie. Es wurde getanzt, gesungen und gegessen. Ich hatte ein Pulled Pork gemacht, das über zehn Stunden auf dem Grill lag. Korbi, der kleine Genießer, schien den Abend ebenso wie ich geliebt zu haben.

»Da gab es auch Salat dazu.«

»Also, Herr Bönle, Ihr Sohn ist ein netter, aufgeweckter Bub, aber, wie vorhin schon erwähnt, Sie sollten vielleicht ein bisschen besser auf seine Ernährung achten. Ich habe jetzt fast die ganze Klasse soweit, dass sie mit Vollkornbroten und gesunden Brotaufstrichen ihre Vesper genießen. Ein paar wenige, und da gehört eben Korbinian auch dazu, kommen immer noch mit hellem Brot, viel Butter und zum Teil sogar mit Speckstreifchen darauf. Da bringt das Essiggürkchen als Alibi auch nichts mehr, Herr Bönle. Meinen Sie nicht, dass Sie da ein wenig auf Ihre Frau einwirken könnten?«

»Ich mache die Vesperbrote.«

»Na, dann habe ich ja den richtigen Adressaten vor mir. Erziehung, Pädagogik bedeutet für mich auch Erziehung zur Gesundheit.«

Irgendwie musste ich nun geschickt den Bogen zum Bereich *TieLie* bekommen, das Thema alte Liebe Kohler anzusprechen, war noch heikler. Ich musste mir etwas einfallen lassen.

»Frau Scheitel, unsere Familie versucht doch schon die nachhaltige Fleischproduktion im Kaufverhalten zu unterstützen, dennoch können wir nur schrittweise reduzieren. Wir wissen um die Problematik der Massentierhaltung und deren negative Auswirkungen auf das Weltklima. Aber von heute auf morgen schaffen wir das nicht. Dazu lieben wir auch das Fleisch zu sehr.«

Freudig blickte die Hagere auf.

»Ja aber, Herr Bönle, das ist doch schon ein hervorragender Ansatz. Da ist es nur noch ein kleiner Schritt, stufenweise den Fleischverzicht einzuüben. Das kann man erlernen wie eine Fremdsprache.«

»Darf ich Ihnen eine persönliche Frage stellen, Frau Scheitel?«

»Kommt darauf an.«

»Leben Sie konsequent vegetarisch?«

»Vegan, Herr Bönle, vegan.«

Ich tat erstaunt.

»Oh, das kann ich zwar nicht nachvollziehen, finde es aber bewundernswert, wenn man die Stärke aufbringen kann, auf alles Tierische zu verzichten.«

Freudig beschämt senkte Sabine Scheitel ihren Kopf.

»Wissen Sie, Herr Bönle, das war anfänglich nicht leicht, sich zum veganen Leben zu bekennen. Von allen Seiten wurde man belächelt, manchmal sogar angefeindet.«

»Wie sind Sie denn zum Veganismus gekommen?«

»Das ist schon Jahre her, ich habe mich seit meiner Jugend für das Tierwohl eingesetzt.«

»Waren Sie da auch aktiv, ich meine, es gab da früher mal eine Organisation, meine Nachbarin war da auch mal mit dabei, die nannten sich *TieLie, Tierliebe Oberschwaben?* Die sind sogar …«

»Mit denen habe ich nichts zu tun, Herr Bönle. Ich denke, wir haben jetzt genug über Korbinian geredet, ich habe noch zu korrigieren. Und versuchen Sie, Ihre Ernährung, vor allem die Ihres Sohnes, zu überdenken. Bis jetzt sieht man ihm die falsche Ernährung noch nicht an, aber das kann schneller gehen, als Sie denken.«

Kurz schielte die engagierte Pädagogin auf meinen kleinen Bauchansatz.

METZGEREITRATSCH

Jesus Sirach 19, 6 – 8
Wer die Zunge beherrscht, lebt unangefochten, und wer das Gerede hasst, verringert das Übel. Wiederhole niemals ein Wort! Und niemals wird dir etwas fehlen. Rede weder über Freund noch Feind!

Montag, 26. Juli, Ostrach, Filiale der Metzgerei Kohler, 10.47 Uhr

Von der Schule in Bad Saulgau fuhr ich direkt nach Ostrach, ich musste unbedingt noch mit Schaki reden. Im Hinterhof fand ich gerade noch einen Parkplatz und betrat die Metzgerei durch den hinteren Eingang. Ein unangenehmes Gefühl durchschlich wie ein grauer Schatten meinen Körper, als ich fast ehrfürchtig durch den Raum ging, in dem vor Kurzem noch der mit Messern gespickte, leicht schaukelnde Körper Monikas hing. Gerade wollte ich die schwere Metalltür zum Verkaufsraum öffnen, als ich aus dem Umkleideraum Schakis Stimme hörte. Als ich mich bemerkbar machen wollte, hielt mich irgendetwas zurück. Vielleicht war es die Tonlage oder die Lautstärke. Schaki flüsterte fast in ihr Mobiltelefon:

»Nein, darüber will ich nicht reden!«

…

»Das geht Sie nichts an, ich habe Ihnen vorhin schon gesagt, dass ich das nicht will.«

…

»Auch das geht Sie nichts an!«

…

»Das ist nicht fair, auch Frau Magen-Kohler gegenüber nicht!«

…

»Nein, auch Tote verdienen Respekt … das mache ich nicht!«

…

»Nein und nochmals nein!«

…

»Wie bitte, wollen Sie mich erpressen? Das wagen Sie nicht!«

Schaki lauschte wieder kurz ihrem Gesprächspartner, schluchzte kurz auf:

»Das ist nicht fair, das können Sie nicht machen!«, und beendete das Gespräch.

Schnell und auf Zehenspitzen zog ich mich in den alten Schlachtraum zurück und beschloss, das Geschäft durch den Vordereingang zu betreten. Ich wäre froh gewesen, dies gleich getan zu haben.

Der Verkaufsraum war mit verhaltenem Stimmengewirr angefüllt. An der Verkaufstheke standen flüsternd tratschende Hausfrauen, an den Bistrotischchen Arbeiter mit Getränken und Leberkäswecken. Einer der Herren war mir bekannt, Viktor. Gesprächsfetzen drangen an mein Ohr:

»Furchtbar, Tragödie, der arme Kohler, jetzt wo sie's geschafft haben! Wie das wohl weitergeht mit der *Royal*? Dass die jetzt schon wieder geöffnet haben. Wenn man überlegt, dass hier jemand ermordet wurde. Fleisch ist Fleisch. Die muss ja fürchterlich zugerichtet worden sein. Die hatte doch einen! Er ist auch kein Kind von Traurigkeit! Wichtig, dass der Leberkäs im Programm bleibt. Ob die Frau Heberle mit der Aushilfe das stemmt? Die Heberle weiß mehr, als sie sagt!«

Ein Bistrotischchen stand frei im Raum, niemand nutzte es zum eigentlichen Zweck. Auf ihm stand ein Bild von Monika in einem geblümten Kleid, wie sie stolz die *Leberwurst Royal* in die Kamera hielt. Das Bild hatte am oberen Rand übers Eck einen schwarzen Trauerflor. Vor dem Bild stand ein Ewiges Licht, daneben ein Blumenväschen mit einer weißen Nelke. Schaki stand bleich an der Kasse, packte befüllte Kunststofftütchen in eine Papiertüte, betätigte routiniert die Kasse, überreichte die gefüllte Papiertüte, nickte freundlich automatisiert in Richtung Kundschaft und schien trotzdem nichts wahrzunehmen, bis sie mich am Trauertisch erkannte. Sie schrak kurz zusammen, winkte mir dann mit einem Lächeln zu, führte eine Hand zum Mund, machte eine Kaubewegung und schickte mir ein mimisches Fragezeichen. Meine Antwort: ein Nicken. Sie führte dann noch eine Trinkbewegung aus, sendete wieder das Fragezeichen, ich schüttelte diesmal meinen Kopf. Eine kurze Anweisung für die Aushilfskraft und ein kurzer Blickkontakt mit mir. Mit einem LKW auf einem Papptellerchen, einer Extraessiggurke und wenig Senf schlängelte sich Schaki zum Trauertisch. Ich würde das belauschte Gespräch von vorhin nicht erwähnen. So aus dem Kontext herausgerissen, durfte ich keine falschen Schlüsse ziehen. Mit Sicherheit gab es eine ganz einfache Lösung des Rätsels, das sich mir durch das Gehörte stellte.

»Darf ich mich an den Tisch stellen?«

»Klar, Moni hätte nichts dagegen. Sie würde sich nur wundern, dass du kein Bier trinkst. Was ist los?«

»Ich habe mein Leben geändert.«

»Mal wieder?«

Schaki lachte kurz auf, um sofort wieder ernst zu werden, und fragte:

»Gibt es einen Anlass für deinen Besuch oder nur wiedergefundene LKW-Routine?«

»Beides.«

»Der Anlass wäre dann wohl ermitteln?«

Bei dem Wort »ermitteln« zeichnete Schaki zwei Anführungszeichen in die Luft.

»Willst du nur den Tratsch hören oder etwas von mir wissen?«

»Beides.«

»Okay, zuerst die Fragen an mich. Aber mach's kurz, die Hausfrauen sind nur so geduldig, weil es viel zu tratschen gibt.«

»Wie bist du wieder in die Arbeit reingekommen, nach dem ersten Schock? War am Samstag der Kohler bei dir? Er wollte, nachdem er mir einen Besuch abgestattet hatte, noch bei dir vorbei.«

»Ja, er war bei mir. In die Arbeit bin ich gleich wieder reingekommen, die Filiale war ja nur zwei Tage geschlossen. Die Polizei war echt schnell, wahrscheinlich hat der Kohler Druck gemacht. Ist wohl eine seiner besten Filialen.«

Mit einem rot-weiß karierten Tuch fuhr Schaki instinktiv über die Oberfläche des hellen Bistrotischchens, umfuhr geschickt Bild, Kerze und Nelkenväschen und wischte unsichtbare Krümel weg.

»Was wollte er?«

»Dani, das geht dich eigentlich nichts an. Stimmt es, dass du privat ermittelst? Dass der Kohler dich angeheuert hat?«

Ich war erstaunt, dass sich die Nachricht so schnell verbreitet hatte, das erklärte auch die verdrehten Hälse der Kundschaft in unsere Richtung.

»Okay, ich erzähle dir, du erzählst mir. Deal?«

»Vielleicht, erzähl zuerst du!«

Das war mal wieder ein typischer Frauen-Deal, ich ließ mich aber darauf ein.

»Kohler hat mir einen Auftrag gegeben, aber nicht nur Kohler allein.«

In Sachen Dramaturgie machte mir niemand etwas vor. Ich schaute Schaki tief in die Augen und wartete zwei, drei Sekunden, bis ich flüsternd weitersprach:

»Der Auftrag kommt auch von *MegaWurst*!«

Stille, in der ganzen Metzgerei, ich konnte es kaum glauben, so etwas nannte man echten schwäbischen Wunderfitz. Erst als ich vorwurfsvoll meinen Blick schweifen ließ, begann der gedämpfte Diskurs von Neuem. Ich wartete auf die Reaktion Schakis auf diese Nachricht.

»Das weiß ich«, kam es lapidar von meiner Tischpartnerin, die das Bild der lächelnden, mit der Wurst posierenden verblichenen Chefin ein kleines Stückchen zurechtrückte.

Ich war platt.

»Wie? Woher weißt du das?«

»Das weiß ich von Kohler, er hat lange mit mir geredet, geradezu das Herz ausgeschüttet.«

»Was wusste er denn sonst noch so?«

»Dani, ich muss wieder arbeiten«, und laut zur Kundschaft: »Ich bin sofort wieder für Sie da!«

Alle winkten sie ab und signalisierten Schaki, sich eine kleine Auszeit mit mir zu gönnen, da sie aufmerksam und gebannt unserem vertraulichen Gespräch lauschten.

»Okay, dann haue ich mal einen raus! Aber, Schaki, das funktioniert nur, wenn ich von dir dann auch etwas erfahre. Also … Das ist aber absolut vertraulich …«

Ich senkte meine Stimme so, dass die Stimmbänder nur noch von einem Atemhauch in Schwingung gebracht wurden. In der belebten Metzgerei hätte man eine Stecknadel fallen hören können.

»Ich bin beauftragt, das verschwundene Rezept für die *Leberwurst Royal* zu finden.«

Das Gebrabbel in der Metzgerei wurde wieder etwas lauter. Einige wagten es sogar zu lachen. Ebenfalls Schaki:

»Das weiß ich doch, und die meisten hier drinnen auch. Die Spatzen in Ostrach pfeifen es vom Dach, dass das Rezept fehlt. Die Spatzen wissen auch, dass du es finden sollst und dass du stolz dafür bezahlt wirst: 30.000!«

Ich war kurz sprachlos. Die stille Kundschaft wohl auch.

»Das stimmt nicht!«, rief ich in die Runde der Lauscher.

»Kann ich zu Hause mit dir reden? Das macht hier doch keinen Sinn, dann können wir gleich mit der *BILD*-Zeitung reden.«

»Okay, am besten direkt, wenn ich hier fertig bin.«

»Gute Idee, also kurz nach 17 Uhr!«

Schaki stutzte kurz:

»Hast du heute nicht deinen Abendunterricht?«

Das hatte ich fast vergessen. Verschluckte mich am letzten Brösel meines Leberkäsweckens und hustete:

»Okay, ich komme dann direkt im Anschluss an meinen Unterricht bei dir vorbei.«

Schaki rückte noch einmal das Bild auf dem Trauertisch zurecht. Monika Magen-Kohler lächelte mich an. Die *Royal* zeigte auf mich.

ABENDTECHNIKER UND DAS ES

Hiob 20, 12 – 14
Schmeckt süß das Böse in seinem Mund, birgt er es unter seiner Zunge, spart er es auf und will nicht von ihm lassen, hält er es auch tief in seinem Gaumen fest, in seinem Innern verwandelt sich die Speise, sie wird in seinem Leib zu Natterngift.

Montag, 26. Juli, Bad Saulgau, Willi-Burth-Schule, Klassenraum 035, 17.30 Uhr bis 19 Uhr

Da ich nicht wusste, ob wir uns das letzte Mal wieder verplaudert hatten, stellte ich die wichtigste aller Lehrerstundeneinstiegsfragen:

»Wer von euch weiß noch, wo wir das letzte Mal stehen geblieben sind?«

In der Regel folgt auf diese Frage Stille. Auch dieser Unterrichtsbeginn machte keine Ausnahme. Ebenfalls keine Ausnahme wurde durch die Schüleranzahl generiert. Es fehlte fast die Hälfte. Die Damen waren vollständig anwesend, zwei Herren gaben sich die Ehre, Viktor und Sergeij.

»Leute, das wird benotet. Also, wo waren wir in der Wiederholung unserer Prüfungsthemen stehen geblieben?«

Bea meldete sich:

»Nirgends, wir haben über den Mord geredet, an der Metzgerin, weil Sie bei der doch immer Ihren Fleischkäswecken kaufen.«

Ich korrigierte:

»Äh, Leberkäswecken, und nicht immer!«

»Was ist eigentlich der Unterschied zwischen Leber- und Fleischkäs?«

»Im Fleischkäs ist eigentlich keine Leber drin, im Leberkäs schon, und Frau Magen-Kohler hat eben einen Leberkäs gemacht und Wert darauf gelegt, ihn so zu benennen.«

Viktor streckte aufgeregt die Hand hoch:

»Ich habe Sie aber heute Morgen gesehen, mit der Heberle und einem LKW, mit Extragurke.«

Ich ging gar nicht darauf ein.

»So, wir machen das heute ohne Kopien, der Kopierer hat nicht funktioniert. Oben das Datum, heute ist der 26. 07., Überschrift: Das Freud'sche Instanzenmodell. So, zeichnet zuerst mal ein Dreieck.«

»Können wir nicht noch mal über den Mord reden?«, fragte Barbara.

Veronika-Margerita giftete:

»Wäre nicht schlecht, wenn wir auch mal was lernen würden, in einem guten halben Jahr ist Prüfung!«

Ich lächelte der zierlichen Italienerin zu, nickte freundlich:

»Danke für die Unterstützung, wir sind ja nicht hier, um einen Mordfall aufzuklären. Wir wollen im siebten Semester in Betrieblicher Kommunikation bestehen, und nicht nur die Frau Ceppione, sondern auch Sie. So, wer weiß noch, in welche drei Rubriken wir das Dreieck damals unterteilt hatten?«

Veronika-Margerita Ceppione meldete sich eifrig:

»Ich in der Mitte, Über-Ich war oben, Es unten.«

Ich zeichnete geschwind an der Tafel mit, da der Visualizer nicht funktionierte und die Batterien für die Beamer-Fernbedienung leer waren.

»Prima, Veronika, beginnen wir unten beim Es. Wie könnten wir denn das Es beschreiben?«

»Das Es, das ist das Un- oder Unterbewusste, und da stecken das Triebhafte, das Instinkthafte, die Urängste, aber auch das Böse drin. Manches davon ist nicht kontrollierbar.«

Barbara fiel ihr ins Wort.

»Das war bestimmt auch so bei dem Mörder. Ich hab im Internet gelesen, dass so ein Overkill auch nicht kontrollierbar ist. Das kommt so aus einem raus, die ganzen Emotionen, und man sticht und sticht. Man ist da wie rasend, und das ist dann das Es.«

»Woher wissen Sie überhaupt, dass es im Ostracher Mordfall zu einem Übertöten, so nennt man das auch, gekommen ist? Viktor, wissen Sie als Ostracher da mehr?«

»Nein, aber das weiß hier jeder, dass sie abgeschlachtet wurde.«

»Können wir jetzt mal wieder was für die Prüfung machen?« Frau Ceppione war sichtlich genervt.

»Das ist doch Unterricht. Herr Bönle sagt auch immer, dass man erst durch die Beispiele versteht, um was es geht. Und der Mord an der Metzgerin ist ja ein gutes Beispiel für das Es. Da hat halt einer völlig durchgedreht, sein Über-Ich, also sein Gewissen und die Regeln, völlig vergessen. Sein Es ist dann ausgerastet und hat die Metzgerin gekillt.«

Sergeijs Ausführungen fanden allgemeine Anerkennung, nur die Italienerin schüttelte zweifelnd den Kopf und meinte:

»Man kann nicht alles mit dem Über-Ich kontrollieren, dann gäbe es nichts Böses. Und eine Frage: Kann es auch sein, dass das Es wie unter Hypnose abläuft, dass man sich gar nicht mehr daran erinnert, was das Es mit einem gemacht hat?«

Und wieder waren wir beim Thema Mord und Monika gelandet. Mutmaßten hin und her und betrachteten alles durch die Freud'sche Brille des Instanzenmodells. Abschließender Jubel und Applaus, die folgenden zwei Stunden in Konstruktion fielen aus, da das Auto des Kollegen nicht ansprang.

»Also dann, bis zum nächsten Montag. Schaut euch noch einmal das Instanzenmodell an, vielleicht gibt es ja einen kleinen Test.«

Die Wenigen schauten mich fassungslos an. Barbara meldete sich.

»Ja, Barbara, was gibt's?«

»Herr Bönle, wir haben nächste Woche keinen Unterricht.«

Oh, da war mir offensichtlich etwas entgangen. Um meine Unwissenheit zu überspielen, blätterte ich in meinem Jahresplaner, um einen Hinweis zu finden, warum der nächstwöchige Unterricht nicht stattfand und murmelte:

»Äh, ja, richtig, da ist doch …«

»Große Ferien!«, tönte es aus mehreren Mündern gleichzeitig.

Ich lachte in die Klasse, tat, als ob ich scherzte, und tippte mir an die Stirn:

»Ach ja, das hätte ich beinahe vergessen.«

PANDA

Jesaja 5, 20
Wehe denen, die das Böse gut und das Gute böse nennen, die die Finsternis zum Licht und das Licht zur Finsternis machen, die das Bittere süß und das Süße bitter machen.

Montag, 26. Juli, auf einem Parkplatz im Fiat Panda, 19.17 Uhr bis 20.02 Uhr

War sie wirklich so? Sie betrachtete ihre Hände. Fand sie schön. Was hatten diese Hände getan? Viel, diese Hände hatten viel getan. Sie hatten gearbeitet, sie hatten gestreichelt, sie hatten gezeichnet, sie hatten geschrieben, sie hatten gespült, sie hatten jeden Tag das Essen zum Mund geführt. Aber hatten sie auch getötet? Natürlich hatten sie getötet! Schon als Kind, die Raupe, die sie zerquetschten, die Mücken, die sie an der Wand zerschlugen. Alle Hände töten. Aber diese Hände waren doch vor allem schützende Hände, immerzu wollten sie das Leben schützen.

Mit düsteren Gedanken saß sie in ihrem kleinen Auto, sie fühlte sich in ihm geborgen wie in einem Uterus. Sie kauerte sich noch ein wenig mehr im schlecht gepolsterten Sitz des alten Fiat Pandas zusammen. Und immer noch roch es nach Erbrochenem.

Wenn es das Böse gibt, wo kommt es her? Wie kommt es in einen hinein? Gibt es überhaupt das Böse? Kann man sich dagegen wehren? Fragen über Fragen und keine Antwort. Sie war böse, schlecht, elend gewesen. Sie hatte etwas Böses getan und wollte eigentlich das Gute erzwingen. Kann man das Gute erzwingen? Erkämpfen? Erpressen?

Tok, tok, es klopfte gegen die Scheibe des kleinen Fahrzeugs. Sie schrak hoch. Zuerst wollte sie lachen, nur eine Millisekunde lang war der Instinkt zu lachen. Dann erkannte sie die Maske, an der immer noch getrocknetes bräunliches Blut hing. Die Tür wurde aufgerissen.

Und dann ging alles blitzschnell.

DER GEIST DES MOSTES

Richter 9, 13
Der Weinstock sagte zu ihnen: Habe ich etwa schon meinen Most aufgegeben, der Götter und Menschen erfreut, und werde hingehen, um über den Bäumen zu schwanken?

Montag, 26. Juli, Riedhagen, Heberle-Hof, 19.27 Uhr bis 23.38 Uhr

Nach dem abendlichen Unterricht im aufgeheizten Schulgebäude gab es kein Kofferraumbier. Nicht, dass ich nicht durstig gewesen wäre. Nein, wegen meines neuen Lebens. Ich genoss die Anfahrt zum Heberle-Hof, vor allem den letzten Teil. Amüsierte mich, wie jedes Mal, über das Achtung-Biber-Schild, das zwischen strammstehenden Birken auf der holprigen Allee stand. Für mich war und blieb der Biber ein Arschlochtier. All das, was man mühsam aufforstete, fraß das Vieh zusammen. Das ehemals wäldchengesäumte Tümpelgelände am Naturschutzzentrum sah aus wie nach einem Bombenangriff, kaum ein Baum stand mehr. Vor allem Birken schienen zur Lieblingsspeise des plattschwänzigen, baumfressenden Nagers zu gehören. Eigenartig, dass gerade Naturschützer ein baumfressendes Monster liebten. Und wenn ich mit meiner Harley bei meinen gutmenschigen, biberliebenden Ökofreunden aus der Stadt aufkreuze, heißt es: »OMG, ein alter, luftgekühlter Motor, OMG, die CO2-Billanz, katastrophal. Was meinst du, wie viele Bäume der auf dem Gewissen hat? OMG!«

Mein schwarzes Metal-Beast hat mit Sicherheit mit ihren 96.000 Kilometern auf dem Tacho noch nicht einen Baum getötet. Eine durchschnittliche, also fünfköpfige Biberfamilie fällt statistisch gesehen pro Jahr 50 Stämme mit einem Durchmesser von ungefähr 20 Zentimetern. Da kommt man bei fünf Biberfamilien ganz schnell auf ein Wäldchen.

Scharf links ab, das Geholpere über die Riedallee wurde abgelöst von knietiefen Schlaglöchern, die ich mit meinem Eisen wohlweislich umfuhr. Und wie ein Traum aus alten Zeiten stand der Heberle-Hof plötzlich vor mir. Erinnerungen stiegen auf, zunächst verschwommen, dann wurden sie konkreter. Der alte Heberle, der Alkoholiker, Schanti, Schakis Schwester, das Kässpätzleswettessen, die Tragödie. Ich musste hart schlucken. Schnell verdrängte ich die Erinnerungen in mein Unterbewusstsein, so wie ich es vorhin meinen Schülern beigebracht hatte.

Nichts schien am Gebäude verändert, nur ein bisschen frischer sah alles aus. Mittlerweile war mehr altes Fachwerk als Verputz zu sehen. Eine schiefe hölzerne Eingangstür mit einer kleinen Strukturglasscheibe befand sich in der Mitte der Hausfront, links und rechts daneben blickten dunkel zwei Fenster mit freundlich-grünen Fensterläden. Offensichtlich hatte Schaki sich als Malerin betätigt. Auf dem Fenstersims standen in Tontöpfen bunte Pflanzen. Rechts neben dem maroden Eingangsbereich befand sich unter einem Vordach ein krummes Holztischchen mit zwei Kunststoffstühlen und einem Bänkchen an der Hauswand.

Das obere Stockwerk schien unbewohnt, drohend schauten vier dunkle Fenster in den sonnenbeschienenen gekiesten Hof. Das Dach des ehemals großbäuerlichen Hauses war steil und hing mit leichter Neigung nach rechts. Einige der verwitterten Ziegel fehlten. Rechts neben dem Bauernhaus blühte ein herrlicher Kräutergarten. Insekten summten in allen Melodien. An die linke Seite des Gebäudes war ein großer Schopf angebaut, der wie ein Carport wirkte, da seine Tore fehlten. Darin stand ein alter Traktor, ein Porsche Diesel, dessen ehemalige Lackierung rot-gelb gewesen sein musste. Daneben stand völlig verstaubt, mit Strohfetzen geschmückt, Schakis blaue Honda Monkey. Und wieder kamen die Erinnerungen hoch.

»Hi, komm rein. Oder sollen wir raus sitzen?«

Sie deutete auf das Bänkchen und den Tisch mit den beiden Stühlen.

»Gerne raus.«

»Trinkst du einen Most mit?«

»Gerne, aber als Schorle.«

»Wie bitte, was ist mit dir los? Heute Morgen kein Bier und jetzt Mostschorle, vielleicht auch noch süß? Ach so, ich verstehe, dein neues Leben.«

Schaki lachte ins Ried hinein. Und provozierte weiter:

»Hat Cäci dich mal wieder abgebürstet?«

»Cäci würde mich nie abbürsten!«, mimte ich den Entrüsteten.

»Letzte Chance; wirklich eine Schorle süß?«

Ich überlegte kurz und dachte an mein neues Leben:

»Nein, sauer! Aber schön kühl.«

»Oh, ich dachte schon, ich müsste es für dich stauchen.«

Sie verschwand hinter der baufälligen, niedrigen Tür im Dunkel des Hauses. Eine attraktive Frau, aber welch Schicksal. Schön, dass sie wieder ins Haus ihrer Kindheit und Jugend, so schmerzlich die Erinnerungen sein mussten, zurückgefunden hatte. Sentimentale Gedanken waren mir sonst fremd, vielleicht lag es ein bisschen am neuen … Blödsinn! Soll ich sie fragen, das Telefonat in der Metzgerei? Ich möchte nicht die Freundschaft strapazieren. Vertrauen, ich muss ihr einfach vertrauen!

»Zum Wohl!«

Schaki hatte zwei Bierkrüge mit einer gelblichen Flüssigkeit vor der Brust. Der eine Krug schien inhaltlich etwas luzider und dynamischer. Ich tippte auf meine Schorle. Umständlich setzten wir uns, die Situation war ungewohnt, mit Schaki allein zu reden, vor allem in dieser erinnerungsschwangeren Umgebung. Seit dem Tod ihres Vaters im Gefängnis war ich nicht mehr hier gewesen, in dieser Idylle. Man fühlte sich weit in die Vergangenheit zurückversetzt, wenn man hier am Rande des Riedes in der Sonne saß. Wären da nicht die dunklen Schatten der Vergangenheit, die den Glanz in Schakis Augen vernebelten.

»Du kommst klar mit der Situation?«

Schaki schaute mich fragend an.

»Mit welcher?«

»Ich meine so allgemein.«

»Wie allgemein? Meinst du hier auf dem Hof oder meinst du die Situation in der Metzgerei?«

»Äh, eigentlich beides.«

Mir war klar, wie ungeschickt ich eingestiegen war, und spielte nervös mit den Spitzen meiner Schlangenlederstiefel im Kies. Ich wollte nicht, dass Schaki den »Ermittler« in mir sah, vielmehr den Freund. Daher wollte ich auch nicht mit der Frage herausrücken, die mir am meisten auf der Zunge brannte: die Frage nach dem Telefongespräch in der Metzgerei. Und so fragte ich einfach drauflos:

»Stimmt es, dass dein Vater umgeht?«

Schakis Krug knallte auf das Tischchen, etwas Flüssigkeit spritzte wie ein Minigeysir auf.

»Wie bitte? Das ist doch nicht dein Ernst!«

Und dann lachte sie ihr helles Lachen ins Ried hinein. Kaum war die Frage ausgesprochen, schämte ich mich ihrer.

»Sag mal, bist du jetzt völlig bescheuert? Du meinst, ob mein Vater hier umgeht? Du fragst tatsächlich, ob mein Vater hier als Geist, Gespenst oder gar als Riedbautze umgeht? Manchmal frag ich mich wirklich, ob du noch alle Tassen im Schrank hast, Daniel Bönle.«

Sie tippte sich an den Kopf und fuhr mit spöttischer Stimme fort:

»Eigentlich finde ich es gut. Du bist tatsächlich der Erste, der mich auf meinen Vater und dieses Thema anspricht. Aber, Dani, ich weiß, was mit meiner Schwester passiert ist, und ich weiß, was mit meinem Vater passiert ist. Und ich weiß vor allem, warum er zum Täter wurde, warum er getötet hat.«

Es fiel ihr schwer weiterzureden, die Schatten der Vergangenheit hatten sie eingeholt, trafen sich in ihr und besprachen sich mit ihrem Verstand.

»Als ich die Fachhochschulreife nachgemacht habe, da habe ich von meinem Reli-Lehrer in Ravensburg eines mitgenommen, nämlich die Aussage: ›Setze immer deinen Verstand ein, das Böse kommt aus den Menschen und nicht von außen. Es gibt nur Geister in dir.‹ Mein Vater mit seiner Tat wird mich immer begleiten, das kann man nicht abschütteln wie ein nasser Hund den Regen. Aber in einem bin ich mir sicher: Mein Vater geht weder im Ried noch auf dem Hof um.«

Sie machte eine ausladende Bewegung in Richtung Haus und zu den Sträuchern und Birken, die den Rand des Riedes säumten.

»Wie kommst du überhaupt auf diese Frage? Ich hätte erwartet, dass du danach fragst, ob ich weiß, wo das Rezept für die *Royal* ist, oder wie Monika denn so war, ihre Beziehung zu ihrem Trottel-Jimmy, zu ihrem Sebi, zu mir? Mit so etwas hätte ich gerechnet. Oder wie es weitergehen soll in der Filiale? Aber nicht mit der Frage, ob mein Vater im Ried umgeht.«

Etwas betreten lenkte ich meinen Blick vom verlotterten Hof mit seinen hoffnungsschenkenden, kleinen erneuernden Farbtupfern hinein ins Ried und von dort zur Scheune ohne Tore.

»Willst du nicht irgendwann deine Monkey reaktivieren?«

Schakis Blick kehrte sich nach innen, wurde verträumt.

»Lust hätte ich schon, ein Stück der guten Vergangenheit wieder aufleben zu lassen. Und den Viertaktmotor bekomme ich leicht wieder zum Laufen. Du glaubst doch auch nicht an Geister? Kommt irgendjemand auf die Idee, Butzi als Geist im Ried zu sehen? Niemand!«

Das saß. Schaki hatte von sich aus das Thema wieder aufgenommen. Sie legte den Kopf schief, schaute mit ihren zusammengekniffenen blauen Augen provokativ in die meinigen. Auffordernd hob sie den Kopf und fuhr mit fester Stimme fort:

»Ja, bei dem alten Säufer, dem alten Heberle, der im Suff schon nicht mehr wusste, was er tat, ja, bei dem können wir uns natürlich vorstellen, dass er nachts durchs Ried geistert, um weitere Opfer zu finden. Oder, wie es geheißen hat, als der Hof leer stand, dass er hier im Haus sein Unwesen treibt. Jugendliche, die hier gekifft hatten, sind von ihm erschreckt worden. Haben sich nicht mehr blicken lassen. Glaubst du an so einen Mist?«

»Hmmm, es gibt Dinge zwischen Himmel und Erde, die können wir uns nicht erklären. Und vor Kurzem hat man hier …«

»Dani, du glaubst doch nicht allen Ernstes, dass mein Vater hier als Geist umgeht? Es gibt ganz andere Dinge, die seltsam sind, seit Moni tot ist. «

Sie brach ab, nahm schnell einen Schluck aus dem Halbliterkrug, wagte nicht, mich anzuschauen, verschluckte sich und hustete übertrieben heftig.

»Wie meinst du das? Was meinst du mit seltsam?«

»Sorry, ist mir so rausgerutscht. Eigentlich wollte ich das nicht sagen, aber wenn es schon mal raus ist … Seit dem Tod von Monika habe ich das Gefühl, beobachtet zu werden. Auch der Kohler taucht hier plötzlich auf. Sonst hat er sich nie um die Filiale in Ostrach gekümmert, das hat doch alles die Moni gemanagt. Und nun schnüffelt er bei mir rum und stellt komische Fragen.«

»Was für komische Fragen?«

Mein Interesse war geweckt. Um Schaki das Reden zu erleichtern, erzählte ich meinerseits detailliert vom samstäglichen Besuch Kohlers. Interessiert lauschte sie, pustete sich immer wieder das blonde Haar aus dem Gesicht, nickte interessiert, schien ganz Ohr. Dann war sie an der Reihe.

»Ich fand schon seltsam, dass er überhaupt mit seinem Bonzenwagen auf den Hof kam, er hätte mich doch in der Filiale auf die Seite nehmen können. Und zuerst das Gelalle vom romantischen Hof, da könne man doch was draus machen. Das weiß ich ja alles selbst. Von meiner Schwester und meinem Vater kein Wort … er wollte die Toten wohl ruhen lassen.«

Sie lachte kurz bitter auf und erzählte weiter:

»Dann gingen die Fragen in eine Richtung, nämlich Richtung Moni: Wer kommt regelmäßig in die Filiale? Zu wem hatte sie ein besonderes Verhältnis? Welche Kunden sind suspekt? Und dann x-mal, ob ich mir vorstellen kann, wo das Rezept ist. Ich bin mir fast sicher, dass er es bei mir vermutet. Und er hatte sich alles notiert. Er wollte es sogar mit dem Handy aufnehmen, das hatte ich ihm aber nicht erlaubt. Ich bin mir vorgekommen wie eine Schwerverbrecherin beim Verhör.«

»Warum hast du ihm geantwortet? Ich hätte ihn vom Hof gejagt.«

»Dani, er ist mein Chef, ich brauche meine Arbeit. Es gibt Menschen, die für ihren kleinen Wohlstand arbeiten müssen.«

Das Blau ihrer Augen traf. Ich erkannte die Vorwurfskommunikation.

»Der Tod von Moni ist fürchterlich, ich wünschte, sie wäre als meine Chefin noch am Leben, ich bin gut mit ihr klargekommen. Aber es ist auch eine Chance für mich, die Filiale alleine zu führen. Da werde ich doch meinen Chef nicht vom Hof jagen. Ich bin von seinem Wohlwollen abhängig. Ich hoffe, ich konnte ihn davon überzeugen, dass ich das Rezept nicht habe.«

Meine nächste Frage musste ich mir gut überlegen:

»Wie kommt er überhaupt auf die Idee, du könntest das Rezept haben?«

»Das frage ich mich auch. Er versuchte es zunächst auf die Tour: Freundinnen bewahren ihre Geheimnisse gemeinsam, ich hätte doch bestimmt eine Kopie von ihr bekommen? Aber das ist Schwachsinn. Moni hatte das Rezept vorne in ihrem Auftragsbüchlein. Ich meine, es war ganz dünn mit Bleistift geschrieben, es waren sogar ein paar Bildchen dabei.«

»Dann kennst du das Rezept?«, fragte ich interessiert.

»Ja, ich weiß, wie der Zettel aussieht, aber inhaltlich ... keine Ahnung. Ich verkaufe doch nur. Ich musste ihr zwar immer wieder helfen, wenn sie in ihrer Hexenküche war, aber sie hat so viel herumexperimentiert. Das war einfach nicht mein Ding: Cutter an, Cutter aus. Eis rein, Gewürze. Nein, das hat mich wirklich nicht interessiert. Mein Platz ist hinter der Wursttheke, und da will ich auch bleiben. Darum habe ich dem Kohler gesagt, was er wissen wollte, aber ich habe meine Zweifel, ob er mir geglaubt hat. Würde mich nicht wundern, wenn er noch einmal auftauchen würde. Noch einen Most?«

Erstaunt blickte ich auf den leeren Krug. Es war immer noch unglaublich warm, obwohl sich die Sonne schon bis zu den Birken und Tannenspitzen hinabgeneigt hatte. Unzählige winzige Insekten schwirrten im Gegenlicht. Es roch nach Wärme und Leben.

»Das ist aber keine Schorle«, erkannten meine Zunge und Gaumen sofort.

»Oh, ich vergaß, das neue Leben. Zum Wohl.«

Die Krüge klirrten gegeneinander, und wieder eine kleine Lache auf dem sonnenwarmen Tisch, die bald zu einem klebrigen Fleck mutieren würde.

»Eigentlich hast du es hier sehr schön.«

Die erste Schorle, die offensichtlich nicht sehr dünn arrangiert war, hatte mich etwas sentimental gemacht. Die gierigen Schlucke des puren Vergnügens taten fast schlagartig in meinem Kopf kund, dass auch im Apfelmost Alkohol ist.

»Ui, der haut aber ganz schön rein!«

»Man kann auch langsam trinken. Most ist gefährlich, aber ich mag ihn. Es gibt nichts Besseres im Sommer. Wir haben den schon als Kinder, mit ganz viel süßem Sprudel, als Durstlöcher bekommen. Das darf man heute gar niemandem sagen.«

»Stimmt, auf der Schwäbischen Alb gab es dann die vielen Mostdeppen, gut, dass du nicht dazu gehörst.«

»Was meinst du mit Mostdeppen?«

»Kennst du den Begriff nicht? Auf der Schwäbischen Alb, aber auch teilweise in unseren Regionen, haben die Bauern früher die Kinder mit einem Gemisch aus Honig und Most ruhiggehalten. Die haben einen Stoffnuckel in einer Mixtur aus Honig und Most getränkt, daran hat das Kind gesaugt und sehr schnell Ruhe gegeben. Viele davon hatte man dann Jahre später in den Sonderschulen für geistig Behinderte wieder getroffen.«

Schaki warf mir einen Blick aus großen, fragenden Augen zu.

»Stimmt das wirklich oder verarscht du mich? Ich habe eher heitere Erinnerungen an den Most. Mein Vater, als die Mama noch nicht abgehauen war, zitierte immer: ›Moscht muscht möga, und wenn du mi magscht, magscht den Moscht.‹«

»Ja, richtig, kennst du den: Moscht braucht d'r Schwob ond muss'r hau, sonst kann'rs Schaffa bleiba lau.«

Schaki kannte ihn noch nicht, sie war aber begeistert und forderte weitere Sprüche. Ich leerte mit zwei, drei riesigen Schlucken meinen Mostkrug. Drückte mein rechtes Auge zu, blickte in den leeren Krug und stellte Schaki mein Lieblingstrinkrätsel. Meine Zunge hatte leichte Schwierigkeiten:

»Hei, Schaki, sag mal einen Satz mit Bodensee.«

Schaki blickte leicht verunsichert, auch sie merkte mittlerweile, dass Most nicht ganz ungefährlich ist, und stammelte:

»Äh, Konschtanz liegt am Bodensee.«

»Nein«, rief ich.

»Warum nein?«

Ich hob besserwisserisch und in Oberstudienratmanier meinen Zeigefinger und gab zum Besten:

»Ach, wie tut's mir im Auge weh, wenn ich vom Glas den Boden seh!«

Kaum ausgesprochen, brach lautes Gelächter aus mir heraus. Schaki schaute mich verständnislos an, schüttelte ihren blonden Kopf, sie schien immer schöner zu werden. Ich wieherte:

»Verstehst du nicht? Bodensee und Boden seh. Weißt du, Bodensee, wie Bodensee und Boden … seh, wie Boden … seh.«

Schaki schaute mich noch immer ratlos an, lachte jedoch ob meiner Erklärversuche ebenfalls los:

»Der ist nicht schlecht, den muss ich mir merken.«

Schlagartig, wie auf Kommando, wurden wir still. Geräusche des nahenden Abends drangen aus dem Ried. Das alte

Bauernhaus knackste, als führe es ein Eigenleben. Schaki schaute mit gespielter Besorgnis zum Haus und drohte mit dumpfer Stimme:

»Der Heberle-Sepp, jetzt kommt gleich der Heberle-Sepp aus dem Haus. Der geht hier im Ried um, der holt sich jemanden und zieht ihn in den Sumpf.«

»Schaki, lach nicht, einige Alte im Dorf glauben wirklich, dass dein Vater umgeht. Als der Hof leer stand, sei immer wieder mal Licht gesehen worden, und Flaschen seien morgens herumgelegen.«

»Das war garantiert nicht mein toter Vater, das waren Jugendliche, die hier gehaust haben. Das liegt hier schön abgelegen, hier konnten sie Party machen, ohne jemanden zu stören.«

»Du hast also in letzter Zeit nichts Auffälliges, Seltsames bemerkt?«, hakte ich nach, um Schakis zurückliegende Andeutung aufzunehmen.

»Hmm, das ist sehr schwierig zu definieren, das ist eher so ein Gefühl. In den letzten Tagen komme ich mir immer wieder beobachtet vor.«

Sie schaute mich ernst an. Schüttelte rasch den Kopf, wollte die Gedanken daraus vertreiben.

»So ein Quatsch, trinkst du noch ein Krüglein?«

»Krüglein« hörte sich gut an, ich nickte. Schaki verschwand in der dunklen Tür. Ich horchte ins Ried hinein, verscheuchte blutsaugende Insekten mit Fuchtelbewegungen, rief ins dunkle Loch in der Wand:

»Bring eine Kerze mit, die Schnaken fressen mich auf!«

Bei einem weiteren Krüglein, mit den Geräuschen des dämmernden Rieddschungels um uns herum, stellte ich Schaki die Frage, ob sie nicht doch eine Ahnung hätte, wer das Rezept für die begehrte Leberwurst aus der Metzgerei Kohler haben könnte. Wir mutmaßten hin und her und kamen dann zum

Ergebnis, dass der Mörder es mitgehen ließ. Dann verwarfen wir wieder diese naheliegende Idee und machten Moni für das Nichtauffindenkönnen des Rezepts verantwortlich, da sie laut Schaki häufig intuitiv und unberechenbar gehandelt hatte. Vielleicht hatte sie eine Ahnung und hatte es irgendwo in der Metzgerei oder zu Hause gut versteckt.

»Schaki, du hattest doch ein freundschaftliches Verhältnis zu Monika. Wie war denn ihr Verhältnis zu Pumper-Jimmy? War der wirklich nur ihr Personal Trainer, oder lief da etwas zwischen den beiden?«

Schaki schwieg kurz, prostete mir, um etwas Zeit für die Antwort zu gewinnen, kräftig zu. Die Krüge knallten zu schnell aneinander, ein leichtes Echo kam aus dem Wald zurück. Dann erzählte sie zunächst zögerlich:

»Ja, der Jimmy-Trottel, der war wohl anfänglich für nichts anderes als tatsächlich nur fürs Abspecken da. Aber später ging er ihr wohl doch an den Speck.«

Schon deutlich angetrunken, grinste Schaki über ihr scherzhaftes Wortspiel und sinnierte weiter:

»Dann war es schon so, dass die ein Verhältnis hatten. Man redet halt so zwischen Salami und Schwarzwurst auch mal über die privaten Dinge und so. Man kann ja nicht nur über das Geschäft reden, man ist auch Privatperson und eben ... ein Mensch und so.«

Ich echote »und soooooooo?«, setzte aber ein aufforderndes, kopfnickendes Fragezeichen dahinter. Die nonverbale Kommunikation funktionierte trotz des Alkoholgehaltes des leckeren Mostes fast problemloser als die verbale. Schaki antwortete rasch, hielt sich die Hand vor den schönen Mund und kicherte lasziv.

»Einmal hat er sie zwischen der *Leberwurst Royal* in der Räucherkammer gevögelt!«

Wir kicherten und lachten gemeinsam.

»Stell dir das mal vor: in der Räucherkammer! Monis Weißwurstarsch!«

Ich setzte noch einen drauf:

»Und sein Landjäger!«

Wir brüllten unser Lachen hinaus übers dunkelnde Moor. Das Echo schien eine Spur höhnischer. Schlagartig wurden wir wieder ernst.

»Kannst du dir vorstellen, dass Loser-Jimmy irgendetwas mit Monikas Tod zu tun hat oder mit dem Verschwinden des Rezeptes?«

Schaki stützte über dem fast schon wieder leeren Krüglein ihren Kopf mit beiden Händen ab, ließ das Kinn immer wieder in das Gefäß hängen und hob ihn nur mit dem Kinn an. Das war lustig anzuschauen. Im Übrigen sah sie im Viertelstundenrhythmus immer attraktiver aus.

»Daaas sind zwei Fragen auf einmal, lieber Dani ... erstens nein, zweitens ja.«

Ich schaute ratlos in Schakis Gesicht, dann in meinen Krug und murmelte:

»Boden seh, Bodensee.«

»Trinkst du noch einen kleinen Schluck, Danilein? Wie ging das noch mal mit deinem Spruch?«

Und ich rezitierte meinen Lieblingstrinkspruch mit lauter Stimme in den hohl klingenden Krug hinein. Schaki stand schief lachend vor mir, nahm die leeren Trinkgefäße in die Rechte, in die Linke die Kerze und schwankte ins Dunkel. Einen tollen Hintern, sie hatte wirklich einen sensationellen Hintern. Sie hob die Kerze in die Höhe, fuchtelte, dass die Flamme zitternd um ihr Leben kämpfte, und erklärte:

»Die alten Sicherungen, mir haut's immer wieder die Sicherungen raus. Muss mal einen Elektriker holen.«

Mit zwei gefüllten Krügen kam sie wieder heraus, die

Kerze brauchte ein Relight. Schweigend saßen wir vor den Krügen.

»So einen schönen Abend hatte ich schon lange nicht mehr. Ich bekomme selten Besuch.«

»Ich find's auch nett. Und die Grillen, das ist ja der Hammer.«

»Das hör ich schon gar nicht mehr, auch die Frösche, das gehört zur Riedmusik dazu. Und siehst du die Fledermäuse, wenn du den Kopf ganz nach hinten streckst? Der Himmel ist noch ein wenig hell. Siehst du sie?«

Ich sah sie nicht, meine Augen hatten schon leichte Probleme mit der Schärfeneinstellung und der gemeinsamen Koordination. Ich sagte aber, dass ich sie sähe und sie sehr putzig seien und dass man sich vor ihnen nicht fürchten müsse, da sie kein Blut saugen würden, und es ausreichen würde, sich mit einem Knoblauchkranz zu schützen. Dann lachten wir wieder in die schweigenden Bäume hinein, die schützend um den Hof standen. Ich konnte die Situation nicht zu romantisch werden lassen und wurde spontan wieder zum Ermittler:

»Um nochmals auf die Frage zurückzukommen, du glaubst also nicht, dass Pumper-Jimmy etwas mit dem Tod von Monika zu tun hat? Ist das nur ein Gefühl oder kannst du das auch begründen?«

Nach »begründen« musste ich herzhaft gähnen, auch war mir die Zunge mittlerweile so schwer geworden, dass die Worte nur noch schleppend meinen Mund verließen. Auch Schaki war im berauschten Zeitlupenmodus angekommen.

»Ach, das ist doch alles scheißegal«, lallte Schaki, »tot ist tot und wird nicht mehr lebendig. Und Geister gibt es keine, basta. Ich bin mir sicher, dass der Trottel-Jimmy die Moni nicht umgebracht hat. Der hat sie halt gebumst, und wenn das beiden gefallen hat, ist das ja okay. Und ob das der Kohler mitbekommen hat, das weiß ich nicht. Kann schon sein, so wie der mich auch zu Jimmy ausgefragt hat. Aber das ist mir scheißegal, Hauptsache, ich kann meinen Job behalten.«

Noch irgendetwas war in meinem Hinterkopf, das sich zögerlich meldete. Ah ja, die Frage nach dem Rezept und die Tabu-Frage, das Telefonat:

»Und das Rezept. Hat der Jimmy, wenn er der Mörder ist, hat er das mitgenommen, wusste er überhaupt vom Wert des Rezeptes? Was macht so ein Pumper mit so einem Rezept? Hat er es zwecks Erpressung mitgehen lassen? ›Hei, Kohler, lass die Kohle rüberwachsen, und du bekommst das Rezept wieder.‹ Oder so: Hei, Mister Big-Boss-*MegaWurst*, ich Rezept, du Kohle? Denkst du, so kann das gewesen sein, dass er die erpressen will? Das kann ich mir kaum vorstellen.«

»Ich auch nicht. Denk doch mal nach. Wenn er Kohler erpresst hätte, dann wäre klar, dass er der Mörder ist. Kohler würde sofort zur Polizei gehen, er hätte das Rezept wieder, und der Mörder wäre gefasst. Das macht so keinen Sinn. Auch Kohler als Mörder finde ich unwahrscheinlich – oder die von *MegaWurst*. Würden sie dich für teures Geld engagieren, um das Rezept wiederzufinden, wenn sie Moni getötet hätten? Das glaube ich nicht, das wäre doch schizo.«

Da hatte Schaki auch wieder recht. Aber wo war dann das Rezept? Wohl doch beim Mörder. Oder hatte Monika geahnt, dass das Rezept zum Risiko für sie wird und es vorsorglich gut versteckt?

»Schaki, ich habe heute Morgen zufällig dein Telefonat belauscht. Äh, ich bin durch den Hintereingang gekommen, und man kann ja die Ohren nicht wie die Augen zumachen.«

Schaki schaute mich mit großen Augen, in denen Kerzenlicht flackerte, an.

»Und?«

»Und was und? Das Gespräch kam mir komisch vor, du warst irgendwie … irgendwie panisch.«

So, jetzt war es raus. Schaki schwieg lange, ich dachte schon, sie würde gar nicht mehr antworten. Ich war bereit zu gehen.

»Okay, also, das war so ... Aber das geht dich wirklich nichts an, ich weiß ja, dass du helfen willst, den Fall, äh, den Mord an Moni aufzuklären. Aber es gibt eben auch Dinge, die privat sind, nur mich angehen.«

»Schaki, du hast heute Morgen am Handy so verzweifelt gewirkt, und vielleicht kann ich dir helfen? Aber dazu musst du schon offen sein. Und ich hatte das Gefühl, dass da jemand etwas über dich weiß und es gegen dich nutzen will. Ich hatte zuerst an das Rezept gedacht, aber das kann ich jetzt für mich ausschließen. Was ist es denn? Rede doch einfach darüber!«

Schaki nahm einen kleinen Schluck vom berauschenden Getränk:

»Okay, das waren die Pressefritzen, sie wollten Details über Moni und Kohler, auch über Jimmy, eigentlich Infos über alles. Die haben mir sogar Geld angeboten, aber so etwas mache ich nicht. Ich möchte darüber nicht reden, und wir haben der Hauptkommissarin versprochen, kein Täterwissen preiszugeben. Und daran halte ich mich auch. Und dann hat einer von denen zwei Mal angerufen, der wusste offensichtlich über meinen Vater und über Schanti Bescheid. Und der meinte, wenn ich nichts zum Fall Metzgermord, so hat er es genannt, sagen würde, dann würde er *meine* Geschichte noch einmal aufrollen. Und das hat mich fix und fertig gemacht. Ich bin so froh, dass ich hier in diesem Haus wieder wohnen kann, dass die alten Geschichten einen nicht mehr jeden Tag einholen. Mir reicht es schon, wenn die Leute behaupten, mein Vater würde umgehen. Und jetzt kommt dieser Depp von der Presse und will mich erpressen. Jetzt weiß ich wenigstens, woher das Wort Presse kommt.«

Schaki schlug mit dem Krug verärgert auf den Tisch und zürnte:

»Der will tatsächlich übermorgen, also am Mittwoch, den Fall aufarbeiten und meine Geschichte einbauen. Wenn er das macht … das ertrage ich nicht!«

»Keine Sorge, ich habe eine Idee. Da kann gerne etwas zum Metzger-Mord in der Zeitung erscheinen, ich garantiere dir aber, dass deine Geschichte nicht darin vorkommt. Morgen kreuze ich nämlich bei dem mit Joe und Blacky auf. Der wird es nicht wagen, das garantiere ich dir!«

Schaki steckte noch einmal das Kinn in den Krug, hob ihn an, streckte beide Arme weit vom Körper und rief:

»Freihändig!«

Der Krug krachte auf den Tisch. Der Restmost ergoss sich über den kleinen Tisch, vergeudete sich im Kies. Wir lachten in die Nacht.

Ich schwankte zum Motorrad, es lag am Kies, das Schwanken. Schaki unterstützte mich, eine Startprozedur im hohen Kies, selbst ohne Alkoholgenuss, ist ein riskantes Unterfangen. Um nach Hause zu laufen, war die Strecke zu kurz, und ich hoffte, um diese Zeit noch einen Biber überfahren zu können.

»Also dann, ich melde mich demnächst wieder, und pass gut auf, dass dich der Riedbautze nicht holt. Wenn mir noch was einfällt, dann komm ich auf einen LKW vorbei.«

Ich wollte gerade den Starterknopf drücken, um den schweren Motor zu lärmendem Leben zu erwecken, als ich nochmals mahnte:

»Haben wir wirklich alle Personen, die in Monikas Leben eine Rolle spielen, durchgearbeitet? Oder haben wir jemanden vergessen? Oft ist das Naheliegendste am weitesten entfernt, und man vergisst es einfach.«

Im Dunkel blitzten Schakis Augen kurz auf.

»Jetzt, wo du es sagst. Ihr Bruder! Der ist in letzter Zeit zu allen möglichen und unmöglichen Zeiten aufgetaucht.«

Obwohl ich mich nach etlichen Krügen Most in einem Zustand befand, horchte ich auf:

»Ein Bruder, sie hat einen Bruder? Das wusste ich gar nicht.«

»Sie hat auch nie über ihn geredet, er ist aber in letzter Zeit immer wieder mal aufgetaucht.«

»Was macht der?«

»Nichts, der ist wohl seit längerer Zeit arbeitslos.«

»Was hat der gemacht?«

»Keine Ahnung, Moni wollte nicht über ihn reden.«

»Warum nicht?«

»Sie hat sich für ihn geschämt.«

»Warum?«

»Das weiß ich nicht, sie wollte nicht über ihn reden.«

»Weißt du, wo er wohnt?«

»Ja, in Riedlingen, die genaue Adresse kenne ich jedoch nicht.«

»Kennst du seinen Vornamen?«

»Anselm, er heißt Anselm Magen.«

»Dann bekomme ich heraus, wo er wohnt, da muss ich nur ein kurzes Telefonat mit Blacky führen. Was wollte er dann, wenn er immer wieder mal aufgetaucht ist?«

»Keine Ahnung, kann aber sein, dass es um Geld ging. Sie hat ihn immer gleich in den Umkleideraum genommen, wenn Kundschaft da war. Es war ihr wohl peinlich, mit ihm gesehen zu werden. Vielleicht wollte sie auch nicht, dass die Leute mitbekommen, wenn sie miteinander gestritten haben. Das ging keine fünf Minuten, und sie sind sich in die Haare geraten. Vermutlich spielte auch Neid eine Rolle, sie erfolgreich, er auf der Verliererstraße. Also, so kam es mir vor.«

»Sie haben gestritten, um was ging es da? Ein bisschen hast du doch bestimmt mitbekommen?«

»Ja, aber ich möchte da nichts Falsches sagen. Klar, dass man immer ein paar Wortfetzen aufschnappt, aber wie gesagt, ich möchte da nicht rumspekulieren! Und ich habe es schon gesagt, vielleicht Neid?«

»Was waren das für Wortfetzen, erinnerst du dich an etwas?«

»Ach, Dani, es ist so spät, ich habe so viel wie schon lange nicht mehr getrunken. Mir saust der Schädel vom Most.«

»An was erinnerst du dich? Nur ein paar Begriffe!«

»Es ging immer wieder um Geld und um ihre Kindheit, mehr weiß ich aber wirklich nicht. Und ich muss jetzt ins Bett. Morgen wartet die Filiale wieder auf mich. Ich kann mir noch gar nicht vorstellen, wie ich das mit dem Kopf schaffen soll. Du musst morgen nicht in aller Herrgottsfrühe aufstehen. Tschüss, Dani, war wirklich schön, lass dich mal wieder blicken.«

Sie warf mir eine Kusshand zu. Ich startete das Eisen aus Milwaukee mit einem Druck auf den Anlasserknopf. Im Lichtkegel verschwand Schaki durch die Tür.

Als ich die Maschine schwerfällig im Kies wendete, streifte der Lichtkegel kurz die Scheune. Da stand sie die kleine blaue Honda Monkey.

Und daneben der Heberle-Sepp.

Sofort lenkte ich den Lichtstrahl mit einer Gegenbewegung am Lenker auf die Stelle, wo gerade noch der Geist stand. Aber da war niemand und nichts mehr zu sehen. Ich durfte nicht mehr so viel Most trinken. Most kann auch schädlich sein.

KELLERGEISTER

Hiob 4, 13 – 15
Im Grübeln und bei Nachtgesichten, wenn tiefer Schlaf die Menschen überfällt, kam Furcht und Zittern über mich und ließ erschaudern alle meine Glieder. Ein Geist schwebt an meinem Gesicht vorüber, die Haare meines Leibes sträuben sich.

Montag, 26. Juli, Aulendorf, in der Nähe des Schlosses in einem Altbau im Keller, 20.35 Uhr bis 21 Uhr

Als sie aufwachte, versuchte sie sich zuerst zu erinnern. Sie roch sofort, dass sie nicht in ihrer Welt war. Bei ihr roch es heimelig nach gedünstetem Gemüse und Staub, hier roch es ekelhaft säuerlich und nach verbrauchter, feuchter Kellerluft. Sie hörte auch sofort, dass sie nicht in ihrer Welt war. In ihrer Welt liefen immer Fernseher, Radio oder der Computer, hier hörte sie nur bedrohliche Stille. Von der Matratze, auf der sie lag, sah sie über sich eine schwache nackte Glühbirne, die den Raum kaum zu erhellen vermochte.

Plötzlich erinnerte sie sich. Sie saß im Panda und dachte über ihre fatale Situation nach, als es fast schlagartig dunkel um sie wurde. Sie hatte noch den Stofflappen gespürt, der ihr brutal ins Gesicht gepresst wurde. Und nun war sie hier aufgewacht. Mit zitternden Knien rappelte sie sich vom Gestell mit den drei zusammengeschobenen, muffeligen, ehemals blau-weißen Matratzen auf. Sie waren über und über mit Undefinierbarem befleckt. Ihr Handy, es fehlte.

Noch etwas unsicher stand sie auf, schwankte leicht, atmete in zittrigen Stößen die stickige Kellerluft ein und wagte ein paar Schritte. Sie erkannte im funzligen Licht einen kleinen Tisch, auf dem verschiedenste Objekte standen. Einen einfachen Stuhl mit gebogener Rückenlehne, der am Tisch stand und wohl ehemals in einem Klassenzimmer zu Hause war. Drei einfache Regale, vermutlich Heimwerkerarbeiten, mit größeren und kleineren Figuren bestückt, hingen an der Wand gegenüber der Tür, oberhalb der primitiven Liegestätte und an den Wänden links und rechts. Gegenüber der Matratzenpritsche war die Eingangstür, auf die sie nun zuwankte. Zerrte. Dagegen schlug. Keine Chance, es war eine Stahltür, verschlossen.

Sie weinte, verstand ihre Situation nicht. Zerrte nochmals an der Tür, schrie laut um Hilfe, wohl wissend, dass sie niemand hören würde. Dann, nachdem sie sich etwas beruhigt hatte, betrachtete sie die Figuren, die fein säuberlich, immer der Größe nach, auf dem Tisch und in den Regalen standen. Das erste, neugierige Interesse verschwand nach jedem betrachteten Stück und wurde zu blankem Entsetzen. Was waren das für Geister? Wer hatte sie hergestellt? Die feinen Haare auf den Armen stellten sich auf. Sie trat zurück an die Wand, streifte etwas pelzig Weiches im Regal, schreckte nach vorne und erkannte jetzt erst, was sie in unzähligen Figuren umgab.

Wo war sie hier gelandet? Sie wusste es. Es war ihr Ende.

NACHTMAHR

Hiob 20, 8
Wie ein Traum verfliegt er und ist nicht mehr zu finden, wird weggescheucht wie ein Gesicht der Nacht.

Dienstag, 27. Juli, Riedhagen, Heberle-Hof, Schakis Schlafzimmer, zu nachtschlafender Zeit von 00.21 Uhr bis 1.37 Uhr

Der Most hatte mit seiner herben Fruchtsüße und vor allem mit seinem Alkoholgehalt in Schakis Kopf noch für ordentlich Unruhe gesorgt. Nachdem der sture Bock Bönle nicht davon zu überzeugen war, die wenigen Meter zu Fuß zu seinem nahen Zuhause zu laufen, war auch sie ins Bett gewankt. Eine Katzenwäsche war der besonderen Situation geschuldet, und, um etwas herunterzukommen, hörte sie noch ein bisschen Musik. Und dann kam der unruhige Schlaf schneller als gedacht. Das Radio düdelte weiter: »What did I see? Can I believe? That what I saw that night was real and not just fantasy?«

Schaki wälzte sich von der linken auf die rechte Seite, strampelte die Sommerbettdecke auf den Boden des kleinen Raumes. Wachte kurz wieder auf, hörte ein Knacken auf der Treppe, lauschte erschrocken, schlief wieder ein, drehte sich wieder und wieder. In ihrem Kopf drehte es sich, Übelkeit stieg in ihr auf, Säure in die Speiseröhre. Sie schreckte hoch, fürchtete, sich übergeben zu müssen. Fehlalarm, sofort war der Schlaf da, entführte sie in die gnadenlose Welt des Traumes. Dunkelheit stieg in ihr auf, die Poren des Körpers öffneten sich, wurden zu winzigen Kanälen, die Schweiß verströmten. Sie verließ den Raum, ohne ihn zu verlassen, schwebte langsam rotierend, immer höher, schwindelnd in Richtung Raum. Dann war nur noch Raum, heller, gekachelter steriler Raum. Der Raum war angenehm kühl, doch schwitzte sie mehr denn je. Der Raum schien unendlich hoch, höher als etwas anderes, höher als alles.

In the mist, dark figures move and twist. Was all this for real or just some kind of hell?

Und dann wurde der klare, hohe, kalte Raum enger und enger. Warmer Nebel speiste ihn, bis die Luft zum Atmen fehlte. Es wurde heiß, Nebel wurde zu Rauch. Zur Räucherkammer, zur Hölle. Und dann geriet die ganze Szene in Rotation, Rauchwirbel stiegen spiralförmig auf und waren plötzlich nichts. Stille. Stille, die laut schrie.

Im Schlaf hielt sich Schaki die Ohren zu und fing ebenfalls an zu schreien, erst leise, dann lauter. Die Schreie wurden zum Gesang.

Can this still be real, or just some crazy dream?

Und dann sah sie im gekachelten Raum den Menschen. Der Mensch war nur Mensch, und er war real, obwohl sie wusste, dass sie träumte. Der Mensch hing an einer Kette, der Mensch war Monika, und der Mensch war mit Speeren durchbohrt. Wie der Heilige Sebastian. Der Mensch wurde plötzlich zum Mett-Igel, und als er sich schaukelnd langsam zu ihr her drehte, erkannte sie, dass sie in einen Spiegel blickte.

Schweißgebadet wachte Schaki aus ihrem Albtraum auf. Stieg die Treppe hinunter, ohne Licht zu machen. Ging in die Küche, stieß gegen einen Stuhl, der auf dem Steinboden ein kreischendes Geräusch von sich gab, und ließ aus dem Hahn ein Glas Wasser einlaufen, das sie gierig trank. Sie hatte sich wieder beruhigt, musste über den seltsamen Traum den Kopf schütteln. Lächelte die Furcht, die immer noch wie ein kaltes Stück Metall in ihr steckte, einfach weg.

Aus dem Augenwinkel nahm sie eine Bewegung wahr. Erschrocken drehte sie sich zum kleinen Fenster, das auf den Hof hinauswies. Und da stand er. Ihr Vater, er hatte ihr den Rücken zugekehrt. Es war seine braune Breitcordhose mit den altmodischen Hosenträgern, und es war auch sein rot kariertes Hemd. Er wirkte etwas schmächtiger, als sie ihn in Erinnerung hatte. Aber es war ihr Vater. Und dann drehte er sich langsam um, schien sie zu wittern. Und dann wusste sie nicht mehr, ob sie immer noch im Bett lag und träumte. Ihr Vater hatte ein Schweinegesicht. Panik stieg in ihr auf. Jetzt nur nicht kopflos werden. Wenn er jetzt hereinkam, dann saß sie in der Falle. Von der Küche gab es nur eine Tür hinaus. In der Dunkelheit war sie nicht schnell genug. Sie tastete zum Lichtschalter. Nur ein Klacken, die Sicherung. Vorsichtig tastete sie sich in der dunklen Küche wieder hinaus.

Und dann stand er vor ihr, genau im Türrahmen. Streckte beide Hände nach ihr aus, packte sie am Kragen ihres Nachthemdes und sagte mit leiser, aber eindringlicher Stimme:

»Gib mir bitte das Rezept, ich brauche es.«

Jetzt wusste Schaki, dass es kein Traum war, sondern Realität. Der weiche, gummiartige Schweinekopf war in der dunklen Küche nur schemenhaft zu erkennen, die klare Nacht spendete gerade so viel Licht, um das Nötigste zu erahnen und die Situation noch gruseliger zu gestalten.

Schaki flüsterte zurück: »Welches Rezept?«

Plötzlich war da keine Angst mehr. Da waren so etwas wie Trotz in ihr und das Verlangen, das Unrecht, das ihr gerade widerfuhr, nicht zu akzeptieren. Was vor ihr stand, war kein Geist. Das war ein Mensch, es war die Statur eines Mannes, der nicht einmal besonders kräftig wirkte. Sich zu wehren, würde trotzdem wenig Sinn machen, vermutlich wäre sie ihm unterlegen. Vielleicht konnte man ihn in ein Gespräch verwickeln, und er würde ihr glauben.

»Du weißt genau, was ich für ein Rezept meine. Gib es mir! Bitte!«

»Das Rezept von Frau Magen-Kohler?«

»Ja, das weißt du ganz genau. Monikas Rezept, das von der Leberwurst.«

»Das habe ich nicht.«

»Doch, du musst es haben. Wer hat es sonst?«

»Ich weiß es wirklich nicht, das müssen Sie mir glauben.«

»Ich habe das Haus von oben bis unten durchsucht. Wo hast du es versteckt?«

Er kam ganz nahe an sie heran. Packte sie wieder am Kragen, sie roch das Gummi der widerlichen Maske und sie roch im Atem, der stoßweise aus den Rüssellöchern der Schweinemaske kam, noch etwas. Scharfe Minze.

So plötzlich, wie er sie gepackt hatte, ließ er sie los. Verschwand in der Tür, knallte gegen den Rahmen der Außentür. Ein kurzes, gepresstes Fluchen, der Spuk floh in den Hof und verschwand in Richtung Straße. Nur wenige Sekunden später hörte sie das Schlagen einer Autotür, das Starten eines Motors und die rasante Flucht aus ihrem Albtraum.

GESTÖRTES UND VERLÄNGERTES FRÜHSTÜCK

Jesaja 5, 11
Wehe denen, die früh am Morgen dem Bier nachjagen und in der Dämmerung lange aushalten …

Dienstag, 27. Juli, Riedhagen, Bönles Anwesen, 5.30 Uhr bis 6.47 Uhr

Trotz der nächtlichen Eskapaden klingelte mein Wecker zur gewohnten Zeit. Um 5.30 Uhr. So war es recht, so war es gut. Mein Kopf war zwar anderer Meinung, aber ohne Disziplin verlottert man. Mein Programm war klar, zuerst zwei Stunden zu Frieda hoch, wegen der Verrichtung. Dann Frühstück für Korbi und Cäci vorbereiten. Korbi hatte heute spät Schule und Cäci ihre beiden Privatpatienten daher auf 10 und 11 Uhr bestellt. Die Sitzungen plante sie auf jeweils 45 Minuten. Ich würde dann am späteren Vormittag noch diesen Anselm Magen, den Bruder Monikas, aufsuchen, müsste aber vorher noch über Blacky und ihre Dienststelle die Adresse von Monikas Bruder herausbekommen. Aber das war das geringste Problem. Irgendwann sollte dann noch eine Fallbesprechung stattfinden, mit all denen, die mir mit Verstand und Tat helfen konnten. Das war nicht ganz einfach, da nicht alle das Glück hatten, nicht arbeiten zu müssen. Vielleicht morgen oder übermorgen eine Sitzung im *Stengel* oder besser noch ein kleines Arbeitsessen in meinem Garten mit Grillspezialitäten.

Als ich noch die Vor- und Nachteile eines Arbeitsessens abwog, klingelte noch vor 6 Uhr mein Phone. Es war Schaki, und sie war ziemlich aufgelöst.

Zehn Minuten später standen sie und ihr Nissan in meinem Hof. Die Nightmare, die sie mir bei Kaffee, Frühstücksei und selbstgemachtem Hefezopf mit ebenfalls selbstgemachter Holundermarmelade zum Besten gab, ließ mir selbst bei angenehmen morgendlichen Außentemperaturen das Blut in den Adern gefrieren. Immer wieder fuhr ich mir über die Oberseite der Unterarme und schüttelte mich. Schaki schien es fast gelassener zu nehmen.

»Konntest du dann noch einmal einschlafen?«

»Ja, lag vielleicht auch am Most.«

»Warum hast du mich nicht sofort angerufen?«

»Warum? Warum? Rate mal!«

»Äh, keine Ahnung, sind wir hier beim Quiz?«

»Mein Gott, Dani, du warst so betrunken, du bist alleine gar nicht auf dein Motorrad gekommen. Ich musste dir helfen, in den Sattel zu steigen. Du wärst bestimmt wieder mit irgendeinem deiner Fahrzeuge gekommen und im Graben gelandet. Mir war das einfach zu riskant, und ob du's glaubst oder nicht, ich hatte vor der Figur plötzlich gar keine Angst mehr, als die ›bitte‹ gesagt hat.«

»Könntest du das mit den Getränken, äh, dem Most vielleicht nicht an die große Glocke hängen? Vor allem Cäci und Korbi … du verstehst, was ich meine? Auch die anderen *MIKEBOSSler* brauchen das nicht unbedingt zu erfahren, du weißt ja, Präsident, Vorbildfunktion und so.«

Natürlich verstand sie, und ein bisschen war das ja auch in ihrem Interesse. Und Schaki erzählte alle Details des nächtlichen Überraschungsbesuchs. Vor allem das Detail Schweinemaske und Geruch nach scharfer Minze interessierten mich. Aber auch die Tatsache, dass die Person gekleidet war wie Schakis Vater, erschien mir ungeheuerlich und rätselhaft. In meinem Kopf formten sich Ideen, brodelte es, Puzzlestücke schoben sich vorsichtig zusammen, ohne dass ich eingreifen musste. Und heute Morgen noch, je früher, desto besser, würde ich Schakis Hof einen weiteren Besuch abstatten, um Spuren zu sichern.

»Denkst du, ich muss das der Hauptkommissarin melden?«

»Natürlich, keine Frage, aber am besten wäre es, wenn mir das blonde Gift nicht begegnen würde. Also, eine kleine gewisse zeitliche Verzögerung wäre wünschenswert.«

»Ich verstehe.«

Schön, dass mich Schaki immer so gut versteht, manchmal, aber nur manchmal hatte ich das Gefühl, dass sie mich mitunter besser verstand als Cäci.

EINE MISSLUNGENE GEWISSE ZEITLICHE VERZÖGERUNG

5. Mose 25, 1–3
Wenn zwei Männer eine Auseinandersetzung haben, vor Gericht gehen und man zwischen ihnen die Entscheidung fällt, indem man dem recht gibt, der im Recht ist, und den schuldig spricht, der schuldig ist, dann soll der Richter, falls der Schuldige zu einer Prügelstrafe verurteilt wurde, anordnen, dass er sich hinlegt und in seiner Gegenwart eine bestimmte Anzahl von Schlägen erhält, wie es seiner Schuld entspricht.

Dienstag, 27. Juli, Riedhagen, Heberle-Hof, noch vor 7 Uhr bis zum Eklat gegen 7.45 Uhr

Man kann mir wirklich nicht vorwerfen, dass ich es provoziert hätte. Nein, gewiss nicht. Man kann höchstens Schaki vorwerfen, zu doof zu sein, mir zuzuhören, wenn ich etwas sage. Ausdrücklich hatte ich um eine gewisse zeitliche Verzögerung gebeten, damit die Situation nicht eskalierte. Doch Schaki wollte wohl zügige Ermittlungen und Arbeit unter einen Hut bringen und rief schon aus dem Auto heraus die Hauptkommissarin an. Noch während ich, von Schaki begleitet, den Hof mit all seinen Winkeln und Ecken, vom Keller bis zum Dach durchsuchte, knirschte es verdächtig im Kies, und die fesche Hauptkommissarin mit dem obligaten

Zwetschgenmännchen erschien nahezu geräuschlos mit ihrem E-Gefährt. Ich signalisierte Schaki mit verschiedensten Zeichen – Zeigefinger auf Lippe, Fuchtelbewegungen mit den Händen, Treppenabstiegsbewegungen mit den Fingern – dass ich mich unsichtbar machen wollte. Sie deutete panisch auf mein Motorrad und streckte beide Hände mit den Handflächen nach oben, was wohl ein riesiges Fragezeichen sein sollte. Ich tippte auf meine Armbanduhr und formte stumm die Worte *GESTERN*. Die Kluge schien verstanden zu haben, grinste mir zu und machte einige hastige Handbewegungen Richtung Keller.

»Guten Tag, Frau Heberle, ist ja noch früh am Tag. Was ist genau vorgefallen? Ist der Bönle auch hier?«

»Nein, warum?«

»Dumme Frage. Oder fahren Sie jetzt eine Harley? Das ist seine Maschine.«

Das Zwetschgenmännchen nickte, umkreiste die Maschine, schlug mit seinem rechten, auf Hochglanz polierten Budapester-Schuhen gegen das mächtige Hinterrad und fachsimpelte:

»Voll der fette Reifen, 240er, 300er, Hammer.«

»Warum steht dann seine Maschine hier? Wehe, der pfuscht uns hier ins Handwerk. Rufen Sie ihn, er soll hier sofort verschwinden. Wir ermitteln hier.«

»Er ist nicht hier. Er hatte mich gestern besucht und seine Maschine stehen lassen, da er eine Kleinigkeit getrunken hatte.«

»So, eine Kleinigkeit. Soso, gestern Abend. Warum ist dann der Motor noch warm? Können Sie mir das erklären, Frau Heberle?«

Das Zwetschgenmännchen machte die Handprobe und bestätigte die Erkenntnis seiner Chefin:

»Ja, der Motor ist noch warm.«

Schaki nickte zu den beiden und meinte trocken:

»Das ist ein riesiger Motor, das dauert seine Zeit, bis der bei diesen warmen Temperaturen abkühlt. Die Harley hat ja keine Wasserkühlung.«

Das gefiel mir aus meinem Versteck heraus, ich befand mich mittlerweile im Mostkeller, wo Schaki in Kunststofffässern den Most ihrer Streuobstwiese lagerte. Der Keller wirkte feucht und kühl, der Boden bestand aus gestampftem Lehm, in jeder Ecke hingen dunkle Spinnweben. Er war wohl mal ein Kartoffelkeller gewesen, da neben dem kleinen drahtvergitterten Fenster eine schräge, ins Gemäuer eingelassene Öffnung nach draußen führte, die jedoch mit einer Falltür verschlossen war. Von der Öffnung führte eine Holzschräge auf den Kellerboden. In verstaubten und mit Spinnweben überzogenen Regalen standen unzählige leere Flaschen, die vermutlich in früheren Zeiten mit selbst gemachten Fruchtsäften aus dem Entsafter befüllt waren. Roter und schwarzer Johannisbeersaft, Erdbeersaft, Stachelbeersaft. Der Apfelsaft war bestimmt in den Fünfliterplastikbehältern mit den roten Schraubverschlüssen gelagert worden. Und in den verstaubten *Weck*-Gläsern lagen vielleicht Birnen, Zwetschgen, vielleicht auch Gurken und Kürbisse im Saft.

»Und Sie bleiben wirklich dabei, Frau Heberle, dass der Herr Privatschnüffler aus Riedhagen zurzeit nicht hier auf Ihrem Grundstück befindlich ist?«, fragte das kriminale Anhängsel und drehte am Gasgriff meiner Harley. Beinahe wäre ich mit dem Kopf an die Scheibe des nahezu blinden Fensters gestoßen. Und er tat es tatsächlich, er wagte es.

»Da darf ich mich bestimmt mal draufsetzen? Er sieht's ja nicht!«

Die Frau Hauptkommissarin hob abwehrend die Hände, Schaki meinte vorwurfsvoll:

»Ich glaube, das ist keine gute Idee!«

Das Männchen setzte sich auf mein Eisen, das auf dem Seitenständer ruhte. Es versuchte vergeblich, auf dem kiesigen Untergrund die über 330 Kilogramm schwere Maschine in eine gerade Position zu bringen. Mir blieb das Herz stehen. Die Maschine schwankte behäbig, das linke Füßchen des übereifrigen Ermittlers scharrte verzweifelt auf dem Boden, die Budapester zierte ein Staubfilm. Mit der Hacke kam es an den Seitenständer, dieser klackte nach oben, das Männchen rutschte mit seinem linken Fuß auf dem Kies aus. Die Maschine fiel in Zeitlupe. Ich drehte mich um, spurtete los, knallte mit der rechten Seite meines Kopfes gegen ein Regal, raste die Treppe hoch. Das Zwetschgenmännchen lag zappelnd unter meiner Maschine und stöhnte. Zu dritt schafften wir es, die Maschine, die bis dato unfall- und umfallfrei war, aufzurichten. Der zarte Ermittler richtete sich alpinaweiß im Gesicht wieder auf, stieß mit dem Fuß gegen die Gearbox und zeterte:

»Scheiß Maschine.«

Das war zu viel. Es knackte nur ganz kurz, eigentlich wollte ich ihm die Nase nicht blutig schlagen. Es war wie eine Art Reflex. Er war aber wenig einsichtig und führte ein zorniges Rumpelstilzchentänzchen auf. Die Hauptkommissarin schien mich ein kleines bisschen zu verstehen und bat ihren behinderten Kollegen, die Dienstwaffe wieder einzustecken.

Nachdem sich die Situation wieder einigermaßen beruhigt hatte, setzten wir uns in die Küche des alten Hofes, um der Hauptkommissarin und ihrem übereifrigen Begleiter Rede und Antwort zu stehen.

Wie alle Räume des Hofes war auch die Küche niedrig gebaut. Kleine Fenster ließen wenig Licht in den Raum, der mit einem Steinfußboden ausgestattet war. Zentrum bildete ein Holzofenherd mit Eisenplatte und Ringen. In einem Weidenkorb lagerte Brennholz. Ein beiges Büffet aus der Resopal-Zeit beherbergte vermutlich das nötige Geschirr. Ein ebenfalls resopalbeschichteter grau gemusterter Tisch stand vor einer Eckbank mit rotem zerschlissenem Sitzbezug. Drei Stühle unterschiedlichster Machart standen an den beiden anderen Tischkanten. Hinter der Eckbank war ein kleiner Herrgottswinkel ins Gemäuer eingelassen. Ein Beistellkreuz stand chromblitzend darin, davor ein Väschen mit einer Nelke aus Kunststoff.

Die Hauptkommissarin dirigierte uns auf die Eckbank, ihr Begleiter und sie selbst nutzten den Komfort der Stühle.

»So, jetzt mal ganz von vorne.«

Und so schilderten wir unser Treffen, untertrieben etwas mit der Mostmenge und versuchten, uns zu erinnern, ob es einen Hinweis gab, wann und wie die fremde Person auf den Hof gekommen war. Hellhörig wurde die blonde Ermittlerin, als ich die Gestalt im Lichtkegel erwähnte, die ich für den alten Heberle gehalten hatte. Mir war jedoch noch nicht eindeutig klar, ob sie unserer Geschichte glaubte.

»Frau Heberle, Sie dachten doch auch zuerst, dass es sich bei der Person um Ihren Vater handelte. Wie kommen Sie darauf?«

»Die Kleidung, das lag allein an der Kleidung. Die Breitcordhose, die Hosenträger, das karierte Hemd, so war mein Vater fast immer gekleidet.«

Ich konnte Schaki nur zustimmen, auch ich hatte den Eindruck, den alten Heberle kurz im Scheinwerferlicht erkannt zu haben.

»Kann es sein, dass sich jemand mit den Sachen Ihres Vaters verkleidet hat? Sich einen Scherz mit Ihnen erlaubt hat?«

»Das wäre ein übler Scherz, aber es ist schon möglich. Und die alten Sachen meines Vaters, die liegen unten in einem Wäschekorb.«

Auch der schmale PKA-Ermittler, der mit einem *Tempo*-Taschentuch kleine Papierwürstchen geformt hatte, um sein Nasenbluten zu stillen, wollte zum Ermittlungsfortschritt beitragen und bemerkte näselnd:

»Aber wie ist der Täter oder die Täterin ins ...«

Ich unterbrach ihn:

»Oder korrekterweise auch der Transgender-Täter, äh Täterin, äh ...«

Das Kerlchen sprang vom Küchenstuhl auf und fauchte mich jähzornig an:

»Bönle, halten Sie Ihren dummen Mund, oder ich lasse Sie verhaften wegen ... wegen ... wegen allem!«

Ich hielt meinen dummen Mund, und wir pilgerten gemeinsam in den Keller, um festzustellen, dass die alte Hauptsicherung aus Porzellan im Sicherungskasten herausgedreht und der Wäschekorb mit den Kleidungsstücken des Altvorderen Heberle durchwühlt worden war und wohl auch einige Stücke fehlten. Dessen war sich jedoch Schaki nicht ganz sicher.

In der torlosen Scheuer, in der ich meinte, neben Schakis Minimotorrad den Alten gesehen zu haben, sah ich direkt neben dem kleinen Bike etwas Grün-Weißes unter Strohfetzen blitzen.

»Schauen Sie mal. Kommt Ihnen das nicht bekannt vor?«

Die Hauptkommissarin packte das *Fisherman's* Tütchen mit behandschuhten Fingern in ein winziges Plastikbeutelchen.

»Oh, was ich fast vergessen hätte«, Schaki wirkte aufgeregt, »er hat aus der Maske heraus nach scharfer Minze gerochen. Das würde doch zu dem Tütchen passen, und Dani hat so eins ja auch bei der Metzgerei gefunden.«

Triumphierend hob die Hauptkommissarin das Beutelchen vor das Gesicht ihres Kompagnons, der mit der blutigen Tamponade in der Nase albern aussah, und bemerkte:

»Wenn wir hier DNA finden, dann wären wir einen Schritt weiter. Vielleicht bringt ein Abgleich mit dem Tütchen vom Metzgereiparkplatz ein positives Ergebnis. Wer weiß? Und für Sie gilt nach wie vor Verschwiegenheit, sonst gibt es doch noch eine Anzeige wegen Tätlichkeit gegen einen Beamten.«

Die Blonde gab mir dann noch einen unerwarteten Ratschlag, nämlich, mich aus den Ermittlungen rauszuhalten. Der verdorrte Beamte gab mir auch einen Ratschlag, nämlich, ihn nie wieder anzufassen, sonst ... Ich gab ihm ebenfalls einen Ratschlag, nämlich, nie wieder meine Maschine anzufassen, und zwar ohne sonst.

»Ich muss jetzt ins Geschäft, ich habe der Aushilfe schon Bescheid gegeben, dass ich später komme. Das ging ja ewig, bis die verschwunden sind. Das kann ich nicht jeden Tag bringen. Sonst schmeißt mich der Kohler irgendwann raus.«

»Zurzeit kann er es sich nicht leisten, dich rauszuwerfen. Solang er nicht weiß, wer sein Rezept hat, wird der sehr vorsichtig sein.«

Schaki schien meinen Optimismus nicht zu teilen, ihr Kopf wiegte unsicher hin und her. Ein paar Informationen wollte ich trotzdem noch mitnehmen und bohrte weiter:

»Wie war das denn auf dieser komischen Wurstmesse, mit dem komischen Namen, der Dings?«

»Du meinst die *SÜFFA*?«

»Ja, seltsames Kürzel. Für was steht es?«

»Ich meine, das steht für *Südliche Fachmesse für Fleisch* oder *Südliche Fleisch Fachmesse*. Das weiß keiner so genau, auch der Kohler nicht.«

Ich winkte ab, mich interessierte mehr, wie die Protagonisten und Protagonistinnen der Branche zueinander standen.

»Wie kam es denn, dass der Kohler an die Business Woman, diese Frau König von *MegaWurst*, gekommen ist?«

»Das war wohl gerade andersherum. Diese König ist auf den Kohler zugekommen, was Moni wohl gar nicht gepasst hat. Aber ich war nicht mit dabei, Moni wollte keine weibliche Begleitung, vor allem nicht mich. Sie wollte sich allein in Szene setzen.«

»Weißt du, ob der Chef von *MegaWurst* auch in Stuttgart dabei war?«

»Dieser Doktor Bläsle, ja, der war wohl mit dabei. Aber der Kontakt zwischen der Metzgerei Kohler und *MegaWurst* wurde wohl hauptsächlich über diese Fernandine König hergestellt. Moni war da ganz entrüstet, als sie wieder hier war. ›Die hat meinen Sebi angebaggert, und der Trottel denkt auch noch, sie will was von ihm, dabei will sie nur seine Wurst.‹«

Ich nickte zustimmend und ergänzte:

»Und jetzt das Rezept.«

Schaki presste die Lippen zusammen, schüttelte den Kopf in Zeitlupe hin und her:

»Mein Gott, alles nur wegen so einer dämlichen Wurst, so viel Ärger und Leid. Das muss man sich mal vorstellen, nur wegen einer Leberwurst.«

Ich korrigierte die Nachdenkliche:

»Das Motiv kann die Leberwurst sein, dann wäre es um das Rezept gegangen, und es wäre ein einfacher Raubmord. Aber das erklärt nicht das Übertöten von Monika. Wer so brutal tötet, wer so oft zusticht, die Messer und Instrumente so auswählt, der handelt hoch emotional. Da steckt dann mehr dahinter als ein Raubmord, um ein Rezept zu stehlen. Da müssen andere Gründe vorliegen, da spielt die Psyche des Täters eine ganz bestimmte Rolle. Aber welche?«

Schaki brachte einen Einwand:

»Kann es nicht sein, dass der Täter doch nur das Rezept wollte und das Übertöten nur vorgetäuscht hat, um von seinem gewöhnlichen Motiv abzulenken?«

Bewundernd nickte ich:

»Gute Idee, könnte sein. Aber da gehört schon ein ordentliches Stück Überwindung dazu, jemanden so zu töten und den Körper dann auch noch so zu drapieren. Für mich scheint das Perverse in diesem Fall eine Rolle zu spielen. Hast du nicht gesagt, Moni sah aus wie ein Mett-Igel? Das geht mir nicht mehr aus dem Kopf. Ein Mett-Igel.«

»Ja, das habe ich tatsächlich gesagt, aber ganz spontan. Auf mich hat es so gewirkt, obwohl Mett-Igel ganz aus der Mode sind. Die sind nicht mehr gefragt.«

»Was ist denn genau ein Mett-Igel?«, fragte ich Schaki, beantwortete aber, Korrekturen von der Fachfrau erwartend, die Frage selbst:

»Das wird doch aus Rohfleisch hergestellt, aus Hack, und man bringt es in eine Igelform. Mit Kapern und Gürkchen kann man Augen und Ohren gestalten, und mit Salzstangen macht man die Stacheln. Und in war das in den 50ern bis in die 70er-Jahre. Stimmt das so?«

Schaki zuckte mit den Schultern:

»Keine Ahnung, hört sich auf jeden Fall grauslich an. Und ist ein leicht verderbliches Lebensmittel, da wird ja nichts erhitzt.«

KELLERPEIN

Jesus Sirach 33, 21
Solange du noch lebst und Atem in dir ist, tausche deinen Platz mit keinem anderen!

Dienstag, 27. Juli, Aulendorf, in der Nähe des Schlosses in einem Altbau im Keller, die Zeit steht still

Sie hatte es nicht verdient, das wusste sie. Natürlich war es Unrecht, was sie getan hatte, aber letztendlich war sie im Recht. Im Vergleich zu ihrem Unrecht war das, was ihr hier angetan wurde, himmelschreiendes Unrecht. Moralisch war sie sowieso im Recht. Und seit sie gesehen hatte, was sie umgab, war ihr klar, dass sie lebend hier nicht mehr herauskam, es sei denn, man fand sie vorher, oder ihr würde die Flucht gelingen. Aber solang sie noch atmete, würde sie kämpfen.

Vielleicht gab es aber doch eine winzige Chance. Die Chance, den Täter kennenzulernen, mit ihm zu kommunizieren, ihn davon zu überzeugen, sie freizulassen. Ihm etwas vorzumachen, ihn einzulullen, und dann Flucht oder freigelassen werden. Er musste ja einen Grund haben, sie gefangen zu halten, sie ausgewählt zu haben. Sie setzte sich auf den kleinen Stuhl mit der gebogenen Rückenlehne und ignorierte zunächst die Objekte, die auf dem Tisch standen. Und sie wusste, dass mit ihrem Peiniger nicht zu spaßen war. Offensichtlich war sie in die Fänge eines Psychopathen geraten.

Oder einer Psychopathin? Der Gedanke war ihr aber schnell fremd. Und eines war ihr auch klar: Er musste in der Metzgerei gewesen sein, dort, wo sie ihre Maske in Panik vom Kopf gerissen hatte. War er verantwortlich für das, was in der Zeitung stand? Oder war es doch sie selbst gewesen? War sie so außer sich gewesen, dass sie nicht mehr wusste, was sie tat, nachdem alles schief gegangen war?

Sie nahm eine der Figuren in die Hand, um sie genauer zu betrachten. Sie war pelzig weich, ein Schwein, ein kleines Metallknöpfchen steckte in einem Ohr. Und dann stockte ihr der Atem, die Augen weiteten sich vor Entsetzen.

Tief im Rücken steckten Nägel und Nadeln. Alle Figuren im Kellerzimmer auf den drei Wandregalen und dem Tisch waren fein säuberlich in Reih und Glied aufgestellt, der Größe nach geordnet. Und alle waren sie mit Nägeln und Nadeln gespickt, die mit großer Gewalt weit in die Figuren hineingepresst waren. Sie knallte angewidert das rosafarbene Stoffschwein gegen die Wand, sprang vom Schulstuhl auf, biss sich auf die Unterlippe, stapfte trotzig von der Stahltür bis zum primitiven Bett, immer hin und her, und murmelte:

»Ich muss nachdenken, ich muss nachdenken.«

Seltsam, dass sie keinerlei Geräusche von oben oder außen hörte. Sie war sich sicher, in einem Kellerraum zu sein. Ohne Fenster, was ihre Chancen zur Flucht nicht erhöhte. Sie musste zunächst abwarten, langsam meldeten sich aber auch Durst und Hunger. Wann würde ihr Peiniger kommen? Sie legte sich wieder auf die stinkigen Matratzen. Der Geruch war widerlich. Drehte alle drei um. Auf diese Idee musste vor ihr auch schon jemand gekommen sein. Sie drehte sie wieder um. Und dann hörte sie über sich Schritte. Sie hielt den Atem an. Ein Schlagen von Türen oder Schubladen, das Rauschen einer Wasserleitung und dann wieder Schritte, ein Türenschlagen und wieder Schritte. Dieses Mal waren es Treppenschritte, jemand stieg zu ihr herunter, auf die Stahltür zu. Ein klirrendes Geräusch, als ob Gläser aneinanderschlugen, gepaart mit einem Scheppern von Besteck. Irgendetwas wurde vor der Tür abgestellt. Dann ein mechanisches Geräusch im Schloss der Tür. Die Tür ging einen Spalt auf, eine dunkle Schuhspitze hinderte die Tür am Zufallen. Wieder das Geräusch von Gläsern und Besteck. Dann ein kurzer Blick in die Freiheit, eine Treppe, wie sie in Altbauten in den Keller führt, eine Treppe aus Holz. Dann zog er die Tür mit der freien Hand zu, mit seiner Rechten balancierte er ein Tablett, auf dem sich eine gläserne Mineralwasserflasche, ein Trinkglas, ein Teller mit Essen und Besteck befand.

»Hallo«, erklang es dumpf, »ich habe dir etwas zu essen gebracht. Setz dich bitte hier an den Tisch.«

Er hatte die Maske auf, ihre Maske, daran schien immer noch verkrustetes dunkles Blut zu kleben.

Hatte er tatsächlich bitte gesagt?

Sie tat, wie er verlangte, stand von der schmutzigen Liegestatt auf und wollte vorsichtig zum Tischchen gehen, als er stutzte. Er setzte zitternd das Tablett auf dem Tisch ab und stotterte:

»Wo, wo ist Rosie? Sag, wo, wo ist Rosie? Die muss hier stehen!«

Sie verstand und deutete in die Ecke, wo sie das Stofftier hingeschleudert hatte.

»Oh, Gott sei Dank. Wie kommt sie da hin? Du hast ihr hoffentlich nichts getan. Sie ist ein armes Schwein, also lass sie bitte in Ruhe. Setz dich und iss! Iss leer!«

Vorsichtig gingen sie aneinander vorbei, er in Richtung des Bettes, sie in Richtung Tür zum kleinen Tisch hin. Er ließ sie mit durch die Maske blitzenden Augen keine Sekunde unbeobachtet, sah ihren Blick zur Tür und sagte mit ruhiger Stimme:

»Versuch das bitte nicht, die Tür lässt sich nur mit Schlüssel öffnen.«

Wie zum Beweis zog er ihn aus der Hosentasche und winkte damit in ihre Richtung.

»Lass es dir schmecken, das ist sehr gut. Fleisch gibt es keines. Das ist kein Hackfleisch, das ist ein Gemüsebratling, und das andere kennst du ja.«

Neben dem Bratling lagen Paprikastückchen, sorgfältig geschälte Karotten, Gurkenscheiben und ein Brot mit vielen Körnern. Zum Trinken gab es Mineralwasser mit Kohlensäure. Zögerlich griff sie zu, sie musste etwas essen, wenn sie bei Kräften bleiben wollte.

»Schmeckt's?«

Sie traute sich nicht zu antworten.

»Ich habe dich etwas gefragt, also antworte bitte.«

Vorwurfsvoll, mit leicht schräg gestelltem Kopf, schien das Schwein sie anzuschauen. Sie lag richtig mit ihrer Vermutung. Es war ein Mann. Ein Mann von mittlerer Größe und eher schmächtiger Statur. Seine Stimme klang dumpf und undeutlich, das mochte an der Maske liegen, an ihrer Maske. Als ob er ihre Gedanken lesen konnte:

»Wenn du schon nichts sagst, erkennst du wenigstens die Maske wieder?«

Sie wusste nicht, wie sie reagieren sollte, griff zu einem Gurkenscheibchen, steckte es sich rasch in den Mund, um Zeit für eine Antwort zu gewinnen.

»Kannst du nicht reden? Es ist unhöflich, nicht zu antworten. Also, kennst du diese Maske?«

Sie nickte.

»Ich möchte es hören, laut und deutlich, also, ein letztes Mal, sonst reißt mir der Geduldsfaden. Kennst du diese Maske?«

Er zog sie ein kleines Stück vom Gesicht weg und ließ sie

feucht zurückschnalzen. Offensichtlich schwitzte er stark darunter.

Sie antwortete laut und deutlich:

»Ja, ich kenne diese Maske.«

»Woher kennst du diese Maske?«

»Es ist meine.«

»Warum weißt du, dass es deine ist und nicht meine?«

»Ich erkenne sie eben.«

»Sag mir, an was du sie erkennst.«

»Der kleine Riss am Kinn.«

»Und was noch?«

Leise antwortete sie:

»Das Blut.«

Ihr Gegenüber auf der dreiteiligen Matratze starrte sie schweinsgesichtig an und schwieg. Langsam aß sie, was vor ihr auf dem Teller lag.

Aus der Schweinsmaske kam ein kleines Stöhnen:

»Ja, das Blut, das stammt aus der Metzgerei, ich habe dich gesehen. Und ich habe auch gesehen, was du mitgenommen hast.«

Sie schwieg, war ratlos.

»Willst du mir nicht sagen, was du mitgenommen hast? Etwas, was dir nicht gehört!«

»Ich habe nichts mitgenommen, das wissen Sie ganz genau, wenn Sie mich beobachtet haben. Ich habe etwas zurückgelassen: die Maske.«

»Nein, du hast auch etwas mitgenommen.«

Verzweifelt fragte sie:

»Was denn? Sagen Sie mir doch was!«

»Das Rezept, ich weiß, dass es fehlt, und nur du kannst es haben, wenn es die Angestellte nicht hat.«

»Ich schwöre, dass ich es nicht habe! Warum sollte ich lügen, was habe ich von einem Rezept? Was soll das überhaupt für ein Rezept sein? Für Medikamente? Teure Medikamente?«

»Verarsch mich bitte nicht, und jetzt iss endlich leer! Fleisch und Wurst gibt es nicht, bei mir nicht! Du wirst aber nicht verhungern, es geht auch ohne!«

Trotzig schaute sie ihn an und fauchte in die Schweinemaske:

»Ich esse kein Fleisch, ich lebe vegan!«

Er sprang von der Bettstatt auf, wirkte plötzlich aufgeregt, nicht mehr so ärgerlich, fast freundlich:

»Das ist gut, das ist gut, ich bin mir sicher, dass wir uns verstehen werden. Iss brav leer, sonst …«

Er redete den Satz nicht zu Ende, ging rasch an ihr vorbei, streichelte ihr zärtlich über den Kopf und war schon aus der Tür. Schloss sie von außen ab.

DIE VORBEREITUNG

Sprüche 25, 15
Mit Geduld wird ein Vorgesetzter umgestimmt, sanfte Zunge bricht Knochen.

Dienstag, 27. Juli, Verschiedene Orte: Riedhagen, Schule Bad Saulgau und wieder Riedhagen, circa 17 Uhr bis circa 21.30 Uhr

Von einer guten Vorbereitung hängen Erfolg und Misserfolg eines Events ab. Und so konzentrierte ich mich nach all den hektischen Ereignissen der vergangenen Tage auf eine vorbildliche Vorbereitung des Info-Treffens mit meiner Gang. Nach reiflicher Überlegung beschloss ich, um so viel wie möglich Licht ins Dunkel dieser abscheulichen Tat zu bringen, Deo, Hilde, Schaki und Pumper-Jimmy einzuladen. Gesicht, unserem Fitness-Guru, würde es problemlos gelingen, Jimmy für das Treffen zu motivieren. Cäci und Korbi gehörten selbstredend zum Inventar, ich musste mir nur noch überlegen, wie ich meine Schwiegermutter abwimmeln konnte. Frieda, so schwerhörig und vergesslich sie war, liebte jeden Termin, der sie aus dem gastronomischen Alltag entführte.

Mit heiteren Gedanken ob der perfekten Wetterlage stapfte ich völlig ungestört, nahezu meditativ, durch unser Anwesen, um Grillstellen und Info-Ort festzulegen. Ich konnte

Ideen und Gedanken freien Lauf lassen, fühlte mich wohl. Vielleicht waren es schon die Auswirkungen meines neuen Lebens?

Der Wetterbericht sprach von einem Sahara-Hoch, und weil in diesem Jahr die Hochs Frauennamen trugen, die Tiefs Männernamen, nannten meine Jungs, inklusive Blacky, das stabile Sahara-Hoch treffenderweise Sarah. Ich musste schmunzeln, wie wir bei unseren Treffen Stammtischpolitik betrieben und uns unter anderem überlegt hatten, ob es politisch überhaupt noch korrekt war, die Hoch- und Tiefdruckgebiete nur in weiblich und männlich einzuteilen. Wo blieben da die Transpersonen? Haben die nicht auch ein Recht auf eine Gemischtwetterlage mit transgendrischen Attributen? Meine Gang und ich machten uns gerne über ein Land lustig, das keinen Flugplatz bauen konnte, dessen Brücken zusammenkrachten, dessen Bahnverkehr offensichtlich von geistig Behinderten gesteuert wurde, dessen ländliches ÖPNV-Programm schlichtweg von Idioten generiert sein musste, dessen Einwohner Grün wählten, sich aber heftigst gegen Windkraftanlagen und E-Auto-Fabriken wehrten. Ein Land, das den Wald liebte, ihn zum romantischen Inbegriff der eigenen Naturverbundenheit hochstilisierte und ihn vom Biber niederfressen ließ. Und dieses Land vergeudete seine Energie in unendlichen Debatten über gendergerechte Sprache. Wir nannten dieses seltsame Land gerne Arschloch-Deutschland.

Mit eben solchen anarchischen Gedanken durchschritt ich mein Anwesen an der Stelle, wo es am romantischsten war. Bei den drei Birken, es waren einmal vier – der Biber. Drahtmatten schützten die drei verstörten übrig gebliebenen Gewächse.

Dann war es mir klar, wie die Struktur des morgigen Events sein musste, sowohl innerlich als auch äußerlich. Jetzt musste ich nur noch in die Schule, den Chef bitten, mir etwas auszuleihen, und mit Kohler telefonieren wegen der Fleischwaren. Cäci hatte ich schon gebeten, das mit den Getränken, Bänken und Tischen über Frieda zu regeln.

Weil ich Platz brauchte für den Transport, nahm ich den Cadi nach Saulgau.

»Booooah, Herr Bönle, der ist geil! Seit wann haben Sie den? Ist das ein Achtzylinder?«

Die Schüler waren begeistert, ein Fahrzeug zu sehen, das noch einen echten Motor hatte, und was für einen. Ebenso waren sie erstaunt, mich am Dienstagabend zu sehen. Ich erklärte ihnen, dass ich für eine Veranstaltung noch Vorbereitungen treffen müsste. Was die Eleven jedoch wenig interessierte, sie wollten unbedingt, dass ich mit ihnen vor dem Unterricht ein Kofferraumbier genoss. Der Gruppendruck war so hoch, dass ich mich nötigen ließ mitzutrinken. Ein eigenes Bier, aus der Minibar des Cadillacs. Ein alkoholfreies. Was ich an Coolnesspunkten mit der blubbernden Achtzylindermaschine meines Cadis gerade gewonnen hatte, war mit dem Alkfreien schon wieder verloren. Ein bisschen Sommer-Small-Talk in der Abendhitze:

»Wer fehlt denn heute? Gestern sah es in meinem Unterricht recht mau aus.«

Das Schülergrüppchen, bestehend aus fünf Personen, nickte wie ferngesteuert.

»Die üblichen. Vielleicht kommen die aber noch. Mehmed hat sich entschuldigt, und Barbara hat wohl was mit Gluten erwischt. Sie hat sich aber auch entschuldigt.«

Bea mimte die Geschockte:

»OMG, dann bin ich heute ja die einzige Frau! Ob ich das aushalte?«

Interesse heuchelnd hakte ich nach:

»Fehlt die Frau Ceppione auch?«

»Bis jetzt ist sie noch nicht hier, die ist sonst immer die Erste.«

»Vielleicht taucht sie noch auf.«

»Herr Kollege Bönle, gerne können Sie die Gerätschaften ausleihen, ich weiß, dass Sie pfleglich mit den Dingen umgehen. Und so kurz vor der unterrichtsfreien Zeit braucht das bestimmt kein anderer Kollege. Da nehmen die schulischen Aktivitäten zugunsten außerschulischer erfahrungsgemäß ab.«

Da Chefs an einer Berufsschule die Halbwertszeit einer echten Weißwurst mit Kalbfleisch in der Sonne besitzen, hatte die blitzsauber restaurierte Willi Burth-Schule Bad Saulgau ebenso einen blitzsauberen neuen Chef bekommen. Wie es sich für eine Gewerbliche Schule gehörte – einen Mann. Mir war das recht, es reichte mir privatissime, von zwei Frauen, Cäci und Frieda, tagtäglich Anweisungen zu bekommen. Dann musste das schulisch nicht ebenso sein.

»Schön, dass Sie reinschauen und nachfragen, Kollege Bönle. Da haben wir ganz andere Gewächse hier, die tragen Schuleigentum hinaus und manchmal nicht einmal mehr herein. Gut, dass Sie nachfragen. Wie lange brauchen Sie die Utensilien?«

»Spätestens am Donnerstag haben Sie alles wieder zurück.«

Er nickte wohlwollend, stand kurz aus seinem Ledersessel auf und meinte:

»Ja, mein lieber Kollege Bönle, eigentlich hatte ich Sie anders eingeplant.«

Ein besorgter Tonfall ersetzte den wohlwollenden.

»Wie meinen Sie? Ach, die Geschichte mit meiner Entlassung aus dem Beamtenstatus. Machen Sie sich da mal keinen Kopf!«

»Kollege Bönle, um korrekt zu sein, bei Ihnen war es keine Beantragung der Entlassung aus dem Dienst. Es war zunächst eine Suspendierung, und nun eben durch die Entscheidung des Verwaltungsgerichts eine Entfernung aus dem Dienst. Vorausgegangen sind einige Disziplinarverfahren. Und Sie wissen ja, Kollege Bönle, dass es keine Kündigung war, Beamte können in diesem Sinne nicht gekündigt werden. Sie haben mit der Aberkennung des Beamtenstatus‹ die härteste Disziplinarmaßnahme zu spüren bekommen. Ich selbst sehe die Härte der Maßnahme als überzogen an, aber Ihre Aberkennung des Beamtenstatus fiel in die Zeit meines Vorgängers. Meines Erachtens hätte in Ihrem Fall eine Zurückstufung, eine Kürzung der Bezüge, eine angemessene Geldbuße oder ein Verweis völlig ausgereicht ... in Zeiten eines akuten Lehrermangels sowieso. Letztendlich fehlt uns nun ein hervorragender Pädagoge, dem Beamtengesetz wurde aber Genüge getan. Recht sprechen bedeutet nicht immer, moralisch im Recht zu sein, aber das brauche ich Ihnen nicht zu erzählen. Positiv ist, dass Sie uns wenigstens mit zwei Stunden auf Angestelltenbasis erhalten geblieben sind. Und wer weiß? Bei diesem Staat ist man sich nie sicher, woran man ist. Nach den Wahlen kann der Wind wieder anders wehen. Ich habe die Hoffnung noch nicht aufgegeben, Sie wieder häufiger an der Schule zu sehen.«

Der große Mann, doch ein kleiner Anarchist? Ich verwarf den Gedanken, er nickte mir freundlich zu, hob die Hand:

»Bevor ich's vergesse, Kollege Bönle, in Ostrach hat sich Dramatisches ereignet. Die Schüler der Abendtechniker-Klasse haben mir suggeriert, dass Sie da auf irgendeine Art involviert sind?«

»Ist das eine Frage?«

»Richtig, Herr Kollege.«

»Was meinten die Schüler mit ›involviert‹? War es ein Schüler oder eine Schülerin? Oder war es der Schüler Viktor, der Ostracher?«

Mein Schulleiter lachte, sagte jedoch nichts. Schweigen konnte auch etwas sagen. Man kann nicht nicht kommunizieren – Watzlawick, der alte Kommunikationstheoretiker mit seinen fünf Axiomen fiel mir ein.

»Das will ich von Ihnen wissen. Es heißt, Sie seien Stammkunde in der Metzgerei Kohler, in der das bedauernswerte Opfer gearbeitet hat.«

»Ja, das ist richtig, ich kannte die Gattin des Metzgers gut. Sie hat mich und meine Familie immer mit hervorragenden Fleisch- und Wurstwaren versorgt. Auch die Vesperangebote waren und sind immer noch empfehlenswert.«

»Kollege Bönle, das schätze ich an Ihnen: Sie sind ein Mensch des Fleisches. Ich bekomme mittlerweile immer ein schlechtes Gewissen, wenn ich eine Currywurst oder ein Grillsteak esse.«

Bei den Worten Currywurst und Grillsteak verklärte sich der Blick meines Vorgesetzten.

»Ich verstehe Sie, Chef. Mir geht es mitunter ähnlich.«

»Um auf den abscheulichen Mord zurückzukommen, Kollege Bönle, wie ist denn der Stand der Dinge?«

Er lächelte wissend süffisant.

»Sie sind doch in die Ermittlungen involviert? Das pfeifen die Spatzen vom Dach! Anders gefragt: Wie ist der Stand der Ermittlungen?«

Bei der zweimaligen Erwähnung des Wortes Ermittlungen zeichnete er Anführungszeichen in die stickige Luft des Rektorats.

»Können Sie die Frage präzisieren?«

Auch ich hätte gerne etwas erfahren.

»Ich möchte gar nicht auf die Spekulationen, vor allem nicht auf den Tratsch, eingehen, aber einige Mitbürger verdächtigen den Gatten, andere einen Sporttrainer der Getöteten, wieder andere reden von einem Phantom. Wie sehen Sie das, lieber Kollege?«

»Phantom!«

Kurze Stille. Da die Klimaanlage nicht funktionierte und die Mittagssonne den Asphalt des Schulhofes zum Backofen aufgeheizt hatte, waren die Fenster geschlossen und die Jalousien gesperrt. Ich ergänzte in die Stille hinein.

»Ich kann mir, aber das ist meine persönliche und noch nicht belegbare Meinung, den Ehemann Kohler nicht als Mörder vorstellen. Die Motive wären mir noch zu unklar.«

Der Chef konterte:

»Man redet doch, dass seine Frau eine Affäre mit einem Sportlehrer hatte. Dann wäre doch Eifersucht als echtes Mordmotiv im Spiel.«

»Interessanter Gedanke, Chef, aber dieser Sportlehrer, wie Sie ihn nennen, war ihr Personal Trainer, und da ich ihn kenne, halte ich ihn, ehrlich gesagt, für zu doof, um einen Mord mit dieser Brutalität zu begehen.«

Mein Chef wurde hellhörig:

»Was meinen Sie, Herr Kollege, mit dieser Brutalität? In den Medien war nichts darüber zu erfahren.«

»Da kann ich Ihnen keine Details nennen, das ist Täterwissen. Und somit sollte das nicht an die Öffentlichkeit gelangen, um die Ermittlungen nicht zu gefährden.«

»Also ermitteln Sie auch?«

»Ich bin beteiligt.«

»Sind Sie auch beauftragt?«

»So kann man es nennen.«

»Nun holen Sie schon Ihre Gerätschaften, Kollege Bönle. Und viel Erfolg bei Ihren Ermittlungen gegen ein Phantom und Ihrer Arbeitssitzung im Verein. Was ist das übrigens für ein Verein, für den Sie den Vortrag halten?«

»Äh, das sind Motorradfreunde.«

Der Cadi war ein hervorragendes Transportfahrzeug, vor allem mit offenem Verdeck. Der Metaplankoffer war verstautechnisch gar kein Problem, mit den beiden transportablen stoffbezogenen Pinnwänden und dem Flipchart-Gestell sah es schon anders aus. Zumal sich während der gemütlichen Fahrt durch die riedige Landschaft einige Blätter vom Flipchart-Block lösten und zunächst hektisch flatterten, dann langsam gaukelnd im Bild des Rückspiegels verschwanden.

Meine Garagenfront bot genügend Stauraum in irgendeinem vergessenen Winkel, um für das morgige Event die Schulutensilien zwischenzulagern.

VOLL DIE PARTY

Jesus Sirach 3, 29 – 31
Bitterkeit der Seele ist Wein, der zu viel getrunken wird in Erregung und bei einer Auseinandersetzung. Trunkenheit vermehrt die Neigung eines Unverständigen bis zur Beleidigung, beeinträchtigt die Kraft und schlägt Wunden. Beim Weingelage tadle den Nächsten nicht, verachte ihn nicht wegen seiner Heiterkeit! …

Mittwoch, 28. Juli, Riedhagen, Bönles Anwesen, exakt 20 Uhr bis in die Puppen

Es hatte gestern tatsächlich noch geklappt, die Wichtigsten zu aktivieren. Alle hatten sie zugesagt. Natürlich war es ein Aufwand, auch für einen routinierten Präsidenten, so eine Zusammenkunft in dieser kurzen Zeit zu organisieren. Aber wenn hocheffiziente Gastronomie, ein erstklassiger Vertreter der Charcuteriewarenbranche und ein williger Schulleiter in harmonischer Synchronizität synergetisch zusammenarbeiten, dann steht einer spontanen Party nichts im Weg. Natürlich nannte ich es nicht Party, dazu war mein Feingefühl, meine Empathie für heikle Situationen zu stark entwickelt. Ich nannte es »Info-Treffen mit Verköstigung«. Hilde informierte ich von Balkon zu Balkon, bei Deo fuhr ich persönlich vorbei, Schaki rief ich an, und Pumper-Jimmy bekam die Info von seinem Chef. An meine Gang ging am Dienstag eine *WhatsApp*-Nachricht in die Gruppe *Hard Bikers MIKE-BOSS* mit folgendem Wortlaut: »Hi, Mädels, Arbeitssitzung mit Verköstigung, 20 Uhr bei mir. Anwesenheitspflicht!!! Grüße Euer Präsi :-)

Exakt um 20 Uhr, gerade als vom Riedhagener Kirchturm die Glocken schlug, donnerte die erste schwere Maschine in den Hof.

Ich hatte vor den Garagen, um klar Arbeit und Vergnügen zu trennen, nur Bänke, die beiden Pinnwände, die Flipchart-Tafel und den Metaplankoffer bereitgestellt. Für mich hatte ich ein kleines Rednerpult improvisiert, auf einem kleinen Tischchen lagen, gut vorsortiert, Stifte, bunte Kärtchen, bunte Wölkchen aus Papier und Pinnwandnadeln aus dem Metaplankoffer. Wachsmalstifte aus Korbis Schulranzen in unterschiedlichsten Farben hatte ich schon in der Flipchart-Ablage deponiert. Alles war bestens vorbereitet, machte in diesem Sektor einen rationalen, nüchternen Eindruck.

Der Gymnasiallehrer Flaschen-Gordon war der Pünktlichste. Ich bat ihn, im improvisierten Info-Zentrum vor meiner Garagenfront Platz zu nehmen, bis die anderen auftauchten. Damit es nicht gleich zum Bier ging.

»Was ist denn das für ein Scheiß? Sieht ja aus wie in der Schule. Hast du mir ein Fläschchen zum Vorglühen?«

»Wir treffen uns zuerst hier. Zuerst die Arbeit, dann das Vergnügen.«

»Red' keinen Scheiß! Wo hast du das Bier? Im Bächle?«

Ich deutete zu den drei Birken beim Bächlein. Flaschen Gordon nickte begeistert, fragte neugierig, bevor er die Birken aufsuchte:

»Wow, zwei Grills da drüben. Warum?«

»Einer für Fleisch, einer für Gemüse. Du weißt doch, Goldi und Fleisch, das passt nicht zusammen. Und Hilde, die zickt da auch.«

»Wow, kommt die auch? Mal sehen, was sie heute wieder anhat.«

»Super Idee mit den beiden Grills. Aubergine vom Grill ist gar nicht sooo schlecht, ordentlich Olivenöl, Salz, Pfeffer, das reicht schon. Wo steht der Kasten?«

»Im Bächle.«

Der Zweite im Bunde war Goldi. Bei schönem Wetter war es *MIKEBOSSler*-Pflicht mit einem zweirädrigen Gefährt aufzutauchen. Und heute war Traumwetter, sie würden alle mit ihren Harleys aufkreuzen. Stolz würden die brachialen Maschinen Seite an Seite im Hof stehen und noch lange ein hitzetickendes Konzert geben.

Goldi schüttelte sein langes blondes Haar.

»Heiß heute, selbst jetzt noch, um die Tageszeit. Sahara-Hoch Sarah.«

Er lachte, schlug mir krachend auf die Schulter.

»Was soll denn der Blödsinn hier?«

Er deutete auf die von mir liebevoll vor den Pinnwänden arrangierten Bänke und das seitlich drapierte Flipchart-Gestell.

»Hatte Korbi noch seinen Kindergarten hier?«

Ich war sauer und reagierte informativ:

»Erstens ist Korbi nicht mehr im Kindergarten, zweitens haben wir ein Info-Treffen, und was du hier siehst, ist die Info-Zentrale. Hier werden wir nachher in einem ersten Brainstorming versuchen, einen Überblick über …«

»Ach, leck mich mit dem Schulzeugs, ich brauche zuerst ein Bier.«

Goldi entdeckte Flaschen-Gordon, der etwas verloren bei den beiden Grills unter den Birken stand, und fragte erstaunt:

»Hei, wozu zwei Feuerstellen?«

»Wegen Leuten wie dir. Ein Fleischgrill und ein Gemüsegrill.«

»Sensationelle Idee! Das gefällt mir, wenn man auch mal an die Vegetarier denkt.«

Goldi hob erfreut die Hand in Richtung Flaschenkind-Gordon und gesellte sich zu ihm und den stolzen Birken.

Blacky und Gesicht trafen zeitgleich ein. Nach spöttischen und ignoranten Bemerkungen wie: »Gibt's nachher Kasperletheater?«, oder: »Erwartest du noch Talkshow-Gäste?«, gesellten sich die beiden ebenfalls zu den Birken und löschten ihren Primär-Durst.

Verspätet, was zu erwarten war, tauchte Joe auf. Er warf einen kurzen Blick auf das Info-Zentrum und meinte kurz angebunden:

»Hoppla, ist nachher Unterricht angesagt? Mir wäre eine Band lieber, die *Lonesome Drifters* zum Beispiel, ein bisschen Rockabilly, das würde zu so einem Abend besser passen als deine Unterrichtsutensilien!«

Die Freunde unter den Birken winkten ihm zu, er mied die Bänke des Infozentrums. Ich stand alleine da. Um meine mittlerweile schlechte Laune noch zu steigern, rief Hilde vom nachbarlichen Balkon:

»Geht's schon los? Ich zieh mich nur noch geschwind um.«

Sie hatte wenig an, eine Short und ein Bikinioberteil. Leichte Sandalen. Ich bestätigte sie in ihrem Wunsch nach einem Kleidungswechsel.

»Ja, zieh ruhig ein bisschen mehr an, Deo will auch kommen. Der mag das nicht, wenn du so wenig anhast. Wo bleibt der übrigens?«

Hilde hatte sich umgezogen. Sie schien noch weniger anzuhaben als vor wenigen Minuten, nämlich Hotpants und ein Mikrobikinioberteil. Die Sandalen hatte sie ausgezogen.

»Herrlicher Abend, Dani.«

Ich bekam eine innige Umarmung und einen feuchten Schmatz auf die Wange.

»Stimmt«, sagte ich.

Meine männlichen Bikerfreunde wussten gar nicht, wo sie hinschauen sollten, als Hilde, überpowert winkend, barfuß über die Wiese auf sie zu stapfte, das weibliche Mitglied wusste es sehr wohl.

Blacky murmelte mit geeistem Blick auf Hildes freie Flächen:

»Ist mir neu, dass wir eine FKK-Veranstaltung haben. Wenn ich das gewusst hätte …«

Gemeinsam, deutlich verspätet, kamen dann Pumper-Jimmy und zum zweiten Mal der Metzgermeister Sebastian Kohler, da er die weißen Bratwürste mit den roten oder umgekehrt verwechselt hatte. Meiner Aufforderung, auf ein Bierchen hierzubleiben, kam er dankend nach.

Und so standen wir alle unter den Birken, am Bächlein, bei den beiden Grills.

Als ich die Gäste nach einer freundlichen, präsidialen Begrüßung aufforderte, zum Info-Zentrum zu kommen, wurde ich einfach ignoriert. Mittlerweile hatten sich Frieda, die für diesen Abend zwei russische Aushilfskräfte für den *Ochsen* organisiert hatte, Cäci und Korbi zur bunten Gruppe gesellt. Da der Jung-Witwer Sebastian Kohler sich nicht ungern zur Gruppe in Hildes Nähe platzierte, war die Stimmung zunächst noch gedämpft. Zunächst!

Und dann tauchte schweißüberströmt, viele Entschuldigungen ausstoßend, Deo in seiner unvermeidlichen Soutane auf. Vom Hof her schon war sein Schimpfen zu vernehmen:

»Der vermaladeite Elektro-Rolla … entschuldigt vielmahls, aba der Rolla. Ich hab ihn vorschriftsmäßig gelada, aba der macht kein Mucksa. Ooooh, wa sollat die komische Tafla da? Ist nachher noch Unterricht, Herr Lehra?«

Seine schlechte Laune schien wie weggeblasen, als er meine Bemühungen kommentierte, ein semiprofessionelles Info-Zentrum, das dazu dienen sollte, Licht in eine dunkle Angelegenheit zu bringen, im Freien zu gestalten.

»Oh, wird uns der Herr Lehra vielleicht mit einer hübscha, informativa PauaPoint-Präsentation beglücka? Oder gibt es sogaa Tablets für die Teilnehma?«

Die Stimmung wurde immer besser, vielleicht lag es am Alkohol, aber bestimmt an den herrlichen Fleisch- und Wurstwaren aus der Traditionsmetzgerei Kohler und ein bisschen auch am Gemüsegrill, auf dem Zucchini, Paprika, Auberginen, Zwiebeln, Gemüsebratlinge und noch viel mehr brutzelte. Kohler, der nur auf ein Bierchen bleiben wollte und nach jedem weiteren meinte, nun doch aufbrechen zu müssen, wurde immer zutraulicher, vor allem hinsichtlich Hilde, die sich mittlerweile, da es doch ein bisschen abkühlte, Sandalen angezogen hatte. Niemandem fiel auf, dass Schaki fehlte.

Ein weiteres Highlight war das wundersame Erscheinen von Frau Scheitel. Frau Scheitel fuhr die Elternbriefe immer persönlich aus. Sie wagte es nicht, in den Hof zu fahren, da dort bedrohlich die Reihe der schweren Motorräder stand. Sie sprang aus ihrem Smart, der, vermutlich von Kindergartenkindern oder Menschen mit Handicap, mit bunten Blüten bemalt, schnurrend vor der Einfahrt stand. Schnell, um nicht aufgehalten zu werden, rannte sie hektisch auf den Briefkasten zu.

Meine Jungs, bar jeglicher Intelligenz, grölten zum Eingangsbereich des Hauses, da sie mittlerweile genug Alkohol intus hatten, um alles, was nur ein wenig weiblich wirkte, dumm anzumachen. Es war Flaschen-Gordon, der lauthals über die Wiese brüllte, die Blüte der Nacht möge den einsamen Männern der Runde doch etwas Gesellschaft leisten. Ein entsetzter Blick der Grundschulpädagogin in Richtung der

Birken wirkte wohl auch auf Joe, der seit zwei Jahren Witwer war, aphrodisierend. Er forderte die Verwirrte auf, ein Gläschen Eierlikör mit ihm zu trinken, indem er die Flasche mit der gelben, zähen Flüssigkeit über seinem Kopf schwenkte. Die Angesprochene hob entsetzt abwehrend beide Hände, kam ein paar wenige Schritte auf die Gruppe zu und rief winkend:

»Tschüss, ein angenehmes Fest noch! Ich habe nur den Elternbrief eingeworfen.«

Sie wollte sich gerade umdrehen, um in ihr immer noch geblümtes, brummendes Auto, das mit geöffneter Fahrertür wartete, zu steigen, als sie in der Gruppe der Feiernden Sebastian Kohler entdeckte. Schlagartig änderte sie ihren Plan und stakste auf dünnen Beinchen auf die Gruppe zu, grüßte alle, die sie namentlich kannte, freundlich. Dann ging sie auf Sebastian Kohler zu, der am äußeren Rand einer Bierbank saß, und gab ihm die Hand:

»Entschuldigung, Sebastian, dass ich noch nicht persönlich kondoliert habe, aber … Es tut mir so leid. Und was da jetzt alles auf dich zukommt.«

»Schon recht, es läuft, wie's läuft. In der Filiale habe ich ja die Heberle, die schmeißt den Laden ganz gut. Aber das andere, da möchte ich gar nicht dran denken. Hock doch ein bisschen her. Ist das dein Auto, mit den Blumen?«

»Ja, habe ich selbst angemalt.«

Und somit hatte ich einen weiteren kreativen Gast auf meinem Info-Treffen mit Verköstigung. Ich erinnerte mich an Hildes Andeutungen, dass die Scheitel 'mal von dem Kohler was wollte. Vielleicht auch der Kohler von der Scheitel. Okay, wenn man auf dünn steht und vor allem wegdachte, dass die Lehrerin war … Und außerdem war die Scheitel laut Hilde nicht ganz unverdächtig, nicht nur wegen der Sache mit Kohler, sondern auch wegen ihrer Mitgliedschaft bei *TieLie*.

Kohler hatte das Stichwort gegeben, die kommissarische Leitung der Ostracher Filiale durch Jacqueline Heberle.

Schaki fehlte. Bei all dem Trubel war mir das gar nicht aufgefallen.

Das Info-Treffen ging dann länger als gedacht, als Korbi und Frieda längst im Bett waren, wurde es so richtig bacchantisch. Kohler hatte aus dem gekühlten Anhänger seiner G-Klasse, ganz nach Wunsch meiner Gäste, fleischlichen Nachschub besorgt. Eigentlich sollte er um diese Zeit längst mit dem Beschicken seiner Filialen in der näheren Umgebung fertig sein.

»So, und jetzt hole ich noch was ganz Feines!«

Fast trotzig stapfte er zum Kühlanhänger. Zurück kam er mit etwas ganz Besonderem, einer armdicken und fast so langen *Leberwurst Royal*. Mit einer *Leberwurst Royal Maxi*, die er am gestrigen Dienstag zusammen mit Moni in Stuttgart auf der *Kulinaria* präsentieren wollte. Die Begeisterung war riesig, Mitternacht war schon Vergangenheit, der Appetit Zukunft, und die Gegenwart sah prächtig fleischlich aus. Feierlich schnitt Sebastian Kohler mit einem blitzenden Messer, das er aus seinem Wagen mitgebracht hatte, die Wurst an. Mit Kennermine roch er an der Schnittstelle, nickte anerkennend und murmelte begeistert:

»Jawohl, genauso muss sie riechen.«

Deo war vor allem angetan von der prächtigen Sonderausgabe seiner Lieblingswurst:

»Das ist ja ein wahres Prachtstück, da kann man ja ein ganzes Fest damit verköstiga.«

Die Wurst hatte schlagartig die ganze Aufmerksamkeit der Gruppe, das Ausbeinmesser mit der schmalen Klinge blitzte wieder auf. Der Metzgermeister popelte alsdann fachmännisch ein Stück aus der groben Marmorierung der Wurst heraus, roch noch einmal daran und steckte sich das daumennagelgroße kulinarische Ergebnis metzgerischer Kreativität in den Mund. Kaute zuerst im vorderen Bereich seines Mundes, begleitet von einer besorgten Mimik, die sich jedoch alsbald in ein seliges Lächeln verwandelte.

»Aaaah, jawohl, mmmh, ja, genauso muss sie schmecken.«

Frau Scheitel, ehemals militante Tierschützerin und bekennende Veganerin, war ebenso wenig von des Metzgermeisters Wurstpräsentation begeistert wie meine vegetarisch lebende Nachbarin und mein vegetarisch erzogener Freund Goldi.

Als Goldi meinte:

»Das ist nicht so mein Fall, ich lege noch einen Gemüsebratling auf. Wer will auch einen?«, fand er dankbare Zustimmung bei Hilde und Frau Scheitel, die wir mittlerweile Sabine nennen durften.

Da der Charakter einer Informations- und Aufklärungsveranstaltung, wie ich es eigentlich intendiert hatte, nun gänzlich verloren gegangen war, hatte ich meine *Bluetooth*-Box mit meinem Phone gekoppelt, um ein bisschen schöne Musik zu hören. In sentimentaler Erinnerung an vergangene Zeiten legte ich *Coleslaw* auf, das passte einfach zur Region. Die Buben rockten nun auch schon 20 Jahre die Bühne und sahen immer noch so jugendlich aus. Wenn ich geahnt hätte, dass die Veranstaltung so aus dem Ruder läuft. Wer weiß, vielleicht unplugged? Vielleicht wären sie gekommen?

Ich tippte auf den Bildschirm meines Phones, bis die Lautstärke die Birkenblätter zum Zittern brachte: »Away.« Bei den Zeilen: »I have closed this chapter, I just wanna say, that I miss you, sometimes since you have left and gone away …« sprang Sebastian Kohler, Traditionsmetzger und spontaner Psychodelic-Tänzer, plötzlich von der Bank auf, riss beinahe Sabine Scheitel um und tanzte wie ein Rumpelstilzchen, jedoch in Zeitlupe um den Grill, auf dem zwei verschrumpelte, dunkle Würste rauchten. Ich wusste nicht, dass er Englisch beherrschte. Eng an sich geschmiegt hielt er die *Leberwurst Royal Maxi*.

Und dann kippte die Stimmung. Kohler, der Jimmy bis zum jetzigen Zeitpunkt keines Blickes gewürdigt hatte, war mit einem Satz bei diesem, packte ihn an den Haaren und zerrte ihn rückwärts von der Bierbank. Hilde, die rechts neben Jimmy und Gesicht, der links von ihm saß, hatten Mühe, das Gleichgewicht zu halten, als der wild rudernde Jimmy ins Gras gezerrt wurde. Dann saß Kohler auch schon auf seinem Bauch und schlug mit einer Hand auf die muskulöse Brust ein. Das Erstaunen wich aus Pumper-Jimmys Gesicht, und er begann hemmungslos zu lachen. Das ungleiche Paar auf dem Rasen bot ein absurdes Bild, denn in der anderen Hand hielt Kohler immer noch die angeschnittene *Leberwurst Royal Maxi* und prügelte, je mehr Jimmy lachte, desto heftiger mit selbiger auf dessen Kopf ein.

»Was hattest du mit meiner Moni zu schaffen? Los, raus mit der Sprache! Hast du sie gevögelt, ja oder nein? Los, spuck's aus! Hast du was mit ihr gehabt?«

Der Verzweifelte schlug bei jedem verwendeten Imperativ auf den Kopf des immer noch lachenden Muskelmanns ein, der wie Kafkas Gregor Samsa auf dem Rücken lag und mit den Armen und Beinchen zappelte. Kohler war rasend vor Wut, hochroten Kopfes brüllte er in das lachende Gesicht:

»Sag sofort, ob du was mit ihr hattest! Ja oder nein? Oder ich bringe dich um!«

Pumper-Jimmy verlor das Lachen aus seinem Gesicht, drehte sich mühelos unter Kohler heraus, sprang behänd auf seine Beine, baute sich, die Hände in die Hüften gestemmt, mit breiter Brust übermächtig vor Kohler auf und zischte:

»So wie du Monika umgebracht hast?«

Kohler ließ die immer noch drohend erhobene *Leberwurst*

Royal Maxi langsam sinken. Deo nahm sie ihm sanft aus der Hand und beschwichtigte mit sanfter Stimme:

»Es ist schon genug Unheil passiert, die Wurst muss nicht auch noch darunta leida. Und jetzt vertragt euch wieda!«

Spätestens jetzt hätte ich auch eingegriffen. Denn Kohler wollte noch nicht aufgeben, der Vorwurf, für den Tod seiner Gattin verantwortlich zu sein, wollte er nicht so stehen lassen. Er konterte in Jimmys Richtung:

»Wer sagt mir, dass du sie nicht umgebracht hast, hä?«

»Was sollte ich für ein Motiv haben? Du hast eines: Eifersucht!«

»Und du? Vielleicht hast du das Rezept geklaut? Jawohl, du hast ihr das Rezept geklaut!«

So, nun wussten es alle, dass das Rezept fehlte. Und in meinen Ermittlungen war ich nicht sonderlich weitergekommen.

Die beiden Streithähne setzten sich weitest auseinander und ignorierten sich gegenseitig. Keiner von den beiden wollte nach der Auseinandersetzung die Arena verlassen, um nicht als Verlierer zu gelten.

Vor allem Sabine Scheitel bewunderte anerkennend den Mut Kohlers, den übermächtigen Gegner zu attackieren.

In einem günstigen Augenblick nahm ich Hilde, die leicht Beschürzte, beiseite und bat sie, mit ihrer Lehrerkollegin Sabine Scheitel ins Gespräch zu kommen, um etwas Klarheit in Sachen militanter Tierschutz, *TieLie*, zu bringen. Zunächst war Hilde nicht begeistert, da sie Pumper-Jimmy psychologischen Rat erteilte, wie er besser auf solche Aggressionen reagieren könnte. Und dass Lachen in diesem Fall noch mehr den Gegner provozierte. Wobei ein Lachseminar auch viele Vorteile böte, Aggressionen zu vermeiden. Und als sie zu einem längeren Vortrag anheben wollte, welche Vorteile Yoga im Allgemeinen, aber speziell in solchen Fällen, böte, unterbrach ich sie, damit sie sich um Sabine kümmerte.

Als das Gespräch zwischen den beiden am intensivsten schien und Cäci als Dritte im Bunde integriert war und es vermutlich, den drei ernsten Mienen nach zu urteilen, um *TieLie* und die militanten Tierschutzaktionen früherer Zeiten ging, gab ich den begehrten Platz neben Blacky auf. Ich setzte mich unauffällig neben Cäci und spitzte meine Ohren, als Sabine Scheitel besorgt äußerte:

»Und dann glaubt ihr tatsächlich, dass das ein Fehler war?«

Hilde und Cäci nickten ernst.

»Aber, was hättet ihr denn gemacht?«, fragte die Grundschullehrerin fast verzweifelt.

Hilde und Cäci schauten sich wissend an, und Cäci sagte:

»Da hättest du nicht so radikal sein dürfen! Du musst dir selbst eine Chance geben.«

Hilde nickte immer noch und ergänzte:

»Und vor allem, sei mal ehrlich zu dir selbst: Wie fühlst du dich denn damit?«

Sabine senkte den Kopf:

»Beschissen, absolut beschissen.«

Ich wusste, jetzt ging es ans Eingemachte, wagte kaum zu atmen. Als Übersprungshandlung sog ich kräftig an meinem *Walder*. Und hörte, wie Sabine frustriert murmelte:

»Ja, da muss ich wirklich etwas ändern. Vielleicht gehe ich tatsächlich mal zu einer Farbberatung. Und ihr meint tatsächlich, dass ich kein Wintertypus bin? Ich dachte immer, die grauen Sachen würden mir stehen. Oder auch Beige.«

Wie immer war dann plötzlich der Punkt erreicht, an dem ein Fest in zwei Teile zerfällt, in Gut und Böse, in Weiß und Schwarz, in Frauen- und Männergruppen.

Am Männertisch Ruhe und Gläserklirren, am Frauentisch Geschnatter, Gekicher, Gekreische und Getuschel.

Nachdem mir klar wurde, dass ich in dieser Nacht das Rätsel um ein verschwundenes Leberwurstrezept, geschweige denn den Mord an einer Metzgersgattin, nicht lösen würde, versuchte ich ein weiteres Mal, Schaki telefonisch zu erreichen. Aber wieder nichts, schon vor einer Stunde war sie nicht erreichbar gewesen. Vielleicht brauchte sie eine Auszeit.

KELLERHASS

Sprüche 10 – 20
Wer Hass verbirgt, heuchelt; wer Verleumdung ausstreut, ist ein Tor. Bei vielem Reden bleibt die Sünde nicht aus, wer seine Lippen zügelt, ist klug. Erlesenes Silber ist die Zunge des Gerechten, das Herz des Frevlers ist wenig wert.

Ist es Tag? Ist es Nacht? Aulendorf, in der Nähe des Schlosses in einem Altbau im Keller, die Zeit steht still

Sie hatte das Zeitgefühl verloren, war im gelblich schmutzigen Dämmerlicht der Glühbirne eingeschlafen. Sie wusste nicht, wie lange sie der Schlaf aus der tristen und grausamen Realität entführt hatte. Sie wusste nicht, ob es Tag oder Nacht war. Sie wusste nur, dass sie ihren Peiniger hasste. Nicht aus Appetit, sondern nur, um bei Kräften zu bleiben, hatte sie leer gegessen und viel getrunken. Für ihre Notdurft stand eine tragbare Campingtoilette, ein *Porta Potti* in Eimerform, an dessen Tragegriff eine Klopapierrolle hing, in einer Ecke des Raumes.

Irgendwann würde er wiederkommen. Er hatte ihr fast zärtlich über den Kopf gestreichelt, als er gegangen war. Sie hatte nur Ekel empfunden. Was aber hatte er empfunden?

Und dann hörte sie die Schritte, wie sie zum Keller hinunterstapften.

»Das ist schön, dass du aufgegessen hast. Hast du den Eimer benutzt?«

Er deutete auf den *Porta Potti*. Sie schämte sich, nickte kurz.

»Kannst du dich jetzt erinnern?«

»An was?«

»Wo du das Rezept hast?«

»Ich habe kein Rezept mitgenommen. Warum denn? Ich wollte doch nur ein Zeichen setzen!«

»Deine Zeichen interessieren mich nicht, erinnere dich an das Rezept. Wo hast du es versteckt?«

Er hielt ihren Schlüsselbund hoch, schwenkte ihn rasselnd vor seinem Schweinsgesicht und erklärte:

»Ich war noch einmal in deiner Wohnung und in deinem Auto. Das Rezept war nirgends zu finden. Es gibt noch eine Chance für ...«

Sie fiel ihm ins Wort:

»Weil ich das Rezept nicht habe, deshalb können Sie es nicht finden!«

Er kam langsam näher, sie drückte sich ängstlich in die Matratze. Er ließ sich ganz nahe neben ihr nieder, sie zitterte. Er streichelte ihr über den Rücken, schob die Hand unter ihr T-Shirt:

»Es gibt viele Wege, aus dir herauszubekommen, ob du lügst oder die Wahrheit sagst. Und wenn du es nicht hast, dann ist es bei der anderen.«

Seine Hände fuhren orientierungslos und zitternd über ihren Körper. Sie wimmerte:

»Ich habe es nicht, das müssen Sie mir glauben.«

Aus der Schweinsmaske tönte es:

»Du kannst mich duzen, bitte!«

In ihr war nur noch Hass.

NACHWEHEN

Sprüche 18, 6 – 7
Die Lippen des Toren beginnen Streit, sein Mund schreit nach Schlägen. Dem Toren wird sein Mund zum Verderben; seine Lippen werden ihm selbst zur Falle.

Donnerstag, 29. Juli, Riedhagen, Bönles Anwesen und der Heberle-Hof, morgens und vormittags

Schon sehr früh weckte mich ein schnurrendes Geräusch, das von meinem Unterbewusstsein als ungewöhnlich interpretiert wurde. In meinem schönen Schlafanzug folgte ich dem Klang von meinem Schlafzimmer ins Erdgeschoss, von dort zum Ausgang hinein in den Hof bis zu dessen Ursprung. Es war erstaunlich, der albern bemalte Smart lief immer noch munter auf seinen drei Zylindern, die Tür stand nach wie vor offen. Kohlers Wagen samt Kühlanhänger stand ebenfalls noch im Hof. Nur die Halter der Fahrzeuge vermochte ich nirgends zu finden.

Die Jungs und Blacky hatten in der Garage geschlafen und waren mit einem Höllenlärm gestartet, um rechtzeitig nach Hause oder zur Arbeit oder sonst wohin zu kommen. Zuvor hatte ich auf dem Grill eine große Portion Rührei gemacht, für Goldi ohne Speck, aber mit viel Schnittlauch. Dazu machte uns Cäci eine große Kanne Filterkaffee. Viel Spott erntete ich für meinen Schlafanzug.

Irgendwann tauchten dann auch Sabine Scheitel und Sebastian Kohler auf. Sie hatten einen Morgenspaziergang durch das Ried gemacht und verweigerten ein Frühstück, da sie unbedingt nach Hause müssten, um nicht zu spät zur Arbeit zu kommen. Beide machten einen derangierten Eindruck.

Und ich machte mir Sorgen um Schaki. Sollte ich, weil ich mir Sorgen um Schaki machte, zu Schaki fahren, damit sich Cäci Sorgen um unsere Beziehung machte, weil ich schon wieder bei Schaki war? Um mich abzulenken, verrichtete ich etliche Aufräumarbeiten, und ich war bei den beständig steigenden Temperaturen froh, den leichten Sommerschlafanzug zu tragen.

Dann hielt ich es nicht mehr aus, ich musste wissen, warum Schaki keine Lebenszeichen von sich gab. Das war einfach nicht ihre Art! Ich stieg aufs Motorrad. Den Helm ersparte ich mir für diese kurze Strecke, zumal der Schlafanzug im Falle eines Sturzes auch keine größere Schutzwirkung hatte.

Das tat auch mal gut, so ein 60er-Jahre Feeling, auch wenn es nur wenige Meter waren. Die langen Haare im Wind, flatternde Bekleidung, barfuß. That's a real good feeling. Der kratzige Kies in Schakis Hof dämpfte meine Easyrider-Gefühle. Ich hupte kurz. Keine Reaktion. Allmählich machte ich mir Sorgen. Ich rief nach oben zu den kleinen Fenstern des Schlafzimmers. Immer noch keine Reaktion. Die Eingangstür war verschlossen, das war zwar außergewöhnlich, aber verständlich nach dem nächtlichen Besuch. Den Ersatzschlüssel hatte sie immer noch, wie vor vielen Jahren, im Geranienkasten. Ich war erleichtert, ohne Gewalt ins Haus zu kommen. Vorsichtig schlich ich nach oben, achtete auf jede Kleinigkeit, irgendetwas stimmte hier nicht. Nahezu geräuschlos öffnete ich die Tür zu Schakis Schlafzimmer. Bleich lag sie und unbeweglich:

»Schaki, ich bin's.«

Gelblich-weiß im Gesicht, ohne Lebenszeichen lag sie halb zugedeckt am Rücken auf ihrer Schlafstätte. Ein Arm und ein Bein hingen leblos in den Raum. Ich hastete auf sie zu, fühlte den Puls. Wollte gerade mit einer Herzdruckmassage beginnen.

»Was willst du denn? Wie siehst du denn aus? Wie spät ist es?«

Ich war überglücklich, sie lebte!

Gerade, als ich sie befragen wollte, warum sie nicht zum Info-Abend erschienen war, hörte man ein Fahrzeug in den Hof fahren und zweimal auffordernd hupen. Schaki stolperte zum Fenster, murmelte so etwas wie:

»Verdammte Schlaftabletten!«

Starrte aus dem Fenster und fluchte:

»Herrgott noch mal, was will denn die schon wieder hier?«

»Wer?«

»Halt einfach deinen Mund und komm mit!«

Sie zog mich an der Hand nach unten. Und wir standen beide im Schlafanzug vor der Hauptkommissarin und ihrem faltigen, aber jungen Begleiter.

»Es ist nicht, wie es aussieht.«

Die Hauptkommissarin fixierte mich eisig, Frost kam aus ihrem Mund, als sie knurrte:

»Das sagen sie alle. Aber schöner Schlafanzug, der war nicht billig.«

Okay, ich gebe zu, es gibt Situationen, die unverfänglicher sind. Aber es war eine klassische Dilemma-Situation. Sollte ich zugeben, ohne Schutzkleidung gefahren zu sein oder im Verdacht stehen, ein Verhältnis mit der feschen Schaki zu haben? Ich wusste es nicht.

»Darf ich mal Ihre Fahrzeugpapiere sehen?«

Das war das Zwetschgenmännchen, er hatte mir das Pflaster auf dem Nasenrücken wohl immer noch nicht verziehen.

Die Hauptkommissarin schien mal wieder die vernünftigere von beiden zu sein, zischte ihn an:

»Lass das, wir haben andere Sorgen! Bleiben Sie mal kurz so stehen, Herr Bönle, das ist ein herrliches Bild.«

Und schon hatte sie ihr Handy gezückt, das mit zusätzlichen Makro-, Bokeh-Ultra-Weitwinkel- und Telelinsen ausgestattet war. Vermutlich verwendete sie gerade die Telelinse.

»So, Bönle, entweder Sie kooperieren und halten sich aus dem Fall raus, ooooder Ihre Gattin …«

Sie sprach den Satz nicht zu Ende. Ihr faltiger und einfältiger Begleiter mit der dicken Nase kicherte dümmlich und grinste unterwürfig zu seiner Chefin. Diese hielt ihr Handy in die Höhe und lachte triumphierend.

Ich konterte:

»Das ist Erpressung.«

Der eifrige Begleiter der Hauptkommissarin, Polizeikommissaranwärter Nedlich, machte einen Satz auf mich zu, knurrte:

»Du hältst dein Maul, Bönle, sonst …«

Auch er vollendete seinen Satz nicht. Drohte mir jedoch mit seiner rechten Faust. Mir gefiel es gar nicht, dass er mich mittlerweile duzte.

»Wie wär's mit einem Antiaggressionskurs, Herr Niedlich? Oder ist es eher Eifersucht, da Sie nicht im Schlafanzug neben Frau Heberle stehen?«

Er stampfte tatsächlich auf den Boden und hob den Zeigefinger seiner Rechten. Wäre es der Mittelfinger gewesen, hätte seine Nase ein zweites Mal gelitten.

Die Kommissarin, wie immer perfekt gestylt, schaute zum Hof, dann zum Kräutergärtlein, ihr Blick blieb jedoch am Tisch mit den Sitzgelegenheiten, auf dem ich vor Kurzem noch mit Schaki saß, hängen.

»Können wir uns an das Tischchen setzen? Im Haus ist es vermutlich wärmer als hier draußen?«

Ich hob die Hand zum Abschiedsgruß, stakste, besorgt um meine empfindlichen Fußsohlen, auf meine Maschine zu.

»Stopp, Bönle, Sie bleiben hier. Außerdem: Schutzkleidung!«

Das Männchen neben ihr lachte dreckig.

»Ich schiebe, ist ja nicht weit.«

Die Kommissarin war nicht zu überzeugen und insistierte:

»Die bekommen selbst Sie nicht durch den Kies geschoben!«

Ich lächelte zu PKA Nedlich, nickte auffordernd in Richtung Kulteisen und meinte:

»Bestimmt hilft mir Herr Niedlich – die Polizei, dein Freund und Helfer. Das gibt Muckis, und wenn das einer nötig hat …«

Dieses Mal hatte er sich unter Kontrolle. Er deutete auf den leeren Stuhl:

»Hinsetzen, Maul halten, nur reden, wenn du gefragt wirst.«

Er hatte seit dem Schlag auf die Nase ganz schön an Selbstbewusstsein gewonnen. Vielleicht war es ein therapeutischer Schlag, quasi ein Ritterschlag, der tut ja auch nicht richtig weh.

Ein zähes Verhör begann in idyllischer Umgebung. Die Vögel hatten ihren morgendlichen Gesang längst eingestellt, ich beobachtete ein frühes Eichhörnchen, wie es flink in spiralförmigen Bewegungen eine nahe Fichte erklomm.

»Ich habe Sie etwas gefragt! Haben Sie Beobachtungen gemacht, sind Ihnen Personen aufgefallen, eventuell auch in der Gastwirtschaft Ihrer Schwiegermutter, die Ihnen seltsam vorkamen? Personen, die Sie hier noch nie gesehen haben? Sie wissen, was ich meine. Autos, die verdächtig herumstanden? Kurz gesagt, ist Ihnen in letzter Zeit irgendetwas verdächtig vorgekommen?«

»Sie denken an Schakis nächtlichen Besucher? Warum ist Ihnen das plötzlich so wichtig? Anfänglich hatten Sie Zweifel, ob das etwas mit dem Fall zu tun hat.«

»Ja, auch. Es geht einfach darum … Und außerdem stelle ich die Fragen und nicht Sie, Herr Bönle! Ist Ihnen etwas aufgefallen, gibt es Anzeichen, dass Sie, Frau Heberle, beobachtet werden?«

Schaki antwortete: »Ich war heute Nacht nicht hier, ich war irgendwie, ich weiß nicht, wie ich das ausdrücken soll. Es war keine Angst, ich war unruhig, ich hatte so viele Dinge im Kopf und dann bin ich einfach ins Ried. Auf diese komische Veranstaltung bei dir«, sie deutete auf mich, »hatte ich einfach keine Lust nach den ganzen Ereignissen.«

Die Kommissarin hakte sofort nach:

»Was war das für eine Veranstaltung bei Ihnen, Bönle?«

»Eine Party, nur eine Party.«

»Am Mittwochabend?«

Sie schüttelte ungläubig den Kopf.

»Darüber reden wir noch nachher. Und Sie, Frau Heberle, wie lange waren Sie im Ried?«

»Keine Ahnung, schon einige Stunden. Ich habe mein Handy nicht mitgenommen, ich wollte nur für mich sein. Ich war einfach nicht müde. Und ich hatte keine Lust auf einen weiteren Besuch von irgendeinem Psychopathen, der die Kleider meines Vaters trägt und ein Rezept von mir will. Wie gesagt, mein Kopf schwirrte. Einer der Biker, der Goldi, hat eine Hütte, mitten im Ried, dort war ich dann, ziemlich lange.«

»Wie lange? Wie sind Sie da reingekommen, haben Sie einen Schlüssel?«

»Da braucht man keinen Schlüssel, da ist immer offen, da findet kein Mensch hin. Außerdem saß ich nur draußen, bei dem Wetter geht man nicht rein. Wie lange ich da saß? Das kann ich nicht sagen. Bis fast in den Morgen, am Himmel war schon ein heller Streifen.«

»Und dann?«

»Dann bin ich nach Hause, habe abgeschlossen, geschaut, dass alle Fenster zu sind, und das bei der Hitze. Dann habe ich eine Schlaftablette eingeworfen.«

»Und dann?«

»Dann stand er plötzlich im Schlafanzug vor mir.«

Schaki zeigte auf mich und grinste.

»Hmmm. Haben Sie immer Schlaftabletten im Haus?«

»Ja, seit der Geschichte mit meiner Schwester und meinem Vater.«

Die Kommissarin hustete:

»Ich verstehe.«

Empathisch senkte sie den Kopf, traute sich nicht, Schaki in die Augen zu schauen, und fragte nun wieder routiniert weiter:

»Ist Ihnen in dieser Nacht etwas aufgefallen, was außergewöhnlich war? Geräusche, Fahrzeuge, Personen, et cetera, et cetera?«

»Ja, die laute Musik, die wummerte bis zu Goldis Hütte. Aber ich wusste, dass Dani eine Party feiert, ich war ja auch eingeladen.«

»Außerdem?«

Schaki druckste ein bisschen herum, guckte unsicher zu mir.

»Okay, aber nicht, dass Sie wieder denken, ich sehe Gespenster. Sie haben mir vermutlich zunächst auch nicht geglaubt, als ich von meinem nächtlichen Besuch in Gestalt meines Vaters berichtet habe.«

Die Hauptkommissarin legte mütterlich ihre Hand auf Schakis:

»Erzählen Sie einfach.«

Schaki schaute mich unsicher an. Auch ich nickte ihr auffordernd zu.

»Als ich heute Nacht, heute Morgen von Goldis Hütte los bin, da habe ich etwas gesehen. Ich hatte wirklich zuerst gedacht, dass ich langsam meinen Verstand verliere. Dann waren da noch die Frühnebelfetzen, wie das eben so ist im Ried. Überall hört und sieht man etwas, wie in diesem Gedicht vom *Knaben im Ried*. Das haben wir mal in der Schule durchgenommen. Überall sieht und hört man Dinge, die man falsch interpretiert. Aber ich weiß, was ich gesehen habe, und das war keine Halluzination. Ich bin zu Tode erschrocken. Zuerst dachte ich an ein riesiges Vieh, einen Bären oder so. Dann habe ich gesehen, dass es zwei waren.«

»Was zwei?«

»Zwei Menschen.«

»Morgens, um die Zeit, mitten im Ried? Haben Sie die Personen erkannt?«

Die Hauptkommissarin kratzte sich im hellen Haar. Ich nutzte die Pause des Schweigens und wendete mich an die Blonde:

»Darf ich auch mal etwas sagen?«

»Schießen Sie schon los, Bönle, aber nur, wenn es für die Ermittlung relevant ist.«

Ich überlegte kurz nach diesem Einwand, war mir aber sicher, dass es relevant war, und wandte mich dann zu Schaki:

»Es heißt nicht: *Der Knabe im Ried*, sondern: *Der Knabe im Moor* und ist von Annette von Droste …«

»Bönle, halten Sie Ihren Mund! Frau Heberle, haben Sie die Personen erkannt?«

»Nein, es war noch recht dunkel, der Dunst dazu …«

»Geschlechter erkennbar?«

»Es könnte ein Pärchen gewesen sein.«

»Alter?«

»Sie waren ohne Rollator unterwegs.«

Die Kommissarin lachte, wie man nach einem schlechten Scherz lacht, verdrehte die Augen:

»Ha, ha, ha, Sie können also nichts zum Alter sagen. Bönle, haben Sie etwas dazu zu sagen? Aber nur Relevantes! Sie residieren doch ganz in der Nähe, und bei Ihnen war Mittwochsparty.«

»Ja, spuck's aus!«, kam vom Zwetschgenmännchen.

Sechs eisige Blicke brachten ihn zum Schweigen.

»Okay, ich spuck's aus: Ich weiß nicht, welches Pärchen morgens zu nachtschlafender Zeit einen Spaziergang durchs Ried gemacht hat.«

Die Hauptkommissarin unternahm noch einen Anlauf und fragte Schaki:

»Denken Sie, es war eher ein Schäferstündchen oder ein konspiratives oder informatives Treffen? Anders gefragt: War es ein Liebespärchen, waren es Jäger oder Menschen, die Böses im Schilde führen? Sprechen Sie ganz aus Ihrem Gefühl heraus.«

Schaki überlegte nicht lange:

»Wenn, dann war es ein Liebespaar.«

»Herr Bönle, was sagen Sie? Ist Ihrer Mittwochsparty ein Liebespaar abhandengekommen, oder waren Sie etwa selbst, vielleicht sogar im adretten Schlafanzug, zu einem Schäferstündchen unterwegs?«

PKA Nedlich ergänzte:

»Auf, raus mit der Sprache! Mit wem warst du im Ried?«

Ich hatte da schon einen gewissen Verdacht, dieser ging aber den Polizeikomödianten rein gar nichts an. Ich schaute daher den putzigen Kommissaranwärter mit klimpernden Augen an, setzte meine rechte Hand unter mein Kinn, legte meine Beine kokett übereinander, zog dabei ein Schlafanzughosenbein so weit hoch, dass meine gut gebaute Wade sichtbar wurde und antwortete ihm mit näselnder Stimme:

»Mit niemandem, aber wenn, dann würde ich zu einem Schäferstündchen nur mit Ihnen, Herr Niedlich, ins Ried gehen, gerne ein bisschen tiefer ins Feuchtgebiet!«

Diesmal bekam ich eins auf die Nase. Ich musste bei ihm mit meiner einfachen Aussage einen Nerv getroffen haben. Jetzt waren wir quitt, das war mir recht. Das Verhörgeplänkel ging dann noch ewig hin und her. Schaki wurde noch gefragt, ob sie Polizeischutz wünschte, sie lehnte ab. Als die beiden endlich abgezogen waren, startete ich mit schmerzender Nase ins nahe Heim und schwor mir, nie wieder in leichtsinniger Kleidung zu fahren. Ich musste auch in diesem Punkt mein Leben ändern.

DER NOTIZBLOCK IM KELLER

Jesaja 29,15
Wehe denen, die einen Plan tief unten vor dem Herrn verborgen halten, damit ihre Taten in der Dunkelheit bleiben! Sie sagen: Wer sieht uns und wer weiß um uns?

Keintag-Tag, Aulendorf, in der Nähe des Schlosses in einem Altbau im Keller, kostbare Zeit verrinnt

Wenn sie nur wüsste, wie lange sie schon in Gefangenschaft war. Waren es Stunden oder schon Tage? Immer dieses Dämmerlicht. Wenn sie müde war, riss sie etwas von der Klopapierrolle an der Campingtoilette ab, verband sich damit die Augen, um dem Dämmerlicht zu entgehen. Wie lange sie jedoch Schlaf fand, wusste sie nicht. Die Zeit schien zu stehen und zu rasen. Wenn er nicht bei ihr war, und das war der größte Teil der Zeit, versuchte sie, eine Lösung zu finden. Eine Lösung für ihr größtes Problem: Wie komme ich aus dem Keller?

Die verschiedensten Ideen ließ sie wieder und wieder Revue passieren. In ihrem Kopf entstand ein Plan, diesem Teufel zu entkommen. Der Plan manifestierte sich in ihrer Fantasie zu einem geistigen Notizzettel:

1. Idee: Überraschung

Die Idee Überraschung musste ein hocheffizientes Überraschungsmoment bereithalten. Sie musste innerhalb weniger Sekunden ihren Peiniger überwältigen. Nach Ausschluss vieler Alternativen bestand die Idee Überraschung aus einem Überraschungsangriff. Das Einzige aus dem Keller, was sich als Waffe nutzen ließ, waren ihres Erachtens die dünnen Balken der Regale oder die Scherben einer Glasflasche. Vielleicht auch die Kombination der Elemente Glas und Holz. Sie könnte ein Regal zerlegen und den dünnen Balken wie einen Baseballschläger nutzen. Wenn er nach unten kam, die Tür öffnete: zack!

Die Mineralwasserflasche so zerschlagen, dass der obere Teil einen Griff bot, der untere eine scherbenbewehrte Angriffssäge. Am Eingang warten, dann sofort das Gesicht schlitzen: wusch!

Oder, dritte Alternative der ersten Idee, die Kombination: die Flasche zerschlagen, mit einer Scherbe das Holz spalten, eine besonders große Scherbe in den Spalt klemmen, aus Stofffetzen Schnüre formen, die Scherbe im Holz fixieren und dann mit dem improvisierten Beil: krach!

Im Keller hin und her gehend, blendete sie die zweite Idee ihres mentalen Notizblockes ein.

2. Idee: Einlullen

Das Einlullen dürfte nur auf der kommunikativen Ebene geschehen. Sie müsste mit ihm ins Gespräch kommen. Er schien ja nicht abgeneigt, mit ihr zu reden. In einem ersten Schritt ihn davon überzeugen, dass sie das Rezept, was immer das sein mochte, nicht hatte. Das schien ja schon zum Teil gelungen. Zweitens, ihm in allem recht geben. Ihn in Sicherheit wiegen, ihm suggerieren, sie würde ihn verstehen, und dann im richtigen Augenblick, in einem Moment, in dem er sich sicher fühlte, fliehen.

Sie legte sich auf die Matratze, ihr geistiger Notizblock zeigte ihr die letzte der drei Alternativen, die sie in endlosen Stunden entwickelt hatte.

3. Idee: Sex

Die Idee Sex basierte auf dem einfachen Prinzip, dass man alle Männer mit Sex herumbekam. Sie würde sich ihm entsprechend präsentieren. Es würde zum Unvermeidlichen kommen, und im richtigen Augenblick würde sie ihm mit aller Kraft mit der Mineralwasserflasche, die neben der Pritsche stünde, eins überziehen.

Das erste Mal, seit sie in Gefangenschaft war, lächelte sie. Sie würde hier nicht sterben, hier würde doch nicht ihr Ende sein!

Sie musste sich nun für eine Idee entscheiden und machte sich mental an die Vorbereitung.

DER WIEDERKOMMER

Obadja 5
Wenn Diebe zu dir kommen, wenn Räuber des Nachts, wie bist du verloren!

Nacht vom Donnerstag, 29. Juli, auf Freitag, 30. Juli, der Heberle-Hof

Schaki war vom Keller bis zur Ausziehtreppe des Dachbodens durchs Haus gestapft, um alle Fenster, Türen und sonstigen Luken zu überprüfen. Wer jetzt herein wollte, der musste mit Gewalt einbrechen. Jetzt, wo die Dunkelheit das Ried mit ihrem schwarzen Samttuch eingehüllt hatte, kam auch die Angst zurück. Der Tag mit seinen bunten Farben und freundlichen Geräuschen hatte ihre Unsicherheit und Furcht übertüncht. Nun, wo die unheimlichen Geräusche der Nacht, jetzt, wo wankende und zitternde Schatten dominierten, Nebelschleier sich hoben und senkten, Landschaft erscheinen und verschwinden ließen, war Schakis Selbstsicherheit verschwunden.

Er würde es nicht wagen wiederzukommen. Vor allem nicht in dieser albernen Verkleidung. Sie brauchte ihren Schlaf, die Arbeit ohne Moni war deutlich anstrengender, vor allem hatte sie nun viel mehr Verantwortung. Sie erinnerte sich an die Worte Monikas: »Was war mein Leben noch locker und easy, als ich einfache Verkäuferin in Sebis Filiale war. Mehr

Ruhm, mehr Verantwortung, mehr Publicity, mehr Stress!« Sie dachte oft an Moni, es ließ sich nicht vermeiden, wenn sie durch die Räume der Filiale ging. Vor allem dort, wo sie gehangen hatte. Die Filiale war auch auf Drängen Kohlers schnellstmöglich wieder freigegeben, bis in den kleinsten Winkel gereinigt worden, nachdem die Spurensicherung ihre Arbeit verrichtet hatte und das Siegel der Kripo entfernt war. Das Wurstsortiment war komplett ausgetauscht worden, um das Vertrauen der Kundschaft nicht zu verlieren. Der von Kohler befürchtete Supergau war ausgeblieben. Im Gegenteil, der grausame Mord hatte nicht nur die Medien, sondern auch neue Kundschaft angelockt.

Wo Moni jetzt wohl war? Wie waren ihre letzten Augenblicke? Was war das Letzte, was sie gesehen hatte? Hatte sie Schmerzen, oder war es tatsächlich so, wie sie in einer wissenschaftlichen Sendung gesehen hatte, dass man in so einem Todesschock keine Schmerzen verspürte?

Und ihr Rezept, ihr ganzer Stolz, war es ihr tatsächlich gestohlen worden? Oder hatte sie es geschafft, es zu verstecken? Vielleicht hatte sie geahnt, dass sie nicht mehr lange leben würde? So etwas gibt es doch auch. Und sie hatte in einer Vorahnung das Rezept vorsorglich an einen sicheren Ort gebracht. Nur, wohin? Ob sie nun ein Engel ist? Gibt es einen Wursthimmel? Für Moni bestimmt!

Mit all diesen Gedanken allein gelassen, wälzte sich Schaki im Bett von der einen auf die andere Seite. Im oberen Stockwerk staute sich die sommerliche Hitze. Hier fühlte sie sich jedoch am sichersten. Wer in ihr Schlafzimmer wollte, musste zuerst einmal ins Haus kommen und dann die Treppe herauf. Bis dahin wäre sie wach, denn die Schlaftabletten hatte sie nicht mehr angerührt. Und dann, wenn sie etwas Verdächtiges wahrnähme …

Ängstlich schaute sie zu dem Stuhl, den sie neben ihr Bett

geschoben hatte. Auf der Sitzfläche lag Vaters alte Schrotflinte. Schniefend fiel Schaki in einen unruhigen Schlaf.

Es war kein Geräusch, durch das sie aufwachte. Ihr schien es, als hätte die Stille sie geweckt. Kein Laut von draußen. Als ob das Ried gestorben wäre. Allmählich funktionierten ihre Sinne wieder. Sie griff nach dem kühlen, lackierten Holzschaft der Schrotflinte und stieg gleichzeitig langsam aus dem Bett. Keine verdächtigen Geräusche von unten, keine verdächtigen Geräusche vom Hof. Und trotzdem musste sie durch irgendetwas wach geworden sein. Sie ging, die Flinte im Anschlag, auf Zehenspitzen zum einzigen offenen Fenster des Hauses, ihrem Schlafzimmerfenster. Hier würde niemand einsteigen können, und von hier hatte sie einen guten Überblick über die Westseite des Hofes und die Einfahrt. Vor allem würde sie, bevor sie im Dunkel des kleinen Fensters gesehen würde, erkennen, was draußen vor sich ging.

Vom Fenster aus sah sie ihn stehen, und wieder in dieser Verkleidung. Momentan empfand sie diese nicht mehr als albern, sondern als gruselig. Wieder stand er mit Schweinsmaske und der Kleidung ihres Vaters im Hof. Als sie noch einen kleinen Schritt weiter zum Fenster gehen wollte, meldete ihre linke Fußsohle etwas Spitzes. Sie ertastete mit ihren nackten Füßen Kieselsteine auf dem Fußboden. Nun wusste sie, was sie aus dem Traum der Stille geweckt hatte. Die Kieselsteine.

Die Gestalt im Hof hatte sie offensichtlich noch nicht wahrgenommen, sie bückte sich, hob einen weiteren Kieselstein auf und warf ihn in Richtung des Fensters. Schaki zog sich rasch und geräuschlos zurück. Der Kieselstein klimperte die Dachziegel hinunter, landete metallisch scheppernd in der Dachrinne. Was wollte er von ihr? Warum war er nicht ins Haus eingebrochen? Wollte er sie nur erschrecken? Aber warum? Schaki griff zum Handy:

»Er ist wieder hier, komm schnell!«

Vom Hof her rief es:

»Ich weiß, dass du mich hörst, ich komme jetzt hoch. Leg mir bitte das Rezept vor die Tür, dann gehe ich auch sofort wieder. Ansonsten triffst du ganz schnell deinen Vater wieder.«

Sie schlich zum Fenster, zielte mit der entsicherten Flinte aus dem Fenster und drückte ab. Nichts. Nur ein lautes Klicken. Die Gestalt im Hof begriff, lachte und rief.

»Ich bin gleich bei dir. Rezept oder …«

Der Satz wurde nicht zu Ende gesprochen, Schaki erstarrte, als sie sah, was er in seiner Rechten drohend gegen sie erhob. Sie musste sofort das Haus verlassen, hier hatte sie keine Chance gegen ihn. Sie musste ins Ried, dort hatte sie Vorteile, dort kannte sie sich aus. Als das Haus von den Schlägen gegen die Eingangstür erzitterte, stieg Schaki über den Dachboden zur Luke mit der »Katzenleiter«.

Der Eindringling war ihr dicht auf den Fersen, mit einer alten rostigen Sichel aus dem Geräteschuppen des Hofes.

RIEDDUNKEL

Psalm 11, 2
Denn siehe: Die Frevler spannen den Bogen, sie legten ihren Pfeil auf die Sehne, um im Dunkel auf die zu schießen, die redlichen Herzens sind.

Freitag 30. Juli, Riedhagen, auf dem Heberle-Hof und im nächtlichen Ried, nach Mitternacht

Schaki war nirgends auffindbar, auch die eingetretene Eingangstür des Heberle-Hofes machte mich nicht ruhiger. Ich wollte das Haus durchsuchen, als ich ungewöhnlichen Lärm hinter dem Haus vernahm. Ich verfolgte sofort die Spur. Jemand schien mit brachialer Gewalt und fluchtartig durch das Unterholz zu brechen. Vermutlich hatte der Motorenlärm meiner Maschine Schakis Verfolger erschreckt.

Selbstverständlich folgte ich den fliehenden Geräuschen, obwohl die Kommissarin mich gewarnt hatte, aktiv zu werden. Nach Schakis panischem Anruf hatte ich sofort die Polizei verständigt, Cäci beruhigt und mich zum Heberle-Hof aufgemacht. Dieses Mal mit festem Schuhwerk und solider Oberbekleidung. In weiser Voraussicht hatte ich mein Sicherheits-Set, ein Taschenmesser von *Laguiole*, meinen *Leatherman*, eine stabile Schnur und die kleine Pistole, die *Chiefs Special* von *Smith & Wesson*, eingesteckt.

Um wenige Sekunden musste ich Schaki und den Einbrecher verpasst haben. Ich ging davon aus, als ich die defekte Flinte in Schakis Schlafzimmer, die eingetretene Eingangstür und die herabgelassene Dachbodenleiter sah, dass Schaki über die »Katzenleiter« ins Ried geflohen war und die astbrechenden Geräusche von ihrem Verfolger verursacht wurden. Um Unheil von Schaki abzuwenden, blieb mir nichts anderes übrig, als den Verfolger zu verfolgen. Die Geräusche zeigten mir an, dass die wilde Jagd in nördlicher Richtung ging. Ich lauschte, all meine Sinne waren wie die Saiten einer feinen Violine gestimmt, ich ahnte, wohin Schaki floh, und folgte den beiden ins Dunkel.

HU, HU, ES BRICHT WIE EIN IRRES RIND

Psalm 69, 15 – 16
Entreiß mich dem Sumpf, damit ich nicht versinke, damit ich meinen Hassern entkomme, den Tiefen des Wassers, damit die Wasserflut mich nicht fortreißt, mich nicht verschlingt der Abgrund, der Brunnenschacht nicht über mir seinen Rachen schließt!

Freitag, 30. Juli, im Ried, nach Mitternacht

Schaki war klar, dass sie nur eine Chance hatte, ihm zu entkommen, wenn sie auf vertrautem Terrain war. Hinter sich hörte sie, mit welcher unbändigen Kraft ihr Verfolger einfach den kürzesten Weg hinter ihr nahm. Er brach durch das Unterholz, ohne Rücksicht auf irgendetwas, auch nicht auf sich selbst. Das machte ihn so gefährlich, das war jedoch auch ihre Chance. Sie wusste, wo sie hin wollte, und sie kannte jeden Winkel im Ried. Aber er war schnell, sehr schnell, sie hörte schon sein Keuchen. Dieses Tempo würde er nicht durchhalten können. Trotzdem musste sie einen Vorsprung gewinnen. Und wieder knackte und knirschte es hinter ihr. Der Wahnsinnige kam näher. Sie hoffte inständig, dass die Sichel ihm bei seiner Verfolgungsjagd hinderlich war und er sich ihrer entledigt hatte.

Schlaglichtartig tauchten Zeilen in ihrem Kopf auf, verschwanden wieder. Dann standen sie adrenalingeschwängert wie Leuchtreklamen in ihrem Kopf:

»Seine bleichenden Knöchelchen fände spät, ein Gräber im Moorgeschwele.«

Niemand würde hier ihre Knochen finden. Sie würde überleben. Das Ried war ihre Heimat, es war Bestandteil ihres Lebens, sie würde sich nicht aufgeben. Und wieder splitterte und trampelte es hinter ihr ganz nahe.

»Hu, hu, es bricht wie ein irres Rind!«

Er würde sie einholen, sie musste all ihre Kräfte mobilisieren, um ihm zu entkommen, die Zeilen gaben ihr Kraft.

»Der Knabe springt wie ein wundes Reh,
Wär' nicht Schutzengel in der Näh', …«

Wie ein Reh musste sie sich bewegen, sie durfte jetzt nicht verkrampfen. Und Schutzengel könnte sie nun eine ganze Armee gebrauchen. Die Fetzen des Gedichts, die durch ihren Kopf spukten, gaben ihr neue Kraft, sie konnte ihren Vorsprung ausbauen. Die Geräusche hinter ihr wurden leiser.

»Da mählich gründet der Boden sich …«

Sei dir nicht zu sicher. Du bist noch nicht auf sicherem Boden. Sie orientierte sich von Neuem. Bald müsste sie im Dunkel auftauchen, Goldis Hütte. Wenn sie erst einmal dort wäre, könnte er sie kaum finden, so versteckt lag sie im Ried. Bei Nacht war sie hinter den Tannen nahezu unsichtbar, und sie bot noch weiteren Schutz. Nämlich mit ihren Jagdutensilien den Schutz einer effektiven Verteidigung.

Einen Augenblick war sie unachtsam, als sie sich versichern wollte, dass sie ihrem Verfolger entkommen war. Einige Schritte rückwärts gehend, in die Richtung ins Dunkel starrend, wo sie ihren Verfolger wähnte, stürzte sie. Riediges Wasser drang in ihren Mund, sie versuchte, sich freizustrampeln, ohne verräterische Geräusche zu verursachen, merkte aber schnell, dass jede Bewegung, die sie zu ihrer Befreiung machte, sie weiter in den moorigen Untergrund hineinzog.

Dann stand der Schatten keuchend vor ihr, zog gerade die Maske über. Den Bruchteil einer Sekunde meldete ihr Gehirn trotz der Dunkelheit ein Erkennen, dann lag der zähe Nebel des Vergessens wieder über dieser Erinnerung. Schwer atmend schwenkte er die Sichel, die er während der Hatz durch das Ried fest umklammert hielt, und keuchte:

»Das ist deine letzte Chance. Sag mir, wo du das Rezept hast, oder du wirst hier ersaufen!«

»Hilf mir raus, ich schaff das nicht allein.«

»Sag mir bitte, wo das Rezept ist, und ich helfe dir heraus!«

Schaki hatte nur noch eine Chance, die Lüge.

»Okay, ich sage es dir: In der Küche, hinter dem Herrgottswinkel, da ist unter dem Kreuz ein kleines Geheimversteck. Ein Brettchen lässt sich lösen, darunter liegt es. So, jetzt zieh mich raus.«

Schaki musste den Kopf weit nach hinten strecken, um Luft durch die Nase zu bekommen. Der sumpfige Untergrund zog sie unaufhaltsam nach unten, jede Bewegung mit Füßen und Beinen zog sie näher an den Tod.

»Bitte! Ich ertrinke!«

Sie schluckte Wasser, hustete es in einer gurgelnden Fontäne heraus. Die Gestalt verschwand rasch ins Dunkel des Unterholzes. Das Wasser lief Schaki in die Nase, panisch strampelte sie, wurde nach unten gezogen, gurgelnde Laute kamen aus ihrem Mund, ihre Hände griffen ins Nichts, die verdammte Margret kam ihr in den Sinn:

»Ho, ho, meine arme Seele!«

METTIGEL

Johannes 12, 40
Er hat ihre Augen blind gemacht und ihr Herz hart, damit sie mit ihren Augen nicht sehen und mit ihrem Herzen nicht zur Einsicht kommen, damit sie sich nicht bekehren und ich sie nicht heile.

Der Igel-Tag, Aulendorf, in der Nähe des Schlosses in einem Altbau im Keller, die richtige Sekunde zählt

Und dann ging doch alles viel zu schnell. Sie war nicht vorbereitet, geschweige denn hatte sie sich für eine der drei Ideen, ihren Peiniger zu bezwingen, entschieden. Sie hatte nur eine Tendenz, und diese liebäugelte mit Idee eins: Überraschung. Doch als sie die Schritte hörte, hatte sie nichts vorbereitet. Gefühlt waren seit seinem letzten Besuch im Keller nur wenige Stunden vergangen, ein Zeitgefühl war noch nicht entstanden. Idee zwei schien ihr nicht praktikabel, wenn er nun schon wieder auftauchte. Das Einlullen braucht Zeit. Und Sex, wenn er zum Schluss fix und fertig daläge, das konnte sie sich zum einen mit diesem Schwein nicht vorstellen, andererseits konnte Idee drei auch ganz schön in die Hosen gehen.

Er brachte wieder Essen und Trinken, aber auch etwas, was sie zunächst für ein dickes Buch hielt. Seine Haare waren feucht, er roch nach Shampoo und Duschgel. Er trug einen altmodischen Bademantel. Die Schweinemaske wirkte noch skurriler.

»Das musst du sehen!«

»Was ist das?«

»Ein Fotoalbum. Willst du zuerst schauen? Oder willst du zuerst essen?«

Er hielt ein braunes, mit lederähnlichem Material überzogenes großes Fotoalbum in die Höhe und winkte ihr damit zu. Seine Augen blitzten durch die Maske wie Messerspitzen im Licht.

»Antworte doch wenigstens, wenn ich dich etwas frage, bitte!«

Dieses gezischte »bitte«, das mit einer Eiseskälte die Maske verließ, machte ihr Angst. Er schien sofort ihre Furcht zu bemerken, sie hatte sich an die Wand und in die Kuhle der Matratze gedrückt. Sie hatte den Blick eines waidwunden Tieres, wimmerte und bat:

»Lass mich bitte in Ruhe! Ich mache alles, was du willst, aber tu mir nichts, lass mich einfach gehen.«

Als er bemerkte, wie verstört sie war, setzte er sich zu ihr und öffnete das Fotoalbum. Gelb- und braunstichige Farbfotos blickten ihr entgegen. Alle zeigten sie Familienfeste, vermutlich Geburtstage, aber auch Oster- und Weihnachtsfeste. Nach einem Schnelldurchgang zeigte er einzelne ausgewählte Fotografien. Immer waren darauf zwei Kinder zu sehen, manchmal auch ein Mann und eine Frau, die am Esstisch saßen, mal aus der Perspektive eines Weitwinkelobjektivs, mal herangezoomt, mit verschwommenem Hintergrund, mal aus der Vogelperspektive, mal aus der Froschperspektive. Er deutete auf den Jungen und sagte bitter:

»Das bin ich!«

Es war ein Junge zu sehen, der meist in einem Hemd oder mit einem V-Ausschnitt-Pullover mit gescheiteltem Haar am Festtagstisch saß und unglücklich in die Kamera starrte.

»Siehst du, was auf dem Tisch steht? Nur Wurst und Fleisch.

Und hier, das sind die Weihnachtsbilder. Da hat Mama immer einen Mett-Igel gemacht, an Heiligabend. Immer an Heiligabend dieser ekelhafte Mett-Igel!«

Was wollte er erreichen, indem er ihr als Veganerin diese Bilder zeigte? Wollte er, dass sie Mitleid oder gar Sympathie für ihn empfand? Hätte sie sich ihm doch nie als Veganerin offenbart. Vielleicht böte es aber die Chance, ihn einzulullen. Man tötet doch niemanden, wenigstens nicht so leicht, den man sympathisch findet.

»Das ist ja furchtbar, gezwungen werden zum Essen. Und dann noch das viele Fleisch und die Wurst.«

Zögerlich deutete sie auf ein Bild, sie wusste nicht, was die Frage in ihm auslösen wurde. Aber ihr Interesse war von Neugierde getrieben.

»Wer ist denn das, der mit dir auf den Bildern ist? Und warum fehlen da immer die Augen? Wer hat die aus all den Bildern herausgekratzt?«

Ganz offensichtlich war es die falsche Frage. Er sprang von der Matratze auf, schlug das Album zu und fauchte sie durch den Schweinerüssel an:

»Das geht dich gar nichts an, lass mich mit solchen Fragen in Ruhe!«

Sie musste ihn unbedingt wieder besänftigen und stammelte:

»Sorry, ich wollte dich doch nicht bedrängen. Es geht mich wirklich nichts an, wer das Kind neben dir auf den ganzen Bildern da ist. Das ist vermutlich Familie, das sind vielleicht auch Freunde, das ist mir doch alles egal«, flehte sie.

Er blieb im Raum stehen, das Album unter den Arm geklemmt, kam er wieder einen Schritt auf sie zu und meinte:

»Entschuldigung, wenn ich da so explodiere, das ist auch nicht so gemeint. Aber manchmal holt einen die Vergangenheit ein. Du kannst deine Vergangenheit nicht einfach abschütteln.«

Er stand groß, drohend, im Bademantel vor ihr, und streckte ihr das Album entgegen.

»Du kennst jetzt mein Martyrium.«

Sie schwieg, um ihn nicht wieder in Rage zu bringen.

»Sag, was hältst du davon, wenn man Kinder dazu zwingt, das zu essen, was sie ekelhaft finden? Sag, bitte!«

Er kam näher, setzte sich wieder neben sie, schlug das Fotoalbum auf. Die beiden geöffneten Seiten zeigten Weihnachtsszenen, vermutlich den Heiligabend, da auf einem Foto eine Frau mit einem kinnlangen, gegelten Bob zu sehen war, wie sie stolz, den mit Salzstengeln gespickten Mett-Igel in die Kamera präsentierte. Der Maskierte kommentierte das Foto mit gepresster Stimme.

»Das sollte ich essen. Die Mutter meinte, um den Vater nicht zu erzürnen, sollte ich wenigstens mal probieren. Es wäre nichts auf dem Tisch, was ein junger Mann nicht essen könnte. Immer dieses Fleisch, immer diese Wurst, immer, immer hat er mich gezwungen! Und die Mutter versuchte, das zu retten, was nicht mehr zu retten war. Und bei jedem Fest, fast bei jedem Essen dasselbe: Streit und der Hass meines Vaters. Und die Mutter immer nur: ›Bitte, iss doch wenigstens mir zuliebe ein Stückchen! Bitte! Bitte!‹ Und du kannst mir glauben, ich habe meine Mutter geliebt, aber nicht das Fleisch. Und sie hat anfangs immer zu mir gehalten. Bis er auch sie verprügelt hat. Bis sie ihm nicht mehr widersprochen hat. Wie oft habe ich gekotzt, nur, um meine Mutter aus der Schusslinie zu nehmen! Dann ging es nur noch auf mich.«

Die letzten Worte schrie er und legte schluchzend den Kopf mit den feuchten, duftenden Haaren an ihre Schulter. Die Maske stank als widerlicher Kontrast zu den Haaren und dem frisch geduschten Körper unerträglich. Sie musste jetzt ruhig bleiben. Sie überwand sich und streichelte über sein feuchtes Haar. Er sollte denken, er hätte etwas in ihr berührt, etwas in ihr ausgelöst, vielleicht so etwas wie Mitleid. Sein Schluchzen wurde lauter, er formte kaum verständliche Worte:

»Und an diesem Heiligabend, da hat er mich reingetunkt! Wie einen Hund, der in die Wohnung geschissen hat! Er hat mein Gesicht …! Er hat mich in den Mett-Igel reingedrückt! Und dann ab in den Keller! Und fast jeden Tag Fleisch! Das kannst du dir nicht vorstellen. Und immer dieses Gefühl, für den ganzen Familienstreit verantwortlich zu sein. Die Mama ist schier um den Verstand gekommen, weil er mich so behandelt hat, weil nur Hass zwischen uns war.«

Er klopfte auf die Matratze. Dann umarmte er seine Gefangene fest, dass sie kaum noch atmen konnte.

»Und als ich dich in der Metzgerei sah, als du die Maske abgezogen hast, da wusste ich, dass wir beiden zusammenpassen. Das war wie eine Erlösung für mich. Ich war sofort schockverliebt in dich. Sofort! Und als ich begriffen hatte, was du da vorhattest, da war mir sowieso klar, dass wir seelenverwandt sind.«

Sie streichelte ihn vorsichtig, als er zitternd und jammernd in ihren Armen lag, und gerade, als sie ihn von sich stoßen wollte und ihn mit all ihrer Kraft mit beiden Fäusten gegen den Kopf schlagen wollte, sprang er abrupt auf und stieß sie von sich.

»Ist dir nun eingefallen, wo das Rezept ist? Nur du kannst es haben, da bin ich mir sicher. Sonst geht es dir wie ihr, ich kratze dir die Augen aus! Und eines ist sicher, nicht nur auf einem Foto, sondern in echt!«

Er hielt ihr drohend das Album dicht vor das Gesicht und deutete mit zitternder Hand auf ein Bild, auf dem ein unglücklicher Junge mit einem Mittelscheitel und ein Kind mit ausgekratzten Augen zu erkennen waren. Im Hintergrund leuchtete ein Weihnachtsbaum heimelig.

KÜCHENSICHERHEIT

Daniel 5, 16
Doch du, so habe ich gehört, kannst Deutungen geben und schwierige Fragen lösen …

Freitag, 30. Juli, Küche des Heberle-Hofs, gegen Morgen

Schaki hatte geduscht, und sie hatte mir immer wieder erzählt, wie ihr das Gedicht von der Droste-Hülshoff durch den Kopf gespukt war. Sie konnte sich dann nur noch erinnern, wie ihr Verfolger sich umgedreht und sie im Stich gelassen hatte, ihren Tod in Kauf nahm. Keine Sekunde zu spät war ich gekommen, um Schaki aus ihrer tödlichen Lage zu befreien. Ganz knapp musste ich Schakis Verfolger verpasst haben. Wir waren uns nicht sicher, ob er mich gesehen hatte, da er vermutlich in die andere Richtung verschwunden war.

Wir saßen in der Küche und betrachteten das Chaos, das Schakis Verfolger angerichtet hatte. Auf der Suche nach dem Rezept hatte er nicht nur den Herrgottswinkel zerstört, sondern einen großen Teil des Hauses noch einmal durchsucht und überall Spuren der Verwüstung hinterlassen. Die Frau Kommissarin und der PKA ersparten sich in diesem speziellen Fall Belehrungen und Beschimpfungen. Das Zwetschgenmännchen hatte nur einen Versuch unternommen und mahnte:

»Warum haben Sie nicht gewartet, bis wir hier waren? Wir sind die Profis!«

Schaki konterte gereizt:

»Raten Sie mal, wer jetzt tot wäre, wenn wir auf die Profis gewartet hätten? Raten Sie mal!«

Er erriet es schnell und meinte:

»Okay, da haben Sie recht, Frau Heberle. Aber hätte sich Herr Bönle nicht eingemischt, wäre es vielleicht gar nicht so weit gekommen.«

Mein Konter folgte sofort:

»Würden Sie Ihre Arbeit professioneller erledigen, wäre der Peiniger von Frau Heberle längst gefasst, und der Mörder von Frau Magen-Kohler säße endlich hinter Schloss und Riegel. Vermutlich handelt es sich um ein und dieselbe Person.«

Die Kommissarin mischte sich ein:

»Bönle, wie kommen Sie darauf, dass es sich um ein und dieselbe Person handeln könnte?«

»Schlussfolgerungen. Sie wissen, dass ich den Auftrag habe, privat zu ermitteln, Sie wissen auch, von wem ich den Auftrag habe. Also muss ich spekulieren, Indizien sammeln, Beweise finden, und dann komme ich zu Schlussfolgerungen. Sie profitieren von meinen Ergebnissen, da ich sie offen auf den Tisch gelegt habe. Jetzt wäre es vielleicht einmal an der Zeit, mich an Ihren Erkenntnissen teilhaben zu lassen. Zum Beispiel: Wer verfolgt Frau Heberle? Was hat die Spusi herausbekommen? Gibt es Hinweise, dass der Verfolger Frau Heberles etwas mit dem Tod von Frau Magen-Kohler zu tun hat? Gibt es weitere DNA-Spuren? Wie weit sind Sie mit der Suche nach dem Rezept?«

Der Anwärter schaute mich besserwisserisch an, deutete auf mich und sagte, jede Silbe betonend:

»Und genau das geht Sie überhaupt nichts an!«

Er schielte unsicher zur Kommissarin, diese verdrehte spontan die Augen und ergänzte knapp:

»Stimmt!«

Ich provozierte weiter, um an Auskünfte zu kommen, die mich in meinen Ermittlungen weiterbrachten:

»Frau Krieger, ich, aber auch Schaki haben nichts über die näheren Tatumstände, wie wir sie damals vorgefunden haben, herausgelassen, weder gegenüber Freunden noch der Presse gegenüber. Wie Sie das gewollt hatten. Könnten Sie im Gegenzug mit ein paar Informationen dienlich sein, eventuell das Rezept betreffend?«

»Zuerst mal danke, dass Sie mich nicht Fräulein genannt haben. Aber selbst mit dieser Masche haben Sie keine Chance, Informationen zu bekommen.«

Auch ihr treuer Begleiter schüttelte verneinend den Kopf und ergänzte:

»Kümmern Sie sich um Ihr Moped und überlassen Sie Polizeiarbeit denen, die etwas davon verstehen.«

Ich freute mich, dass er mich mittlerweile wieder siezte. Die Spurensicherung verrichtete dann noch ihre Arbeit und ich schaute, dass ich nach Hause kam, ohne dass meine hosenbeulende Bewaffnung den Ermittlern auffiel.

ORDNUNG MUSS SEIN

Sprüche 2, 7
Für die Redlichen hält er Hilfe bereit, den Rechtschaffenen ist er ein Schild.

Freitag 30. Juli, der Heberle-Hof, 15.30 Uhr bis spät in die Nacht

Mit meinem Pick-up, einem Ford Bronco, Baujahr 1978, transportierte ich Bierbänke und Biertische, meinen großen Holzkohlegrill und sämtliche unverzichtbaren Grill-Utensilien nach 15 Uhr auf den Heberle-Hof. Der Grill wurde sofort mit Birkenholz, das Schakis Vater zu Lebzeiten im Holzschopf gelagert hatte und somit keinerlei Feuchtigkeit mehr enthielt, angeheizt. Schnell war eine lang anhaltende Glut erzeugt. Schaki hatte die Würste, den Bauch und die Steaks besorgt, die Kohler freundlicherweise gesponsert hatte, als er von Schakis Schicksal erfuhr.

Meine Jungs und Blacky hatten ihren Arbeitstag, wenn möglich, früher beendet und waren nach und nach mit ihren Autos in der flirrenden Hitze angereist. Mit meinem Phone hatte ich die Schäden am Haus dokumentiert und der Gang als Bildmaterial zugeschickt, damit sie notwendige Werkzeuge und Ersatzteile mitbrachten, um das, was Schakis Peiniger zerstört und in Unordnung gebracht hatte, wieder aufzuräumen und zu reparieren. Auch die Spuren der Spurensicherung mussten beseitigt werden. Schaki war verständlicherweise am Boden zerstört. Erst als ich ihr zugesichert hatte, dass die *MIKEBOSSler* dafür sorgen würden, dass spätestens bei Einbruch der Nacht alles so hergerichtet sei, dass sie ohne Einschränkungen ihr Haus wieder nutzen konnte, brach sie heulend zusammen und legte sich ins Bett. Der Schutz unserer sechsköpfigen Gruppe war ihr gewiss und ließ sie bald in einen unruhigen Schlaf fallen. Währenddessen wurden Handkreissägen, Bohrmaschinen, Klebepistolen, Panzerband, aber auch Hämmer, Zangen und Schraubendreher aktiviert. Zum späteren Feintuning erschien auch Cäci. Im Cadillac transportierte sie Nass- und Trockensauger, Putzeimer in unterschiedlichsten Farben und Größen und die dazugehörigen Lappen und Wischer. Um das eisgekühlte Fässchen, das Frieda gespendet hatte und das einträchtig neben den Putzeimern verstaut war, nicht zu sehr zu rocken, war sie im Schritttempo von Riedhagen her geschlichen.

Als Präsident erlaubte ich mir, für den perfekten Gargrad der Grillwaren zu sorgen. Aufgrund der nächtlichen Ereignisse, gepaart mit Unlust an körperlicher Arbeit, verdingte ich mich am Grill. Sorgte für die richtige Temperatur in unterschiedlichen Zonen für unterschiedliches Grillgut. Cäci hatte Knoblauchbutter, Chilisoße und Kräutercreme produziert, um Fleisch und Würste damit zu verfeinern oder auch nur, um damit das frische Baguette, das sie besorgt hatte, zu bestreichen. Für den frühen Nachmittag hatte Frieda in riesigen Thermoskannen Kaffee aufgebrüht, auf den rasch das gekühlte Bier in Krügen folgte, die ebenfalls den Transport im Cadi hinter sich hatten. Den Kuchen zum Kaffee sparten wir uns, Fleisch ist der neue Kuchen.

Rasch kamen wir mit den Renovierungs- und Aufräumarbeiten an Schakis Hof voran. Es war unglaublich, wie viel Verwüstung eine Person in kürzester Zeit anrichten konnte.

Schubladen waren herausgerissen worden und aus dem Leim gegangen, deren Inhalt auf dem Boden zerstreut. Schränke waren umgeschmissen, Scheiben zu Bruch gegangen. Dielen waren herausgehebelt worden und teilweise gesplittert. Mit rasender Wut hatte Schakis Verfolger unter Verwendung von Werkzeugen aus dem Geräteschuppen in wenigen Minuten das Haus verwüstet. Selbst der Spülkasten der Toilette war aufgehebelt worden. Und all das nur wegen eines Rezeptes, das der Täter in Schakis Besitz wähnte.

Nach fast drei Stunden unruhigen Schlafes war die Hausherrin aufgetaucht und bedankte sich vielmals bei den Helfern, um dann ihren Platz neben mir beim Catering zu finden.

Nach 17 Uhr tauchten immer mehr Helferinnen und Helfer auf, Hilde hatte noch zwei Kolleginnen mitgebracht, Deo kam mit einer jungen Frau und zwei jungen Männern der KjG. Frieda schickte vier frühe Spätschoppler zum Helfen, schon bald gingen die Grillwaren und das Bier aus. Cäci sorgte für Nachschub.

Zwischen 19 Uhr und 20 Uhr nahm die Zahl der Helfer wieder ab, da es nichts mehr zu reparieren oder aufzubauen gab. Die *MIKEBOSSler* wurden nur noch von Hilde, Cäci und Deo unterstützt, wobei Letzterer auf ein zünftiges Vesper hoffte.

Am Grill machte ich mir viele Gedanken wegen des Unheils, das so unerwartet über Schaki hereingebrochen war. Die Beschaulichkeit und Ruhe einer an sich noch heilen Region war schlagartig gestört und zum Fokus eines Martyriums geworden.

Wer war der Unbekannte, der Schaki das alles angetan hatte, und warum war er überzeugt davon, dass sie das Rezept hatte? Wie würde Schaki die Geschehnisse verarbeiten? Wie konnte ich ihr helfen, Licht ins Dunkel bringen? Welche der Figuren am Rande des Geschehens spielen eine Rolle? Auch meine Aufgabe, die ich von Kohler bekommen hatte, bereitete mir Sorgen, da ich mit meinen Nachforschungen noch nicht sonderlich erfolgreich war. Täglich meldete sich Kohler bei mir und erkundigte sich nach den Fortschritten meiner Ermittlungen. Er wiederum informierte Frau Fernandine König von *MegaWurst* über den Fortlauf meiner Recherchen. Ich suggerierte dem besorgten Metzgermeister, dass es in kleinen Schritten voranging und das Auffinden des Rezeptes schwierig, aber nicht unmöglich sei.

Die Bierbänke hatten wir zu einer langen Tafel aufgestellt, die Helferinnen und Helfer versammelten sich nach getaner Arbeit, der Grill glühte, und die Laune bei Helfern und der Geschädigten stieg von Mal zu Mal. Schaki bedankte sich zum wiederholten Mal bei allen Helfern, drehte ihre Runden. Wirkte zum Teil sehr aufgekratzt, andererseits saß sie mit starrem Blick, die Augen ins Ried fixiert.

»Konntest du wirklich nicht erkennen, wer es war?«

»Nein, er hat die Maske sofort wieder aufgezogen, als er mich im Wasser liegen sah. Und außerdem war es dunkel.«

Hilde und Cäci saßen links und rechts von Schaki und versuchten, das Geschehene mit der Verstörten aufzuarbeiten und Licht ins Dunkel der absurden Geschehnisse zu bringen.

Hilde fragte weiter und legte ihren Arm um Schakis Schulter:

»Aber du bist dir absolut sicher, dass es ein Mann war, der dir das angetan hat?«

»Absolut. Schon allein die Stimme ist die eines Mannes, die Bewegungen, männlich, eindeutig. Da habe ich nicht die geringsten Zweifel. Es ist aber kein großer Mann. Zwischen ein Meter 70 und ein Meter 80, das habe ich auch der Kommissarin so geschildert.«

Cäci von der anderen Seite:

»Und er hatte wieder die Sachen deines Vaters an? Warum macht er das? Was soll diese Verkleidung bewirken?«

Schaki wirkte ratlos, sie zuckte mit den Schultern.

Cäci fragte weiter:

»Was macht das mit dir, wenn du jemanden siehst, der die Sachen deines Vaters trägt, der nachts auf dem Hof auftaucht?«

Deo ergänzte:

»Und von dem man sagt, dass er als Gespenst herumgeistat?«

Cäci stimmte ihm zu:

»Richtig. Was empfindest du?«

»Angst, was sonst. Ich habe mich beim ersten Mal beinahe zu Tode erschreckt. Auch beim zweiten Mal, und dann noch diese schreckliche Maske.«

Meine Psychologin erklärte:

»Es kann sein, dass er dadurch Macht über dich haben will, die Macht, das zu erfahren, was er von dir wissen will. Die Angst soll dich gefügig machen. Dazu auch diese Maske. Er hofft, dass du im Schock willig seine Anweisungen befolgst. Dass du ihn nicht erkennst, das gibt ihm die Stärke, dich macht es ohnmächtig. Wenn du seinen Namen und sein Gesicht kennen würdest, dann hätte er einen Machtverlust, er wäre im wahrsten Sinne des Wortes entlarvt.«

Schaki senkte den Kopf und sagte ganz leise:

»Und dann müsste er mich töten. Dann wäre er doch nicht ohnmächtig.«

Cäci stimmte Schaki nicht zu:

»Es wäre das größte Zeichen seiner Ohnmacht und Hilflosigkeit, deshalb hat er dich im Ried nicht aktiv umgebracht, er hat dich nur deinem Schicksal überlassen. Er hat einfach nicht eingegriffen.«

»Das Ergebnis wäre aber das gleiche gewesen, wenn Dani nicht zur Stelle gewesen wäre.«

»Da hast du recht.«

Deo griff wieder in das Gespräch der Frauen ein:

»Aba ein Gutes hat es, er weiß jetzt, dass die Schaki das Rezept von da Wurst nicht hat. In ihrer Todesangst hätte sie gestanda, wo sie es hätte, und er hat das ganze Haus von oba bis unta durchsucht und nichts gefunda. Ich denke, Schaki, du bist jetzt in Sichaheit vor ihm.«

Schaki war nicht ganz von Deos Argumentation überzeugt:

»Wenn er tatsächlich der Mörder von Moni ist, dann hat er schon einmal getötet, und es ist ihm egal, ein zweites Mal zu töten. Und wenn er denkt, ich hätte ihn erkannt und er hier wieder auftaucht ... Ich darf gar nicht daran denken. Und dann hoffe ich nur, dass meine Flinte funktioniert.«

Blacky meldete sich vom anderen Ende des Tisches:

»Ich habe sie gereinigt, der Mechanismus funktioniert einwandfrei. Ich bin ins Ried rein, habe einen Probeschuss abgegeben, alles bestens. Einfach die Bewegungsabläufe, die ich dir gezeigt habe, und dann: wummm! Aber zu niemandem ein Wort, dass ich sie auseinandergenommen und gereinigt und dir einen Schießkurs gegeben habe.«

Schaki lächelte:

»Danke noch mal, Blacky, war sehr lieb von dir. Die Waffe macht mich zwar ein bisschen sicherer, aber ich habe trotzdem Angst, sie benützen zu müssen.«

Ich brachte mich auch ein:

»Die nächsten Tage brauchst du keine Angst zu haben, nachts ist immer einer von der Gruppe bei dir. Heute Nacht Goldi, nächste Nacht Gesicht, und dann, wenn die anderen wieder zur Arbeit müssen, werde ich Montag auf Dienstag und Dienstag auf Mittwoch bei dir sein. So ist mal der Plan.«

Deo meldete sich:

»Auch ich würde gern eine Nachtwache übernehma.«

Joe lachte, hob seinen Bierkrug und rief in die Runde:

»Na, dann mal Prost, wenn unser E-Biker und Pfaffe die Nachtwache übernimmt! Er verjagt notfalls den Übeltäter mit einem Exorzismus!«

Ein befreiendes Lachen aus der Runde, nur Deo nicht:

»Ein Vataunsa zur rechta Zeit ist bessa als ein Revolva und kann mehr bewirka!«

Das Gelächter wurde noch ein paar Phonzahlen lauter. Auch Schaki lächelte mit. Schnell holte uns der Ernst der Situation wieder ein. Vor allem mich.

»Präsi, du ermittelst doch, jetzt mal Karten auf den Tisch. Gibt es schon Ergebnisse?«

Ich musste genau überlegen, was ich preisgab, und zögerte kurz. Dann referierte ich meinen subjektiven Blick auf die Angelegenheit, die uns allen seit Tagen sehr viel Sorgen bereitete:

»Moni wurde ermordet, mittlerweile weiß jeder, dass sie übertötet wurde. Das bedeutet, dass dieser Overkill ein Zeichen dafür sein kann, ich betone, *kann*, dass der Täter aus dem Umfeld Monis kommt und eine emotionale Beziehung zwischen Täter und Opfer bestand. Dann sage ich euch heute etwas, was auf keinen Fall an die Öffentlichkeit sollte: Ihr wisst, dass Schaki und ich Monika im alten Schlachtraum aufgefunden haben und zwar folgendermaßen: Sie war am Hals aufgehängt, hatte eine Schnittwunde am Hals, die schien nicht sonderlich tief und hat wahrscheinlich nicht zum Tod geführt. Entweder waren es die vielen Messer, die in ihr steckten, Schaki meinte damals, sie sähe aus, wie ein Mett-Igel, oder es war die Leber …«

Deo unterbrach aufgeregt meine Ausführungen und wollte neugierig wissen:

»Was ist ein Mett-Igel?«

Offensichtlich war ihm dieser Begriff noch nie in seinem deutschen Leben begegnet. Schaki erklärte ihm fachkundig, wie ein Mett-Igel hergestellt wird, wie er aussieht und dass er längst aus der Mode sei.

»Ohhh, das hört sich aba sehr lecka an.«

Ich referierte dort weiter, wo ich von Deo unterbrochen wurde:

»… oder es war die Leberwurst, eine *Royal*, die ihr weit im Hals steckte. Also wäre die Todesursache Ersticken gewesen. Also, ich fasse zusammen: Tod durch die vielen Spieße oder Erstickungstod durch die Wurst.«

Ich ließ meine Worte wirken, es wurde zwar viel getratscht, aber die grausamen Details waren wohl im Kreise der Ermittler geblieben. In die Stille hinein Blacky, unsere Polizeisekretärin:

»Die Todesursache war Ersticken, sie wäre erst später verblutet. Aber mehr kann ich nicht sagen, ihr versteht? Sonst bin ich meinen Job los! Aber Dani hat das ja ganz richtig erkannt, und ich habe das nur bestätigt.«

Ich nickte Blacky dankbar zu und ergänzte:

»Für mich stellt sich nun die Frage: War das Übertöten vorgetäuscht, um einen Raubmord zu vertuschen, und es ging nur um dieses alberne Rezept? Oder wurde sie aus niedrigen Motiven, zum Beispiel, Rache, Eifersucht oder Geld, getötet? Diese drei Motive sehe ich zurzeit. Wenn es um Eifersucht oder sexuelle Motive geht, haben wir die Verdächtigen Kohler und Pumper-Jimmy. Aber würden Kohler und *MegaWurst* mich engagieren, wenn sie Täter in irgendeiner Form wären? Eher nicht!

Geht es um Geld, dann bleibt für mich nur *MegaWurst*, da meine Recherchen ergaben, dass die schon lange hinter dem Rezept her waren. Und offensichtlich mit einem guten Rezept viel Geld zu machen ist.«

Ich legte eine kurze Pause ein, um die Spannung zu erhöhen:

»Aber ehrlich, Leute, glaubt ihr, dass *MegaWurst* so vorgehen würde, um an ein Wurstrezept zu kommen? Never ever, das schließe ich aus! Und ansonsten kenne ich niemanden, der aus dem Rezept Kapital schlagen könnte, da muss man ja vom Gewerbe sein. Geht es um das Motiv Rache, dann stellt sich die Frage, wer hat ein Interesse, sich an Moni zu rächen? Schaki hat einen Bruder erwähnt, der wohl in Geldnöten steckt und sie immer wieder mal angepumpt hat. Er wohnt in Riedlingen. Ich wollte ihn einmal besuchen, er war aber nicht zu Hause. Ich werde mich jedoch noch einmal um ihn kümmern. Dann habe ich herausbekommen, dass es wohl ein paar ganz wenige Neider gibt, die Monika Magen-Kohler ihren Erfolg nicht gegönnt haben. Das sind meines Erachtens jedoch harmlose Mitbürger. Ihr seht, ich war nicht untätig, aber eine heiße Spur kann ich nicht präsentieren.«

»Wie sieht es denn mit dieser Lehrerin da aus, die am Mittwochabend aufgekreuzt ist, die Dünne?«

»Du meinst die Sabine, die Sabine Scheitel. Ja, das ist ein bisschen komisch, die war wohl früher militante Tierschützerin und wäre somit auf Monika naturgemäß nicht gut zu sprechen. Andererseits habt ihr bestimmt gemerkt, dass sie Sympathien für den Kohler hegt. Meine Recherchen haben ergeben, dass sie vor längerer Zeit großes Interesse an ihm hatte. Das ist über die Jahre wohl nicht ganz verloren gegangen. Und die sind ja am Donnerstagmorgen, das war der 29., äh, also gestern Morgen von einem gemeinsamen Riedspaziergang zurückgekommen. Auch Schaki, die nicht auf unserer Veranstaltung war, sondern in Goldis Hütte, hat morgens zwei Personen gesehen, die sie für ein Pärchen hielt. Vielleicht waren das die beiden. Wenn wir das weiterdenken, dann wären wir wieder beim Motiv Eifersucht.«

»Oda auch Tierschutz«, warf Deo ein.

METZGEREI- UND SCHULHOFGESCHICHTEN

Jesus Sirach 6, 27
Erspüre sie und suche, so wird sie sich dir zu erkennen geben; hast du sie ergriffen, lass sie nicht los!

Samstag, 31. Juli. Juli, 7.32 Uhr in der Filiale der Metzgerei Kohler, Bad Saulgau, Willi Burth-Schule, Parkplatz und Rektorat, 9.10 Uhr bis 10.28 Uhr

Schaki nahm das Angebot gerne wahr, von mir in die Filiale chauffiert zu werden. Um den CO2-Haushalt der Erde nachhaltig zu stören, ließ ich den Cadi brabbeln. Deo tat ja das Seinige, meine Fehler auszugleichen. Ohne schlechtes Gewissen kostete ich jeden Kilometer mit dem Schmuckstück, das nicht nur Design- sondern auch Motorengeschichte geschrieben hatte, aus. Auch Schaki genoss die Fahrt und schien nicht traurig, im motorisierten Monstrum mit offenem Verdeck zur Arbeit zu schaukeln. Nur das Gerümpel auf der Rückbank wurde von ihr moniert.

Die erste Nacht nach ihrem traumatischen Erlebnis hatte sie mit Goldi als Aufpasser sicher und gut verbracht, als weiteren Sicherheitsfaktor hatte er seinen Rottweiler als Unterstützung mit dabei.

Zusammen mit der Aushilfskraft Anastasia half ich Schaki,

die Schautheke für den samstäglichen Ansturm der Fleisch- und Wurstliebhaber herzurichten. Aus dem Kühlraum durfte ich, mit Verweis auf meinen Gürtel mit der Silberschließe und mein exklusives Schuhwerk aus Mexiko, die Texas-Steaks holen und in die Schautheke einräumen. Danach hatte ich die dankbare Aufgabe, die an Metallstangen im Hintergrund baumelnden Schwarzwürste, Fleischwürste, Landjäger und dergleichen zu sortieren und die Lücken mit neuer Ware zu befüllen. Danach bestückte ich, mittlerweile routiniert, das Regal mit der Bixawuscht.

»Du musst die Bixawuscht schön stapeln, sonst kracht das alles zusammen.«

Die Traditionsmetzgerei Kohler war schon in Prä-*Leberwurst-Royal*-Zeiten über die Ortsgrenzen hinaus für ihre Wurstspezialitäten in Dosen bekannt, die regional nur als »Bixawuscht« bezeichnet wurden. Ich hatte immer einen Vorrat zu Hause. Man wusste ja nie: Überraschungsgäste, Seuchen … Das kam ja oft auf dasselbe heraus.

Ich fühlte mich selten so nützlich, das war schon etwas anderes, als widerborstigen Schülern das Freud'sche Instanzenmodell oder die fünf Axiome nach Watzlawick zu erklären. Herrliches Fleisch, wunderbare Würste, ein Paradies. Wäre da nicht der langsam verblassende Schatten des Todes.

Und als dann um 8 Uhr pünktlich geöffnet wurde, waren die verstörenden Ereignisse der letzten Tage das Gesprächsthema Numero Eins. Es wurde getratscht, spekuliert, getuschelt, geschimpft, be-, ge- und verurteilt.

»Das kann nur einer aus der Gegend sein!«

»So was macht kein Hiesiger!«

»Der Kerl gehört aufgehängt!«

»Woher willst du wissen, dass es kein Weib war?«

»So was macht kein Weib!«

»Da kennst die meine schlecht!«

»Da steckt die Wurstmafia dahinter!«

»Es gibt keine Wurstmafia!«

»Da ist doch immer einer schon in aller Herrgottsfrühe rumgeschlichen!«

»Ach der, der wollte bestimmt nur ein Wursträdle.«

»Der Muskelprotz, den würde ich mal ins Visier nehmen!«

»Der tut doch keiner Fliege was zuleide.«

»Und wie sieht es mit dem Kohler aus? Eifersucht!«

»Es ging nur ums Rezept! Und um nichts anderes!«

»Ach was, man bringt niemanden wegen einer Leberwurst um, so gut ist die auch nicht!«

»Sag nicht so was, die ist einzigartig!«

»Ach, hör auf! Die Schwarzwurst ist viel besser!«

Und so entwickelte sich manche Theorie aus dem Schwarmwissen heraus, die gar nicht uninteressant war. Aber auch manch unproduktiver Streit. Auf jeden Fall brummte der Laden. Schaki und Anastasia waren überfordert, Monika fehlte an allen Ecken und Enden, und meine laienhaft helfende Hand war überall gefragt, jedoch heillos überfordert.

Meine zweite Station an diesem Morgen, um meinen Plan einzuhalten, war die Schule.

Denn das Gerümpel, wie Schaki es zuvor nannte, nämlich der Metaplankoffer, die beiden transportablen, stoffbezogenen Pinnwände und das Flipchart-Gestell mit den unbenutzten Blättern wollten wieder nach Hause in die Schule. Weil das Wetter am frühen Morgen immer noch Sarah hieß und sich durch permanenten Hochdruck auszeichnete, belud ich meinen Cadillac, bevor ich Schaki abholte, mit den wertvollen Utensilien.

Eigentlich wollte ich noch in aller Ruhe den Leberkäswecken mit Essiggurke und wenig Senf in der Morgensonne im Cadi verspeisen. Schaki hatte ihn mir liebevoll zubereitet und genauso liebevoll eingepackt. Auf dem Schulparkplatz herrschte jedoch Aufregung. Das kleine Grüppchen der Abendtechniker genoss am Samstagmorgen ebenfalls sechsstündigen Unterricht, ihren letzten vor den großen Ferien. Und nun standen sie diskutierend auf dem Parkplatz der Schule. Sie hatten kein Auge für mein Gefährt, auch die Fuhre interessierte sie nicht, nur der LKW schien sie zu interessieren:

»Oh, waren Sie wieder beim Kohler? Die machen den besten LKW. Herr Bönle, wissen Sie schon?«

»Nein, was?«

»Die Ceppi fehlt immer noch.«

»Sie meinen Veronika-Margerita Ceppione?«

»Und wissen Sie was?«

»Nein.«

»Ihr Auto steht hier auf dem Parkplatz.«

»So.«

»Und wissen Sie, was noch?«

»Äh, nein.«

»Die Türen sind offen, und die Scheiben sind auf der Fahrer- und Beifahrerseite ein kleines Stück runtergekurbelt.«

Ich erinnerte mich und hakte nach:

»Hat die Frau Ceppione nicht schon am Dienstag gefehlt? Oder ist sie da noch aufgetaucht?«

»Nein, die ist nicht mehr zum Unterricht erschienen. Wir haben uns auch gewundert. Wir wollten heute noch nach dem Unterricht eine kleine Abschluss-Party auf dem Schulhof machen.«

»Wann ist aufgefallen, dass ihr Auto hier auf dem Parkplatz steht?«

Bea antwortete aufgeregt:

»Erst heute!«

Ich bohrte nach:

»Warum fällt das erst heute auf, wenn sie vermutlich schon seit Dienstag fehlte? Das sind vier Tage!«

Viktor zeigte zur Abteilung Fotografie.

»Die parkt immer da hinten, da sieht man ihr Auto nicht so. Sie schämt sich ein bisschen für ihre Schüssel.«

»Ich finde ihn süß«, äußerte sich Bea.

»Wollen Sie mal sehen?«

»Was?«

»Das Auto.«

In einer kleinen Prozession bewegten wir uns durch die Hecken zum Parkplatz bei der Abteilung Fotografie. Wie die Schüler beschrieben hatten, stand eine Tür einen Spalt offen, die Scheiben waren ein Stück heruntergelassen. Ich beugte mich in den Wagen, die Schlüssel steckten.

»Nichts berühren!« Ich deutete auf das Auto und zog mein Phone aus der Brusttasche meiner schwarzen *Levis*-Jacke.

Bis die Blonde erschien, entlud ich meinen Cadi und besuchte meinen Chef, dem auch Samstagsarbeit vertraut war.

»So, der Kollege Bönle. Haben Sie die Gerätschaften zurückgebracht?«

»Ja, Chef.«

»Und, wie lief Ihre Veranstaltung? Was war das noch mal? Das war doch eine Arbeitssitzung mit Ihrem Motorradverein.«

»Äh, richtig. Eine Arbeitssitzung.«

»In Riedhagen hat sich Dramatisches ereignet, das haben Sie doch bestimmt als Riedhagener mitbekommen. Eine junge Frau wurde in ihrem Zuhause überfallen, sie konnte wohl ins Ried flüchten und ist da knapp dem Tod entkommen. So hört man das von den Schülern.«

Ich wollte mein Wissen noch als Joker für mich behalten und zog es vor, eine Gegenfrage zu stellen.

»Ja, davon habe ich gehört. Aber stimmt es, dass eine Schülerin unserer Schule vermisst wird?«

»Herr Kollege, das muss die Polizei herausbekommen. Und das geht Sie ja nichts an.«

Offensichtlich wollte mein Chef in der Causa Ceppione keine Details preisgeben.

»Da ich die Schülerin in BKOM unterrichte und sie nun fehlt, geht es mich schon etwas an. Es ist durchaus möglich, dass die Polizei auch mich befragt. Und da wäre es schlecht, wenn ich gar nicht weiß, um was es geht. Die Mitschüler sind ratlos, wo Frau Ceppione abgeblieben ist. Das ist doch alles sehr seltsam – das verlassene Auto, die geöffnete Tür.«

Mein Chef nickte zu meinen Spekulationen und schlussfolgerte:

»Da muss man ja nicht gleich das Schlimmste befürchten. Meist gibt es eine einfache Erklärung für das Verschwinden junger Menschen. Vielleicht brauchte sie nur eine kurze Auszeit?«

Ich verneinte mit meinem Kopf:

»So kurz vor den großen Ferien … Eigentlich sind ja schon Ferien! Eine Auszeit, das kann ich mir nicht vorstellen.«

Nachdenklich studierte mein Chef einen Kugelschreiber zwischen seinen Fingern, drehte ihn geschickt mit Hilfe von Daumen, Zeige- und Mittelfinger und ließ ihn wie einen Propeller kreiseln.

»Da haben Sie auch mal wieder recht, Kollege Bönle, ab kommendem Montag beginnt die unterrichtsfreie Zeit. Das ist heute der letzte Schultag für die Abendtechniker.«

»Wissen Sie, wie lange das Auto schon auf dem Parkplatz steht?«

»Nein, das wissen die Schüler wahrscheinlich besser. Die Polizei habe ich informiert, die müsste jeden Augenblick hier sein.«

Mein Chef grübelte kurz, dann hakte er nach:

»Können Sie sich vorstellen, Kollege Bönle, dass das Verschwinden der Schülerin, wenn es sich denn um eines handelt, in Zusammenhang mit den anderen absonderlichen Vorkommnissen steht? Dem Mord, dem Vorfall gestern im Ried?«

Ich zuckte mit den Schultern.

»Schon möglich, der Vorfall von Donnerstag auf Freitag hängt meines Erachtens mit dem Fall Magen-Kohler zusammen.«

»Wie kommen Sie darauf, Kollege Bönle? Ist das nur eine Ahnung oder gibt es Indizien oder gar Beweise?«

»Eher Indizien. Aber Sie wissen doch, dass ich mit eben dieser Frau zusammen, die von Donnerstag auf Freitag überfallen wurde, die Leiche der Metzgerin aufgefunden habe.«

Der Oberstudiendirektor schaute mich erstaunt an und äußerte:

»Nein, so im Detail war mir das bis jetzt unbekannt. Und wie kann die Verbindung zwischen Ihrer Bekannten und dieser getöteten Metzgersfrau zu unserer Schülerin aussehen? Haben Sie eine Ahnung, einen Verdacht, was dieses Dreieck für ein Geheimnis birgt?«

»Meines Erachtens dürfen wir nicht den Fehler machen ...«

Schritte auf dem Gang, vor dem Rektorat, dann eine dominante Stimme:

»Bönle, wenn Sie Ihren Mund nicht halten, haben Sie schon den ersten großen Fehler gemacht! Was haben Sie schon wieder an einem Tatort, äh, mutmaßlichen Tatort zu suchen?«

Etwas leiser nun die Blonde zu ihrem Begleiter:

»Ich werde noch wahnsinnig, ich ertrage das nicht mehr! Schaffen Sie ihn mir vom Leib.«

Der PKA setzte sein Böser-Bulle-Face auf, schnippte gekonnt mit den Fingern, sodass es zweimal laut schnalzte, und raunzte mich an:

»Raus hier, Bönle, steh' uns nicht im Weg rum, behindere nicht unsere Arbeit! Wir sehen uns noch, dann stehst du uns Rede und Antwort.«

Mit dem Daumen zeigte er über seine Schulter zur Tür, zur Unterstützung bewegte er auch seinen Kopf in diese Richtung. Ich verstand, klopfte im Vorbeigehen auf seine Schulter und meinte:

»Danke dir für deine Hilfe, ohne dich hätte ich die Tür nie gefunden.«

Schlagartig erschienen rote Flecken in seinem Gesicht.

Bea und Viktor erachteten es für wichtiger, die Spusi beim Untersuchen des Autos zu beobachten, als am letzten Unterrichtstag im Schuljahr noch größere Erkenntnisse im Klassenzimmer zu erlangen. Viktor nahm mich sofort in Beschlag:

»Jede Wette, dass die Ceppi irgendwas mit der Sache zu tun hat. Die hat doch Dreck am Stecken, das weiß man. Das sind arg viele Zufälle. Das ist schon komisch, Herr Bönle, dass Ihre Metzgerin ermordet wird und gestern Ihre Freundin gefoltert wird und jetzt Ihre Schülerin …«

»Wer sagt, dass das meine Freundin war?«, fragte ich entrüstet.

Viktor nickte wissend, Bea stand mit offenem Mund da.

»Das weiß jeder, das wird überall rumerzählt.«

Bea fragte fassungslos:

»Sie sind doch verheiratet?«

Ich musste die Sachlage korrigieren und argumentierte:

»Das ist nicht meine Freundin, sondern eine Freundin. Und außerdem wurde sie nicht gefoltert, bei ihr wurde lediglich eingebrochen. Sie ist dann ins Ried geflohen, mehr war da nicht.«

Viktor schien enttäuscht, Bea glücklich.

»Viktor, wie hast du das gemeint, dass die Veronika-Margerita Dreck am Stecken hat?«

Erschrocken hielt Viktor seine Hand vor den Mund:

»Oh, das hätte ich nicht sagen sollen. Sorry!«

Ich schaute ihn auffordernd an, er schien jedoch nichts mehr sagen zu wollen. Bea erlöste ihn aus der peinlichen Stille und sprach, wie man spricht, wenn man ein Geheimnis verrät:

»Ich denke, ich verrate kein Geheimnis, wenn ich sage, dass die Ceppi vorbestraft ist.«

Eine Kunstpause zog die ganze Aufmerksamkeit auf Bea.

»Das ist wirklich kein Geheimnis, dass die mit ihrem Tierschutzverein oder wie das heißt immer wieder in Ställe einbricht. Die hat da schon zig Anzeigen am Hals. Ist auch schon verurteilt worden. Da musste die richtig Geld dafür bezahlen, ein paar 100 Euro.«

Mit diesen interessanten News verließ ich meine Arbeitsstätte.

Und dann brannte mir auf einmal ein Satz aus dem Tratschgewirr der Metzgerei im Kopf:

»Da ist doch immer einer schon in aller Herrgottsfrühe rumgeschlichen!«

Vielleicht war das der ominöse Bruder von Monika. Da mein Plan sowieso vorsah, Anselm Magen in Riedlingen zu besuchen, wollte ich klären, ob und aus welcher Motivation heraus er Monika immer wieder frühmorgens, bevor die anderen Angestellten anwesend waren, besuchte.

RIEDLINGEN HIN UND HER

Jesus Sirach 33, 1 – 2
Wer den Herrn fürchtet, den wird kein Unheil treffen, selbst in einer Prüfung wird er wieder gerettet. Ein weiser Mann wird das Gesetz nicht verabscheuen, wer sich aber damit verstellt, ist wie ein Schiff bei Sturm.

Samstag, 31., ab 10.27 Uhr ein Besuch in Riedlingen in der Altstadt

Mit dem Cadi in der Altstadt Riedlingens kam ich mir wie ein Englishman in New York vor.

»Oh, I'm an alien, I'm a legal alien, I'm an Englishman in New York.« Das pittoreske Donaustädtchen, das zwischen dem Heiligen Berg der Schwaben, dem Bussen und der Schwäbischen Alb angesiedelt war, erwies sich im Bereich der Fachwerkidylle als nicht Cadillac-tauglich. Mein erster Besuch vor Kurzem war weniger nervenaufreibend, Harley-tauglich waren die engen Gässchen sehr wohl, der Sound des mächtigen Zweizylinder-V-Motors schien sogar von den engen Gassen verstärkt zu werden. Ich hatte indes für die Schönheit Riedlingens keine Zeit, ich hoffte, Monikas Bruder endlich anzutreffen.

Ich hatte Glück, ein Mann im besten Schwabenalter öffnete mir. Als Monikas Bruder hatte ich ihn mir voluminöser vorgestellt. Sein blondes Haar war schütter und fast schulterlang, die Gesichtsfarbe bleich. Und er war von eher schmächtiger Statur, wirkte ungepflegt. Fragend blickte er mich an:

»Grüß Gott, was gibt's?«

Da ich mir vor dem Gespräch mit ihm keinerlei Gedanken gemacht hatte, war ich für eine Millisekunde ratlos, wie ich meine Konversation mit ihm beginnen sollte. Einer spontanen Eingebung folgend, zog ich aus meinem Geldbeutel das erstbeste Plastikkärtchen, das mir zwischen die Finger kam. Der Ausweis für die UB Tübingen aus meiner Studentenzeit. Ich hielt ihm das Kärtchen, auf dem mein Konterfei verschwommen in schwarz-weiß prangte, kurz vors Gesicht und sagte die Wahrheit:

»Bönle mein Name, ich ermittle im Fall Ihrer Schwester. Sie sind doch Anselm Magen, der Bruder der Verstorbenen? Mein Beileid noch für den tragischen Verlust. Darf ich einen Moment hereinkommen und Ihnen ein paar Fragen zu Ihrer Schwester stellen?«

Der Mann war völlig überrumpelt, ich stand schon im Flur der winzigen Wohnung, die lediglich aus Küche und Wohnzimmer zu bestehen schien. Eine Tür am Ende des Flurs führte vermutlich ins Bad. Es roch säuerlich nach Kohl. Ich gab den Kenner:

»Oh, Sauerkraut mit Kassler? Das riecht ja mal lecker bei Ihnen.«

»Nein, nur mit Kartoffeln. Um was geht es denn?«

»Nur ein paar wenige Fragen. Wenn Sie kooperativ sind, bin ich so schnell wieder weg, wie ich gekommen bin. Können wir uns nicht kurz setzen?«

Ich deutete zu einer geöffneten Tür, hinter der sich offensichtlich das kleine Wohnzimmer befand, das gleichzeitig als Schlafzimmer diente. An die Fensterfront war ein schmales Bett gezwängt.

»Nett haben Sie es hier!«, log ich.

»Wie man's nimmt. Zwei Zimmer, keine Garage, kein Keller, keine Gefriertruhe, eigentlich nichts!«

Der Mann schaute skeptisch und wollte wissen:

»Muss ich Ihnen antworten? Die Polizei war doch schon bei mir, ich habe schon alles beantwortet. Und jedes Mal ist ein anderer hier.«

Der Mann war offensichtlich unwillig und schon mehrmals befragt worden. Ich sah kaum eine Chance, ihn erfolgreich zu befragen. Ein letzter Versuch:

»Ich kann Sie auch gerne vorladen.«

Ich kramte umständlich nochmals meinen Geldbeutel hervor, mimte den Suchenden und murmelte:

»Wo ist es denn, mein Kärtchen mit der Dienststelle?«

»Okay, dann kommen Sie halt kurz herein.«

Er deutete auf ein kleines Sofa. Er selbst setzte sich auf einen Schreibtischstuhl, den er zu einem kleinen Nierentischchen zog, das im Stile der 60er-Jahre auf drei Beinen stand. Fast alles in diesem Wohnzimmer erinnerte an die 60er-Jahre, lediglich ein in die Ecke gequetschter Schreibtisch mit einem alten Computer mit Röhrenbildschirm und der zerschlissene Schreibtischstuhl brachten etwas verstaubte Moderne in den Raum. Auf dem Schreibtisch herrschte ein Blätterchaos. Der Papierkorb unter dem Schreibtisch quoll über, er diente wohl auch als Mülleimer, eine schwarze Bananenschale, über den Rand des Papierkorbes hinaushängend, verströmte einen penetrant süßen Geruch. Neben dem Papierkorb lag ein bunter Rucksack. Auf dem Nierentischchen stand eine Obstschale mit Birnen und Bananen, Fruchtfliegen umkreisten sie. In einem dunklen alten Eichenschrank verstaubten hinter Glasscheiben alte Bierkrüge und Geschirr. Gegenüber dem kleinen grüngepolsterten Sofa stand im Zentrum des Zimmers ein überdimensional großer, moderner Flachbildschirmfernseher. Die geblümt tapezierten Wände waren über und über mit kleinen dunklen Bildern behängt, die allesamt volkstümliche Motive zeigten.

»Die sind nicht von mir. Die sind von der Vermieterin, die darf ich nicht abhängen. Aber Sie sind bestimmt nicht hier, um meine *Kunstsammlung* anzuschauen.«

»Stimmt, kommen wir gleich in medias res, Herr Magen. Wie war das Verhältnis zu Ihrer Schwester?«

»Das habe ich doch schon Ihren Kollegen gesagt, aber bei Ihnen weiß wohl auch die eine Hand nicht, was die andere tut! Mein Verhältnis war normal. Unter Geschwistern herrscht nicht immer Eintracht.«

»Stimmt es, dass Sie Ihre Schwester immer wieder in der Metzgereifiliale in Ostrach aufgesucht haben? Oft schon sehr früh?«

»Was soll denn das? Muss ich eigentlich alles zwei- und dreimal beantworten? Das habe ich doch schon alles zu Protokoll gegeben, als ich vorgeladen war.«

»Beantworten Sie einfach meine Fragen, sonst müssen Sie noch einmal aufs Revier kommen, wenn Ihnen das lieber ist.«

»Ja, ich war ab und zu in der Metzgerei, ja, das war morgens, aber nein, ich war am Montag, am Tattag, nicht in der Metzgerei. Da habe ich ein Alibi, das steht ebenfalls im Protokoll.«

»Was wollten Sie von Ihrer Schwester, wenn Sie sie besuchten?«

»Was wohl? Schauen Sie sich um! Sieht es hier aus wie bei Millionärs? Ich habe sie ab und zu mal angepumpt. Das habe ich auch schon ausgesagt. Das macht mich aber nicht zum Mörder!«

»Wissen Sie, dass vom Tatort nichts fehlt außer ein Rezept? Können Sie mir dazu …«

In diesem Augenblick klingelte das Handy von Anselm Magen.

»Hallo?«

…

»Ja!«

…

»Wieso? Ein Kollege von Ihnen ist doch gerade bei mir!«

Ich sprang vom unbequemen Sofa auf, winkte Herrn Magen freundlich zu und sagte:

»Grüße an meine Kollegen, dann sollen die mal übernehmen. Dann war mein Einsatz wahrscheinlich ein Missverständnis. Sie wissen ja, bei so einer Behörde weiß die eine Hand oft nicht, was die andere tut! Tschüss, schönen Tag noch, und danke für das kooperative Gespräch.

Der Bruder von Monika Magen-Kohler kratzte sich nachdenklich am Kopf.

TATVERDACHT

Sprüche 8, 7 – 9
Die Wahrheit spricht meine Zunge, Unrechtes ist meinen Lippen ein Gräuel. Alle Worte meines Mundes sind gerecht, keines von ihnen ist hinterhältig und falsch. Für den Verständigen sind sie alle klar und richtig für den, der Erkenntnis fand.

Samstag, 31. Juli, Riedhagen, abends im *Goldenen Ochsen*

Ein kleines bisschen war mir die Sache schon über den Kopf gewachsen. Kohler hatte am Samstagnachmittag zweimal angerufen, ob es etwas Neues gäbe. Er erklärte, dass *Mega-Wurst* bereit wäre, einen hohen Betrag für das Rezept zu bezahlen, Voraussetzung sei jedoch die baldige Übergabe des Rezeptes, da der Markt sehr schwankend und selbst im Fleischgewerbe trenddefiniert sei. Und es sei wichtig, den Hype um die *Royal* derzeit zu nutzen.

Am Samstagabend wollte ich einfach meine Ruhe haben, mit meinem Sohn Korbinian bei meiner Schwiegermutter in der Gartenwirtschaft sitzen und meiner Cäci beim Arbeiten zuschauen. Die Idee der Ruhe hatten auch Schaki, Blacky, Deo und Gesicht, der wegen der zweiten Nachtwache bei Schaki ein Motivationsbier brauchte.

So saßen wir zu sechst am Tisch und redeten Belangloses, da Korbi mit am Tisch saß. Aus der Speisekarte hatte er sich Linsen (Alb-Leisa) mit Spätzle und Saitenwürstle ausgesucht. Nicht ganz freiwillig, da ich seit dem Gespräch mit Sabine, seiner Lehrerin, etwas in Sorge um seine Figur war. Normalerweise aß er immer das Schnitzel, und zwar mit Bratkartoffeln, Spätzle und Pommes und einer kräftigen Portion Bratensoße dazu, oder, wenn es so heiß war wie heute, einen Wurstsalat, den er Wuuschte nannte. Ich hatte ihn im Sinne einer Food-Life-Balance quasi genötigt, mal etwas anderes zu essen. Von Linsen wusste man ohnehin, dass sie Superfood waren, und die Saitenwürstchen, da ließ sich Frieda nicht lumpen, kamen vom Kohler. Also gesünder ging es kaum. Widerwillig bestellte also unser Sohn die Linsen, wobei er immer wieder das Wort Alb-Leisa rezitierte und buchstabierte.

»Papa, was sind eigentlich Alb-Leisa?«

»Das ist eine alte Linsensorte, die auf der Schwäbischen Alb angebaut wird, deshalb Alb, und Leisa ist schwäbisch für Linsen.«

»Und warum muss ich das essen?«

»Damit du in meinem Alter auch noch so eine gute Figur hast wie dein Vater und nicht so einen Ranzen wie dein Götte!«

Ich deutete auf Deo, der vor einem frisch gezapften *Walder* saß, sofort energisch protestierte und Korbi aufklärte:

»Dein Pataonkel hat keina Ranza vom viela Essen, auch nicht vom Biertrinka, sondern weil ich so klug bin. Das ist alles Weisheit in meina Bauch.«

Selbst Korbi musste nicht lachen, der Einzige, der losprustete, war Deo selbst. Blacky tatschte sich und ihrer Nebensitzerin Schaki auf den Bauch und bemerkte:

»Dann sind wir beiden offensichtlich riegeldumm!«

Korbi, dem der pädagogische Sinn des Linsengerichts nicht einleuchtete, mäkelte:

»Bekomme ich nächstes Mal wieder ein Schnitzel oder einen Wuuschte?«

»Mal sehen, warte erst mal ab, wie dir die Linsen schmecken.«

»Ich weiß, wie Linsen schmecken.«

»Woher?«

»Von Oma, von Mama und von dir. Das gibt's im Winter.«

»Ja schon, aber die Alb-Leisa, die hatten wir noch nie. Die hat die Oma von einer Freundin von der Alb.«

Cäci brachte den Teller mit Linsen, Spätzle und Saiten und stellte ihn vor Korbi, der nicht sonderlich begeistert wirkte.

»Wie kommt er denn auf die Idee, bei der Hitze Linsen? Da wäre doch ein Wurstsalat besser.«

Meine Gattin hatte offensichtlich noch nie etwas von Food-Life-Balance oder gesunder Ernährung gehört. Ich klopfte ihr kurz auf den Bauch:

»Das war auch schon weniger.«

»Stimmt,« wieherte Deo.

»Lass Mama in Ruhe, die sieht schöner aus als alle anderen Frauen auf der Welt!«

Da konnte ich nicht widersprechen, aber das Bäuchlein stimmte mich nachdenklich.

Korbi war schuld, er fing wie aus heiterem Himmel mit dem Thema an:

»Schade, dass die Moni tot ist, die hat mir immer eine Gelbwurst gegeben.«

Schaki streichelte Korbi über sein brünettes Haar und besänftigte ihn:

»Wenn du das nächste Mal kommst, dann kriegst du von mir sogar drei Rädchen Gelbwurst!«

Korbi nickte ernst.

»Papa, wer hat Moni ermordet?«

»Das wissen wir nicht.«

»Tut ermorden weh?«

»Du meinst, wenn man ermordet wird?«

Korbi nickte.

»Manchmal schon.«

»Warum?«

»Weil schlechte Menschen anderen Menschen wehtun wollen.«

»Hat es Moni auch wehgetan?«

»Ich befürchte schon. Aber ich glaube, dass es schnell ging. Ich glaube nicht, dass sie lange leiden musste.«

»Ist das gut, wenn es schnell geht?«

Korbis große Augen sendeten viele Fragezeichen.

»Wie meinst du das, Korbi?«

»Wenn es schnell geht, dann lebt man kürzer, und das ist doch nicht gut, wenn man kürzer lebt, oder?«

»Iss jetzt deine Linsen.«

Korbi fing zu quengeln an:

»Ich hab aber keinen Hunger, ich will lieber einen Wuuschte. Mama hat auch gesagt, dass ein Wuuschte besser ist bei der Hitze.«

»Wenn da Bub keinen Hunga hat, sollte man ihn nicht zwinga. Bestell ihm den Wurstsalat.«

Der Geistliche zog den Teller zu sich und löffelte Linsen. Gesicht, der noch nie ein Mensch großer Worte war, griff sich eines der Saitenwürstchen und nuschelte:

»'n Guten.«

Schaki und Blacky tuschelten währenddessen mit besorgten Mienen, hielten sich immer wieder die Hand vor den Mund, damit niemand ihr Gespräch mitbekam. Nachdem Korbi seinen Wurstsalat verspeist und sein Götte ihm noch ein Eis spendiert hatte, war es Zeit für ihn, ins Bett zu gehen. Für solche und andere Tage hatte er ein Kinderzimmer bei Frieda, die ihren Enkel über alles liebte und ihm ein zweites Heim bot.

Hilde stieß noch als Überraschungsgast zu uns. Von ihrem Balkon aus hatte sie mit dem Fernglas beobachten können, wer bei Frieda zu Gast war. Sie erschien mit einem schlafanzugähnlichen, viel zu freizügigen Gewand, das sie »Jumpsuit im Pyjamastyle« nannte. Manchmal verstehe ich Frauen nicht: Da ist man von Gott mit allem ausgestattet, was man als ansehnliche Frau benötigt, und die Kleidung scheint vom Teufel designt.

Schon während des Genusses der Vesperplatte, angereichert mit frisch gezapftem kühlem Bier – bei Hilde war es ein einfacher Salat mit Mineralwasser natur – kam das Gespräch auf Schakis Erlebnisse und den Mord. Auch ich referierte, was ich bei Anselm, Monikas Bruder, erlebt hatte. Die Zuhörer am Tisch stellten Vermutungen auf, verwarfen sie wieder, äußerten Verdächtigungen, ließen sie aber wieder fallen, akzeptierten Gegenargumente. Keine noch so verwegene neue Theorie brachte uns der Lösung des Falls einen Schritt näher. Und ich hatte immer das Gefühl, etwas vergessen oder übersehen zu haben. Aber was? Aus verschiedensten Perspektiven der unterschiedlichsten Personen versuchten wir, das Geschehen zu rekonstruieren, sowohl das, was sich in der Metzgerei, als auch das, was sich auf Schakis Hof zugetragen hatte.

»Achtet bitte darauf, ob ich irgendetwas übersehen habe. Für euch als zusätzliche Information noch ein ganz neues Detail, das wollte ich nicht erwähnen, als Korbi noch hier war. All die Ereignisse sind verstörend genug für ihn. Also, es könnte mit dem Fall zu tun haben: Eine Schülerin von mir ist verschwunden, eine gewisse Veronika-Margerita Ceppione. Sie hat italienische Wurzeln.«

Blacky, die den gesamten Abend auffallend ruhig war, rutschte nervös auf der Bierbank hin und her, spielte an ihrem Handy herum.

»Blacky, was weißt du, was wir nicht wissen?«

»Dani, ich kann da nichts sagen, das weißt du ganz genau. Aber der Name ist heute in einer Konferenz mehrmals gefallen. Ich musste das Protokoll verfassen.«

Ich war erstaunt und bohrte nach:

»Wie bitte, der Name meiner Schülerin ist auf einer Dienstbesprechung bei der Polizei gefallen? Hast du dich nicht verhört?«

Blacky wurde nervös und konterte:

»Erstens verhöre ich mich nicht, wenn es um solche sensiblen Angelegenheiten geht, und zweitens gibt es von mir sowieso keine …«

»Entschuldigung, Blacky, ich war nur völlig überrascht, dass der Name hier und in diesem Zusammenhang auftaucht. Ist sie denn in den Fall involviert?«

Blacky funkelte mich aus ihren dunklen Augen an, schob ihr Handy mit dem leuchtenden Bildschirm zur Mitte des Tisches und bemerkte wie nebenbei:

»Das Protokoll ist vertraulich. Ich muss mal auf die Toilette.«

Ihr Handy blieb weiß leuchtend vor mir auf dem Tisch liegen, Blacky hatte offensichtlich ein Schriftdokument geladen. Gesicht nickte auffordernd in meine Richtung, Schaki meinte, dass es nach alldem, was ihr widerfahren war, meine Pflicht wäre zu schauen, was Blackys Handy preisgäbe. Deo meinte, dass Jesus ebenfalls in Versuchung geführt wurde und nur das Vataunsa mir den Weg weisen könnte. Hilde fuchtelte und zischte mich genervt an:

»Los, mach schon. Du stellst dich ja an wie die Jungfrau vor dem ersten Mal!«

Ich schickte mir die Datei von Blackys Handy auf mein Phone und fing sofort an zu lesen, die wichtigsten Passagen flüsternd, mit zusammengesteckten Köpfen:

»… vermutlich seit Montag, 26. Juli oder Dienstag, 27.

Juli verschwunden … Auto verlassen auf dem Parkplatz der Willi Burth-Schule, Bad Saulgau aufgefunden … Rucksack verschwunden … Aktenkundig, in Erscheinung getreten als aktive, militante Tierschützerin … Verurteilt zu Geldstrafe … Vorbestraft …«

Und dann kam es knüppeldick, ich schnaufte kräftig durch, bevor ich, einen Ticken noch leiser, die Köpfe noch enger zusammengerückt, fortfuhr:

»Abgleich der Fingerabdrücke auf einem Filettiermesser im Mordfall Magen-Kohler ergibt Treffer … Veronika-Margerita Ceppione zur Fahndung ausschreiben … Dringender Tatverdacht …«

»Wie bitte? Wiederhole das bitte!«

Schakis Hände zitterten. »Eine Frau? Deine Schülerin? Das war keine Frau, die mich heimgesucht hat, das war ein Mann! Da habe ich mich doch nicht getäuscht! Oder gibt es da noch jemanden? Ich verstehe gar nichts mehr!«

Blacky kam von der Toilette, ganz beiläufig zog sie ihr Handy zu sich heran, setzte sich nicht mehr zu uns, winkte uns zum Abschied und erklärte:

»Ich muss mal richtig ausschlafen. Ihr habt bestimmt noch einiges zu besprechen, habe schon drinnen bezahlt. Tschüss!«

Wir waren fassungslos, Schaki hielt sich die Hände vors Gesicht und wiederholte immer wieder:

»Wenigstens hat man nun eine heiße Spur. Dann habe ich hoffentlich bald meine Ruhe, die werden sie doch bestimmt bald finden?«

Ich schüttelte, immer noch fassungslos ob der unglaublichen Neuigkeiten, den Kopf:

»Das kann ich kaum glauben, die Ceppi! Dass sie militante Tierschützerin ist, das kann ich mir gut bei ihr vorstellen, aber eine Mörderin? Und auf diese bestialische Art?«

Hilde mischte sich ein:

»Dann war die vermutlich auch bei *Tielie* und kennt bestimmt die Sabine, die Scheitel.«

Deo grübelte und schlussfolgerte:

»Dann war das ein Mord aus Tierschutzgründa? Das kann ich mir kaum vorstella! Man kann doch nicht die Tiere schütza, aber Menscha ermorda. Der Mensch ist doch das höhere Wesa.«

Ich konnte mir ebenfalls nicht vorstellen, dass meine Schülerin einen Menschen mehrfach durchbohrte, ihm eine Wurst in den Mund steckte und ihn dann aufhängte. Ich grübelte:

»Ich habe irgendetwas übersehen, irgendetwas Wichtiges, da bin ich mir sicher. Gehen wir noch einmal alles durch.«

Und als Cäci, die sich, als der Hauptansturm in der Gartenwirtschaft vorüber war, zu uns gesellte, noch einmal von meinem Phone das geheime Protokoll verlas, fiel es mir auf. Ich hatte tatsächlich etwas Wichtiges übersehen. Der verschwundene Rucksack! Wie durch ein Blitzlichtgewitter fokussiert sah ich ihn vor mir. Er stand neben dem Papierkorb unter dem Schreibtisch, der bunte Rucksack von Veronika-Margerita Ceppione. Und das im Wohnzimmer von Anselm Magen!

Wie versteinert saßen wir am Tisch. Schaki schüttelte wortlos den Kopf. Gesicht erwies seinem Spitznamen alle Ehren, saß mit offenem Mund da und rang sich einen Satz ab:

»Wow, wow, wow!«

Lange noch diskutierten wir die neue, überraschende Sachlage. Nun passte bei erster Betrachtung gar nichts mehr zusammen, aufgeregt resümierten wir: Ein Messer, das am Tatort gefunden wurde, trug laut Polizeiprotokoll die Fingerabdrücke von Frau Ceppione. Die privaten Ermittlungen meinerseits ließen die Vermutung zu, dass der Bruder Monikas, der ebenfalls ein Tatmotiv hatte, im Besitz des Rucksacks der Verschwundenen war.

Für mich und die Übrigen ergab dies keinen Sinn. Oder hatte Herr Magen rein zufällig denselben bunten Rucksack? Ausführlich erörterten wir dann noch, was geschehen könnte, wenn wir die Erkenntnisse aus meinen privaten Ermittlungen an die Polizei weitergeben würden. Wenn ich mich mit meinem Wissen beim Fräulein Kommissarin und ihrem Zwetschgenmännchen melden würde, diese dann dahinterkämen, dass wir Insider-Informationen zugespielt bekommen hatten – dann könnten sie rasch eins und eins zusammenzählen, und Blacky wäre ihren Job los. Hätte Herr Magen nichts mit der Sache zu tun, wäre ich blamiert und würde als Ermittler keinen Fuß mehr auf den Boden bekommen.

Daher lautete unser Beschluss, dass vorerst alle neuen Informationen unter uns bleiben und lediglich die Anwesenden in die weiteren Ermittlungen einbezogen werden sollten.

KELLERZORN

Hesekiel 7, 8 – 9
Bald gieße ich meinen Zorn über dich aus. Ich vollende meinen Grimm an dir, ich spreche dir das Urteil, das deinem Wandel entspricht, und bringe über dich alle deine Gräueltaten. Mein Auge zeigt kein Mitleid und ich übe keine Schonung, nach deinem Wandel vergelte ich dir. Deine Gräueltaten sollen sich in deiner Mitte auswirken.

Der Tag oder die Nacht des Zorns, Aulendorf, in der Nähe des Schlosses in einem Altbau im Keller, der Instinkt zählt

Die ausgekratzten Augen gingen ihr nicht aus dem Kopf. Solang er die Maske trug, konnte sie ihn später nicht identifizieren, wiedererkennen. Also hatte er nicht, noch nicht vor, sie zu töten. Die Maske schützte ihn und sie gleichermaßen. Was, wenn er sie abzöge, irgendwann ohne sie im Keller erscheinen würde? Dann müsste sie sofort handeln. Hatte er tatsächlich vor, ihr die Augen auszukratzen?

Sie wollte nicht länger Opfer sein und machte sich an die Arbeit, sie würde sich wehren, er würde ihr nicht die Augen auskratzen. Warum glaubte er ihr nicht, dass sie das Rezept nicht besaß? Oder gab er nur vor, sie gefangen zu halten wegen des Rezeptes? War ihre Gefangenschaft nicht nur dem gesuchten Rezept geschuldet? Gab es einen größeren Plan im verrückten Denken ihres Peinigers?

Letztendlich blieb ihr nur die Effizienz von Idee 1. Die Überraschungstaktik musste mit einer einzigen Attacke zum Erfolg führen, ansonsten ... Sie mochte gar nicht daran denken.

Die Arbeit war ohne die nötigen Werkzeuge anstrengend. Aus dem gebogenen Metallhenkel ihrer Campingtoilette hatte sie einen einfachen Schraubendreher geformt. Die Ausbildung zur Technikerin war offensichtlich in dieser Situation von Vorteil. Sie löste vom größten Regal einen Balken, sie war froh, dass es ein altes Regal war, das nicht mit Kreuzschlitzschrauben zusammengehalten wurde, sondern mit einfachen Schlitzschrauben, die nachlässig eingedreht waren. Es bereitete ihr daher wenig Mühe, den handgelenkbreiten Balken zu lösen. Mehr Mühe bereitete es ihr, den Balken an der Stirnseite auf circa 15 Zentimeter Länge zu spalten. Dazu hatte sie die Mineralwasserflasche vorsichtig und gezielt, in den Lappen eingewickelt, der zur Toilettenreinigung diente, mit dem Balken zerschlagen. Der Boden der Glasflasche mit seinen rasiermesserscharfen Splittern diente ihr als Spaltgerät. Ein haifischzahnähnlicher großer Glassplitter wurde nun in den Spalt gesteckt, die Spannung des Holzes hielt ihn fest. Sicherheitshalber umwickelte sie den scharfen Splitter mit kreuzförmig umlegten Bändeln, die sie aus dem Lappen riss.

Stolz betrachtete sie ihre Waffe. Und immer horchte sie nach oben, doch ihr Peiniger schien nicht im Haus zu sein. Sie ließ die Spuren ihrer Arbeit verschwinden, der fehlende Balken im Regal fiel kaum auf, die zertrümmerte Flasche im Mülleimer könnte sie erklären. Aber soweit würde es erst gar nicht kommen. Sie würde an der Tür stehen und ... wuuusch!

Und dann hörte sie ihn, ihr wurde übel. Sie atmete heftig durch, nahm ihre Waffe, prüfte sie federnd noch einmal in den Händen und stellte sich an die Tür. Sie hörte, wie er das Tablett abstellte, den Schlüssel ins Schloss steckte und umdrehte, dann öffnet sich die Tür. Er schien gar nicht in den Kellerraum zu schauen, rückte die Maske noch einmal zurecht, bückte sich zum Tablett mit dem Essen.

»Hallo, Essen, Gemüselasagne mit …«

Bevor er sich aufrichten und den Satz zu Ende sprechen konnte, machte sie einen Schritt zur Tür, holte mit aller Kraft aus und traf ihn im Schulterbereich. Er stürzte vor ihr auf den Boden, schrie erst, als er die Situation erkannte, auf. Sie zog den Splitter wieder aus dem Fleisch heraus, holte noch einmal aus und hieb mehrmals auf den Kopf ein, bis sich der scharfe Splitter aus der Umklammerung des Holzes und der Sicherung der Bändel löste und tief im Schädel des Stöhnenden stecken blieb. Überall war Blut. Sie wollte gerade über ihn hinweg steigen, um zu fliehen, als sie vom unbändigen Bedürfnis ergriffen wurde, sein Gesicht zu sehen. Da der Schwerverletzte bäuchlings vor ihr lag, zog sie dessen blutigen Kopf an den hellen Haaren hoch, riss ihm die widerliche Schweinsmaske vom Gesicht. Seine Augenlider zuckten.

»Schau mich an, du Schwein, los, schau mich an! Wer bist du?«

Das Gesicht war ihr unbekannt, sie hatte diesen Menschen, der ihr so viel Leid und Angst zugefügt hatte, noch nie gesehen.

Der Mann hatte nun die Augen weit geöffnet, mit großer Kraft zog sie den Kopf in die Höhe, die Lippen bewegten sich zitternd. Er flüsterte kraftlos mit blutigem Gesicht:

»Ich kratze dir die Augen aus.«

Sie ließ die Haare los, der Kopf klatschte auf den Boden. Sicher ist sicher! Sie nahm den Balken und schlug mehrmals auf den Kopf des Mannes ein, der für so viel Pein verantwortlich war. Das hatte er verdient, das war ihre Rache. Außer Atem stieg sie über ihn hinweg, hin zum rettenden Treppenaufgang, dem Tageslicht entgegen. Es war Tag, heller, rettender Tag, als sie den harten Griff um ihren rechten Knöchel, wie das Fixieren in einem Schraubstock, spürte. Panik wie kleine elektrische Blitze durchfuhr ihren gesamten Körper, als sie auf ihn stürzte. Ihr Schrei und ihr Entsetzen blieben im dämmerigen Raum:

»Neeeein!«

WENIG FRÜHSCHOPPEN, VIELE RÄTSEL UND VIEL TOHUWABOHU

Weisheit 8, 8
Wenn jemand nach reicher Erfahrung strebt: Sie kennt das Vergangene und errät das Kommende, sie versteht, die Worte schön zu formen und Rätsel zu lösen; sie weiß im Voraus Zeichen und Wunder und kennt den Ausgang von Perioden und Zeiten.

Sonntag, 1. August, in Friedas Biergarten und in der bekannten Metzgerei

Deo thronte vor einer Vesperplatte. Einige der Gottesdienstler saßen ebenfalls im Biergarten, der sich allmählich füllte, und nutzten den herrlichen Morgen, sich einem geselligen Frühschoppen hinzugeben. Schaki und Gesicht saßen mit am Tisch, die Nacht war ruhig verlaufen. Der Fitnessstudiobesitzer meldete keine besonderen Vorkommnisse auf dem Heberle-Hof.

Unser Pfarrer schob sich ein Stück Wurst in den Mund, das er zuvor andächtig in einem Schälchen mit Senf gewälzt hatte, nahm einen Bissen vom Bauernbrot, spülte mit einem kräftigen Schluck *Walder* nach, wischte sich mit dem Handrücken über den Mund.

»Übrigens, habe ich euch gestan gesagt, dass der Kohla vorgestern bei mir war? Da Leichnam von da Monika ist freigegeba, beziehungsweise, ist schon kremiert, in Holland. Dort geht alles schnella als in Deutschland, und die Urnabestattung findet am Mittwoch statt. Um 15 Uhr, sie soll auf unsara Friedhof die letzte Ruhe finda. Sie war auch imma hier, bei uns im Gottesdienst.«

Schaki schaute hoch zum Kirchturm und meinte:

»Dann wird sie Nachbarin meiner Schwester, die liegt auch in der Urnenwand.«

Ich war erstaunt über die Nachrichten Deos:

»Das hätte er mir auch sagen können, er ruft jeden Tag an und fragt nach dem neuesten Stand meiner Ermittlungen.«

»Oh, das musst du ihm verzeiha, der hat so viel um die Ohra. Außadem ist eine Bestattung eine sehr private Angelegenheit.«

Schaki nickte und ergänzte:

»Mir ist das auch neu. Er kommt ja jeden Tag in die Filiale, um zu schauen, ob es läuft, und er hat auch in den Ordnern rumgekramt. Von der Beerdigung hat er aber nichts gesagt.«

Deo korrigierte:

»Bestattung, Urnabestattung. Die Monika kommt nicht in die Erda, deshalb ist es auch keina Beerdigung, sondan eine Bestattung.«

»Das ist mir egal, für mich ist es eine Beerdigung. Aber der Kohler hat mir gegenüber nichts erwähnt. Ich habe mich aber ein bisschen gewundert, er hat die Bilder angeschaut. Einige sogar von der Wand genommen und intensiv betrachtet.«

»Was für Bilder?«

»Dani, die müssen dir doch aufgefallen sein, als du die Büchsenwurst eingeräumt hast. Da hat Moni über den Büchsen eine kleine Galerie aufgehängt. Bilder von früher. Ihr Vater und ihr Großvater waren ebenfalls Metzger, da sieht man ein paar Hausschlachtungen. Aber auch Bilder aus ihrer Berufsschulzeit und ihrer Meisterschule hängen da.«

Es war reine Intuition, als ich Schaki fragte, ob ich mir die Bilder anschauen könnte.

»Gerne, komm morgen früh vorbei. Vielleicht können wir wieder zusammen fahren, das war schön mit dem Cadillac ...«

Ich ließ sie nicht zu Ende reden, irgendetwas drängte in mir, mahnte mich zur Eile.

»Jetzt, ich will sie jetzt sehen!«

Die Bilder zeigten Monika als Kind, als Jugendliche, als junge Erwachsene und als reife, erfolgreiche Metzgersgattin. So unterschiedlich die Bilder in ihren Goldrähmchen waren, eines hatten sie gemein. Der Kontext war immer Fleisch, Wurst oder Metzgerei. Vor allem das Bild einer Hausschlachtung interessierte mich. Es war zu der Zeit aufgenommen, als die Welt noch schwarz-weiß war. Die Details waren aufgrund der Bildqualität, aber auch des Aufnahmewinkels kaum zu erkennen. Man sah ein großes, herrschaftliches Haus, davor standen Männer um eine Leiter herum, an der ein geöffnetes Schwein hing. Neben einem dampfenden Trog stand eine Frau, die eine Flasche in der Hand hielt. Keine der Personen schien zu lachen.

»Das sind ihre Großeltern bei einer Schlachtung«, erklärte Schaki das Bild.

»Wo wurde das aufgenommen?«

Ich tippte auf das mächtige Haus.

»Das ist in Aulendorf, in der Nähe vom Schloss.«

»Wem gehört das Haus?«

»Moni behauptete, ihr, aber da gibt es wohl irgendwelche Erbstreitigkeiten. Deshalb steht es immer noch leer. Sicher weiß ich, dass ihr Großvater eine Metzgerei darin betrieben hat und dass ihre Eltern es geerbt und die Metzgerei weitergeführt haben. Und Moni hat erzählt, dass ihre Eltern enttäuscht waren, dass ihr Sohn, dieser Anselm, nicht Metzger werden wollte. Moni hat aber nie darüber geredet, was genau vorgefallen ist. Dieser Bruder war recht problematisch, ich weiß von ihm nur, dass er immer wieder hier aufgetaucht ist. Es ging wohl meistens um Geld. Ich habe das aber nur am Rande mitbekommen, da er meist ganz früh aufgetaucht ist. Er wollte sie wohl immer allein erwischen.«

In meinem Gehirn arbeitete es auf Hochtouren, ich versicherte mich bei Schaki:

»Könnte es sein, rein hypothetisch, dass dieser Anselm Magen meine Schülerin in diesem Haus gefangen hält? In Riedlingen kann er sie kaum versteckt halten. Und wenn das ihr Rucksack in seinem Zimmer war, dann muss er mit ihrem Verschwinden etwas zu tun haben.«

Schaki schaute mich fragend an:

»Das heißt, noch mehr Tohuwabohu?«

»Das heißt, wir fahren jetzt nach Aulendorf und inspizieren das alte Gemäuer.«

KELLERIRRSINN

Jesaja 21, 4
Mein Herz ist verwirrt, ein Schauder hat mich befallen. Die Abenddämmerung, meine Lust, hat er mir zum Schrecken gemacht.

Sonntag, 1. August, in einem Keller in Aulendorf, am Vormittag

Er war rasend, kaum mehr Herr seiner Sinne. Nie hätte er ihr etwas angetan! Ahnte sie nicht, dass er sie liebte? Sie entsprach fast in allem seinem Idealbild einer Frau. Nicht nur ihre äußerlichen Attribute fesselten ihn. Sie schienen auch Geschwister im Geiste. Ebenso wie er hasste sie Fleisch, verachtete sie Wurst. Auch war sie mit ihrem Mut und ihrer Anmut eine Göttin für ihn.

Und nun würde er vermutlich bald verbluten. Er spürte die zähe, klebrige Flüssigkeit auf dem Rücken, dem Kopf und im Gesicht. Sie klebte an seinen Händen, machte alles glitschig. Er musste noch fester zupacken, sonst würde sie entkommen. Mit unendlicher Anstrengung drehte er sich, sodass er über ihr lag und allein sein höheres Körpergewicht ihm einen Vorteil verschaffte. Zusätzlich drückte er mit seinem linken Unterarm gegen ihre Kehle, bis ihre Zuckungen und das Röcheln schwächer wurden. Dann zog er sie auf die Matratze. Blut, sein Blut, tropfte auf sie herunter. Er merkte, wie er schwächer wurde, er musste schnell handeln. Aus der Tasche zog er mit zitternden Händen sein Taschenmesser, die Klinge ließ sich mit den blutigen Fingern nicht herausziehen. Er brüllte vor Schmerz und Wut:

»Ich kratze dir die Augen aus!«

Der Fingernagel am Daumen riss tief ein, dann blitzte die Klinge im dämmrigen Licht schwach auf. Er brüllte noch einmal:

»Ich kratze dir jetzt die Augen aus!«

Und er stürzte sich auf sie.

KELLERGESTÄNDNISSE

Jesus Sirach 3, 23 – 26
Verwende keine Mühe auf außergewöhnliche Dinge, denn mehr, als Menschen verstehen können, wurde dir gezeigt! Denn ihre Mutmaßungen haben viele getäuscht und übler Argwohn hat ihr Denken in die Irre geführt. Wenn du keinen Augapfel hast, fehlt dir das Licht, wenn du keine Erkenntnis hast, mache keine Ankündigung! Ein verhärtetes Herz nimmt ein böses Ende; wer die Gefahr liebt, kommt in ihr um.

Sonntag, 1. August, in einem Keller in Aulendorf, am Vormittag

»Hast du das gehört?«

»Natürlich, da brüllt jemand!«

Das Haus hatten wir rasch gefunden, Anselm Magens Wagen signalisierte uns, dass wir auf der richtigen Spur waren. Durch die geschlossene Eingangstür hörten wir das Geschrei. Ich wickelte meine Jeansjacke um den Ellbogen, zertrümmerte die Butzenglasscheibe der Eingangstür und öffnete die Haustür, indem ich nach innen griff und den Riegel aufschob. Wir stürmten die Treppe hinunter, die in den Kellerbereich führte, von dort kamen die Geräusche.

Die Situation wirkte surreal und verstörend. Blutüberströmt hing Anselm Magen über meiner Schülerin, die wild unter ihm kämpfte, um ihm zu entkommen. Er presste sie jedoch mit aller Kraft auf die Liege und versuchte, in ihre Augen zu stechen. Um dem auszuweichen, zuckte Veronika-Margerita Ceppione unkontrolliert mit dem Kopf hin und her. Dabei zerschnitt ihr der Rasende das Gesicht. Ich ergriff, ohne nachzudenken, den Balken, der mitten im Raum lag, und schlug mit einem vernichtenden Hieb auf den Kopf des Irrsinnigen ein. Er brach schlagartig über Veronika-Margerita Ceppione zusammen, die nun wimmernd unter ihm lag.

Schaki stand mit offenem Mund im Raum.

Ich rief ihr zu:

»Eins-eins-zwei, Krankenwagen, Polizei, melde zwei Schwerverletzte, Stichverletzungen!«

Unter Anselm Magen kam klagend hervor:

»Ich bin nicht schwer verletzt. Was machen Sie denn hier, Herr Bönle?«

Vorsichtig zog ich Ceppi unter dem bewusstlosen Übeltäter hervor und gab Schaki schon die nächste Anweisung:

»Verbandskasten und Panzerband aus dem Cadillac! Verbandskasten liegt unter dem Beifahrersitz, Panzerband im Handschuhfach. Ach, und bring mir noch ein Mineralwasser, das liegt auf dem Rücksitz.«

Die Schülerin zitterte am ganzen Leib, wischte sich das Blut aus dem Gesicht, deutete auf die Schnittwunden in ihrem Gesicht und fragte schwer atmend und hustend mit panischem Unterton in der Stimme:

»Ist das tief?«

»Sieht nicht so aus. Achte auf den hier, bevor er wieder aufwacht und weiteres Unheil anrichtet.«

Ein Stöhnen und unverständliches Gemurmel signalisierten, dass Herr Magen langsam sein Bewusstsein wiedererlangte. Schaki eilte mit den Utensilien aus dem Cadillac heran. Mit dem Panzerband fesselte ich Anselm Magen und lehnte ihn in Sitzposition aufrecht gegen die Wand. Er war wieder bei Bewusstsein. Gemeinsam versorgten wir notdürftig die Wunden der beiden und gaben ihnen zu trinken. Der Atem Anselm Magens roch nach Minze.

Anselm Magen fing sofort an zu reden, zunächst kaum verständlich, doch dann wurden seine Worte immer deutlicher. Mit den Binden um seine zerschnittenen Hände und mit dem weißen Kopfverband, den ich ihm angelegt hatte und durch den schon jetzt hellrotes Blut sickerte, sah er aus wie ein Unfallopfer aus einer Comedy-Sendung. Ohne Aufforderung redete er:

»Das wollte ich doch alles nicht! Das müssen Sie mir glauben, das hat sich so ergeben. Ich hatte doch niemals vor, irgendjemandem etwas Böses anzutun, auch meiner Schwester nicht. Die ist an allem schuld!«

Hasserfüllt sprach er den letzten Satz und deutete auf Frau Ceppione. Da ich vermutete, dass nun ein Geständnis kam, stellte ich mein Phone auf den Tisch, öffnete die stählerne Tür, soweit es ging, um mehr Tageslicht hereinzulassen, und drückte auf das kleine Display, um die Filmaufnahme zu starten. Er schien dies alles nicht wahrzunehmen.

»Jawohl, sie ist an allem schuld! Ohne sie würde meine Schwester noch leben, sie hat sie umgebracht, das kann ich sogar beweisen. Die Maske, die da bei der Tür liegt, gehört ihr. Sie hat meine Schwester abgestochen!«

Frau Ceppione, die ich mit etlichen Pflastern und Mullbindenpolstern mehr schlecht als recht versorgt hatte, baute sich vor dem Sitzenden auf, stemmte die Fäuste in die Hüfte und fuhr ihn an:

»Das sind Lügen, nichts als Lügen! Zunächst habe ich selbst geglaubt, dass ich diese Metzgerin erstochen hatte, aber an dem kleinen Kratzer, den ich ihr am Hals zugefügt hatte, konnte sie nicht gestorben sein. Und dass ich sie so fürchterlich zugerichtet haben soll, das hat mich dann stutzig gemacht. Da musste ein weiterer Täter im Spiel sein. Ich bin doch nicht dumm!«

Anselm Magen hing kraftlos an der Wand, meine improvisierten Fuß- und Handfesseln ließen es nicht zu, dass er sich bewegen konnte. Er hob den verschwollenen Kopf und brüllte sein Opfer an:

»Okay, aber eines ist sicher: Angefangen hast du, der erste Stich kam von dir. Ich habe sie gefunden, wie sie blutend auf dem Boden lag. Da habe ich eben meine Chance genutzt.«

Ich deutete Frau Ceppione, sich auf den Stuhl zu setzen, mit meinem Zeigefinger am Mund signalisierte ich ihr zu schweigen. Da Anselm Magen offensichtlich annahm, ich sei von der Polizei, fragte ich:

»Welche Chance meinen Sie, Herr Magen?«

Und dann sprudelte es aus ihm heraus:

»Die Chance, ihr endlich einmal eins auszuwischen, dieser arroganten Kuh. So eine einmalige Gelegenheit konnte ich mir nicht entgehen lassen. Da bricht eine Aktivistin in die Metzgerei ein und will meine Schwester erschrecken, und es kommt zum Streit. Ich war ja Augenzeuge. Sie verletzt sie mit dem Messer und trägt nicht einmal Handschuhe, naiver geht es gar nicht mehr. Ihre Fingerabdrücke sind an dem Messer, eine bessere Täterin gibt es doch gar nicht. Egal, was ich ihr antun würde, ich war aus dem Schneider. Und so naiv wie sie war ich nicht. Ich hatte mir ein Paar von diesen blauen Wegwerfhandschuhen aus der Metzgerei übergezogen, meine Fingerabdrücke würde man an den Mordwerkzeugen nicht finden.«

Ich provozierte weiter und ergänzte:

»Dann haben Sie die Chance genutzt und Ihrer Schwester den Todesstoß verpasst. Warum aber die vielen Messer? Warum die Leberwurst im Rachen? Warum haben Sie sie aufgehängt?«

Die Schultern Anselms zuckten, zunächst langsam, dann in schneller werdendem Rhythmus. Er weinte, winselte:

»Sie hätten sie in meiner Situation auch abgeschlachtet. Sie hat mich verachtet, schon ein Leben lang. Weil ich als Metzgerssohn kein Fleisch und keine Wurst mochte, und sie ist der Liebling in der Familie gewesen. Vor allem Vaters Liebling. Sie war bei den Schlachtungen dabei, sie wurde Fleischereifachverkäuferin, das hat dem Vater gefallen.«

Seine Stimme ging vom Weinerlichen ins Aggressive, und er fauchte:

»Aber Metzgermeister und den Betrieb übernehmen, das ist natürlich Männersache, und wenn dann der eigene Sohn ein Versager ist ...«

Er schluchzte laut auf, wand sich in seinen Fesseln. Ich versuchte auszusprechen, was er dachte:

»Dann haben Sie die Chance genutzt, ihr alles heimzuzahlen?«

»Nein, so ist das nicht gewesen. Sie lag da, hat am Hals geblutet, und ich wollte nur eins von ihr. Ich wollte auch ein bisschen an ihrem Glück und Wohlstand teilhaben. Es kann ja unter Geschwistern nicht so sein, dass eine alles hat und der andere nichts. Sie hat die Liebe der Eltern, ich den Hass, sie heiratet einen Metzgermeister, mich will keine, sie ist erfolgreich im Beruf, ich bin arbeitslos, sie ist Millionärin, ich lebe von Hartz 4. Und dann lachte sie mich aus, als ich das Rezept von ihr wollte, um mir eine eigene Existenz aufzubauen. Eigentlich wollte ich nicht einmal das Rezept. Ich wollte es für sie besser vermarkten, nach diesem Run auf die *Leberwurst Royal*. Nicht mit der Wurst wollte ich zu tun haben, ich hasse Wurst. Nein, mit den Lizenzen, mit dem Verkauf, mit der Vermarktung des Produkts, das wäre meine Chance gewesen, da kenne ich mich aus. Ich wollte mit meiner Schwester zusammenarbeiten, den Markt erschließen. Jetzt hätte ich die Chance gehabt, meine Ausbildung und meine Marketingkenntnisse einzubringen. Ich hab ihr das alles gesagt, als sie da blutend auf dem Boden lag. Ich wollte ihr gerade aufhelfen, als sie mich auslachte und meinte, dass sie niemals mit ihrem Loserbrother zusammenarbeiten würde. Sie hätte sich allein hochgearbeitet, sogar gegen alle Widerstände die Meisterin gemacht, während ich mich zum asozialen Messie entwickelt hätte. Und da bin ich durchgedreht. Asozialer Messie! Ich bin nicht asozial, ich habe immer Pech gehabt, ich bin kein Messie, ich kann mir nur keine Putzfrau leisten. Da bin ich einfach ausgerastet! Ich habe alles, was an Messern und ähnlichen Instrumenten im Raum lag und hing, in sie reingestochen. Weil sie immer noch Geräusche von sich gab, habe ich eine Leberwurst geholt und sie ihr in ihren unersättlichen Rachen gesteckt. Dann habe ich sie an diesem Gerät aufgehängt und ihr noch ein paar Messer in den Rücken gesteckt. Warum, weiß ich nicht.«

Ich nutzte seine Redepause für eine Zwischenfrage:

»Und wie war das mit Frau Ceppione?«

»Das war ein Glücksfall. Wer würde mich verdächtigen, wenn die Fingerabdrücke einer Tieraktivistin auf einer Tatwaffe sind?«

»Woher wussten Sie, dass sie eine Tieraktivistin ist?«

»Im Rucksack, den ich aus ihrem Auto mitgenommen hatte, waren noch ein paar Plakate, die sie vielleicht noch aufhängen wollte oder für eine andere Aktion eingeplant hatte. Da war mir schon klar, woher der Wind wehte. Da waren auch noch Flyer von so einer Tierliebe-Organisation drin. Sie hätte am besten noch ihre Visitenkarte auf den Rucksack kleben können. Wie naiv kann man denn sein? Und dann die Sache mit der Schweinsmaske, damit wollte sie meiner Schwester Angst und ein schlechtes Gewissen machen. Infantil, als ob sie dann ihren Metzgerberuf aufgegeben und als Veganerin weitergelebt hätte.«

Ich unterbrach ihn nochmals:

»Haben Sie das Werbeplakat verändert und mit Streichungen von Buchstaben daraus ›I Sau krieg it meh‹ gemacht? Haben Sie es ihr an die Brust geheftet und warum?«

»Das war, als ich gemerkt habe, was ich angerichtet hatte. Und diese Frau Ceppione hatte ihre Maske verloren. Damit hatte ich sie in der Hand, ein besseres Beweismittel gibt es doch nicht. Und da wollte ich noch eins drauf setzen, um den Verdacht auf sie zu lenken, und habe das Plakat verändert. Es sollte bedeuten, dass die Metzger nicht genug bekommen auf Kosten der Tiere.«

Frau Ceppione war wieder aufgestanden und redete in Anselm Magens Richtung:

»Das ist ja so was von krank! Wann kommen denn endlich die Polizei und der Krankenwagen? Das geht ja ewig.«

Dann ging sie auf Anselm Magen zu und sagte:

»Da wäre Ihr Plan beinahe aufgegangen. Ich wäre wegen dem Mord an der Metzgerin ins Gefängnis gegangen, und Sie hätten mit dem Rezept einen Deal mit einem Großhändler gemacht, auf jeden Fall Kapital daraus geschlagen.«

»Wie denn?«, zischte der Angesprochene durch die geschwollenen Lippen, »wie soll ich einen Deal machen ohne Rezept? Wo hast du es versteckt? Es muss bei dir sein! Oder hast du es vielleicht in Scheer versteckt, in dem Italo-Markt, in dem du arbeitest? Vielleicht sogar in der Schule? Rede doch endlich, bitte!«

Frau Ceppione schüttelte den Kopf:

»Ich habe es nicht! Und höre mit diesem ›bitte‹ auf!«

Anselm Magen rief verzweifelt:

»Wer hat es dann? Die Frau Heberle hat es nicht, du hast es nicht! Wer hat dann dieses gottverdammte Rezept?«

Anselm sank ein Stückchen weiter in sich zusammen. Ich stellte noch eine weitere Frage:

»Sie sind zweimal auf dem Heberle-Hof gewesen, nachts. Warum haben Sie sich als Herr Heberle verkleidet?«

»Das ist ganz einfach. Ich hatte doch genügend Zeit, mich im Haus von Ihnen umzuschauen«, er hob kurz den Kopf in Richtung Schaki, die wie versteinert lauschte. « Sie waren ja die meiste Zeit in der Metzgerei. Nachdem ich das Rezept weder in der Wohnung von Frau Ceppione und an diesem Montag auch nirgends in der Metzgerei gefunden hatte, da war mir klar, dass es nur Sie haben konnten.«

Schaki fuhr ihn an:

»Ich habe es aber nicht, Sie Schwein! Was fällt Ihnen ein, wegen nichts mich beinahe zu töten!«

»Ich wollte Sie nie töten. In den Sumpf sind Sie aus Unachtsamkeit gefallen!«

Ich ging dazwischen:

»Kommen wir zur Frage zurück: Warum haben Sie sich als Sepp Heberle verkleidet?«

Der Verletzte hob den Kopf und erklärte mit kraftloser Stimme:

»Wie gesagt, als Arbeitsloser hat man viel Zeit. Frau Heberle hat es nicht einmal für nötig gehalten, die Haustür abzuschließen, und nachdem ich bei Frau Ceppione das Rezept nicht gefunden hatte, war es für mich eine Sache der Logik, dass die Frau Heberle, als engste Mitarbeiterin meiner Schwester, das Rezept haben könnte. Im Haus von Frau Heberle lernte ich dann im Keller die interessante Geschichte der Familie kennen. In Form von Körben und Kisten mit Kleidungsstücken und Zeitungsartikeln. Der Unfall der Schwester, der von der Frau verlassene Vater, ein Säufer und Mörder. Und dann noch die Regenbogenpresse mit der Geschichte vom Vater, der im Ried keine Ruhe findet. Das war wieder ein gefundenes Fressen für mich: Wer würde der Frau Heberle glauben, wenn sie sagen würde, der Geist ihres Vaters sei ihr erschienen und hätte ein Leberwurstrezept von ihr gefordert?«

Er lachte kurz auf, verzog schmerzhaft sein malträtiertes Gesicht. Verzog es ein zweites Mal, denn Schaki war aufgesprungen und hatte dem Geständigen eine Ohrfeige verpasst. Die Szene würde ich löschen, wenn ich das Video-Material an die Kommissarin weitergab.

»Außerdem erhoffte ich mir aus dem Schock heraus, dass Sie mir sagen würden, wo sich das Rezept befindet. Ich dachte einfach, dass diese Gruselvorstellung Sie mürbe macht und Sie somit das Rezept schnell herausrücken. Aber da habe ich mich wohl getäuscht.«

Schwer atmend unterbrach er sein Geständnis. Ich nutzte die Pause des Erschöpften und sprach ihn auf die Brutalität der Tat an:

»Kommen wir noch einmal auf Ihre Schwester zurück. Warum diese unglaubliche Brutalität, dieses Übertöten? Das hat doch etwas zu bedeuten.«

»Ich weiß, was Übertöten ist, Sie haben hier keinen Idioten vor sich! Also, um was geht es? Die Wurst im Mund? Die Messer? Das Aufhängen? Fangen wir mit der Wurst an. Das habe ich doch schon gesagt, sie war unersättlich, sie konnte den Hals nicht voll genug kriegen. Außerdem konnte ich ihr dummes Geschwätz, ich sei ein Loser, ein Messie und auf der Verliererstraße geboren und so weiter nicht mehr ertragen. Das kam doch jedes Mal, wenn ich sie um ein bisschen Geld angepumpt hatte. Ich habe ihr einfach den Mund gestopft.«

Erschöpft sank er in sich zusammen und stöhnte, sein Reden wurde von Mal zu Mal langsamer, die Stimme schwächer:

»Ich brauche ärztliche Hilfe, ich verblute.«

»Ich habe die Blutungen gestoppt, und so schnell stirbt man nicht«, sagte ich mit fester Stimme, war mir aber wirklich nicht sicher, da Herr Magen keinen guten Eindruck machte. Um ihn nicht zu verlieren und sein Geständnis vor Zeugen zu haben, fragte ich schnell weiter:

»Und die Messer? Warum so viele, warum noch welche in sie spießen, als sie schon hing?«

Anselm Magens Kopf sank immer wieder auf seine Brust, er machte den Eindruck, als würde er bald sein Bewusstsein verlieren. Ich gab ihm einen Schluck zu trinken, er stöhnte, sackte weiter in sich zusammen. Das Bedürfnis zu reden schien jedoch übermächtig, und er antwortete mir mit schwacher Stimme:

»Ja, glauben Sie, ich hatte da einen Plan? Ich habe die halt von der Wand genommen und zack, zack, zack!«

Ich musste ihn am Reden halten und versuchte, durch spontane Assoziationen mit ihm im Gespräch zu bleiben.

»Frau Heberle hatte mir gegenüber einmal erwähnt, dass Sie das fürchterliche Bild an einen Mett-Igel erinnert hätte.«

»Ich habe doch gesagt, das war nicht geplant, das kam einfach so. Ich war selbst über mich erschrocken, als ich das ganze Bild vor mir hatte.«

Frau Ceppione meldete sich aufgeregt und erklärte:

»Dazu kann ich etwas sagen! Er hat mir hier im Keller ein Fotoalbum gezeigt. In dem gibt es Weihnachtsbilder, und er hat gesagt, dass es an Heiligabend immer Mett-Igel gab. Für ihn sei es das Schlimmste gewesen, davon essen zu müssen. Von dem rohen Fleisch!«

Ich blickte tief in die geschwollenen Augen des immer schwächer werdenden Mannes und versuchte, eine Erklärung für die Grausamkeit seiner Tat zu finden:

»Das kann einiges erklären. In seinem Unterbewussten, in seinem Es waren diese negativen Heiligabend-Erfahrungen gespeichert und sind dann an diesem Montagmorgen über die Bewusstseinsschwelle getreten und …«

Er fauchte mich an:

»Halten Sie Ihr Maul, bitte! Man kann alles überinterpretieren! Ich sage jetzt nichts mehr!«

Am Ende seiner Kräfte, fiel sein Kopf auf die Brust. Er schien das Bewusstsein verloren zu haben.

Krankenwagen und Polizei kamen spät, sie hatten Aulendorf mit Altshausen verwechselt.

BEERDIGUNG UND AUFERSTEHUNG

1. Korinther 15, 41 – 43
Der Glanz der Sonne ist anders als der Glanz des Mondes, anders als der Glanz der Sterne; denn auch die Gestirne unterscheiden sich durch ihren Glanz. So ist es auch mit der Auferstehung der Toten. Was gesät wird, ist verweslich, was auferweckt wird, unverweslich. Was gesät wird, ist armselig, was auferweckt wird, herrlich. Was gesät wird, ist schwach, was auferweckt wird, ist stark.

Mittwoch, 4. August, zunächst in einer bekannten Metzgerei, dann auf dem Friedhof Riedhagen

Monis Beisetzung entsprach ihrem glamourösen Leben der letzten Jahre. Ganz Riedhagen pilgerte zum Friedhof bei der Kirche. Die alten Menschen kamen komplett in Schwarz, Anzüge und Kleider schienen einer anderen Zeit entsprungen. Die jungen Menschen kamen ganz in Schwarz, mit Designer-Anzügen und Designer-Kleidchen, sie wussten, was sie Monika Magen-Kohler schuldig waren. Manch ein Damenschuh ließ eine rote Sohle aufblitzen. Die SUVs, Sportwagen und Oldtimer standen dicht gedrängt um die kleine Kirche und nutzten jede freie Fläche als Parkplatz und Public Showroom. Ganz am Ortsrand versteckt standen die Kleinwagen und die französischen Fabrikate.

Die Aufregung im Ort war groß, vor allem bei den Hauptakteuren. Und dazu zählten Deo, der das Ritual der Urnenbestattung zelebrieren sollte, Frieda und Cäci, die den Leichenschmaus am Hals hatten, die *MIKEBOSSler*, die gebeten wurden, mit ihren Motorrädern einen Transport der Urne von der Metzgerei, Monikas letzter Wirkungsstätte, in einem feierlichen Konvoi nach Riedhagen zum Friedhof zu begleiten, und natürlich Monika Magen-Kohler. Ihre Rolle war jedoch eher passiv.

Zu einem ersten »Gegrüßet seist du, Maria« trafen sich die engsten Angehörigen und Freunde in der Metzgerei. Die Urne, zentral auf einem Bistrotischchen präsentiert, war in schlichtem Weiß gehalten und zierte auf der Schauseite das Bild einer *Leberwurst Royal*, umkränzt von Petersiliensträußchen. Links und rechts der Urne mit dem geschmackvollen Bild standen Kerzen, die nervös flackerten. Und Monika Magen-Kohler blickte strahlend von einem überdimensionalen Poster, umringt von Blut- und Leberwürsten, aufgelockert mit Gewürzsträußchen, von der Wand hinter der Schautheke, deren Auslegeware mit weißen Tüchern abgedeckt war. Gute Freunde im Bestattungsinstitut hatten das Unmögliche möglich gemacht und einen kurzen Zwischenstopp der Urne in der Metzgerei arrangiert.

»Gegrüßet seist du, Maria, voll der Gnade, der Herr ist mit dir.«

Die Frauen starteten spontan mit dem populären Gebet, bald stimmten alle mit ein und erzeugten eine fromme, meditative Stimmung. Der Geist Monikas war überall zu spüren.

»Du bist gebenedeit unter den Frauen, und gebenedeit ist die Frucht deines Leibes, Jesus.«

»Papa, was ist gebenedeit?«

Korbi, der seinen kleinen schwarzen Sturzhelm stolz vor der Brust hielt, schaute mich fragend an.

»Korbi, das ist ganz einfach: Eigentlich kommt es vom Lateinischen bene dicere. Bene heißt gut, dicere heißt sagen, also könnte man es mit ›gutsagen‹ übersetzen. Das wäre aber theologisch nicht ganz korrekt, denn man übersetzt benedicere oder eingedeutscht im Infinitiv benedeien korrekterweise mit segnen, wobei die Segenskompetenz nicht nur von, sondern auch zu Gott hin …«

»Danke, Papa, ich hab schon verstanden.«

Ich freute mich über das Interesse meines Sohnes, und ich freute mich ebenso auf die Fahrt mit der Gang, um Monika das letzte Geleit mit unseren Motorrädern zu geben.

»Heilige Maria, Muttergottes, bitte für uns Sünder, jetzt und in der Stunde unseres Todes. Amen.«

»Papa, warum für die Sünder bitten? Der Mörder von der Moni war doch der Sünder. Da wäre es doch besser, für die Moni zu bitten.«

Ich nickte und bestätigte:

»Da hast du recht, Korbi, aber mach dir über solche Sachen keinen Kopf. Egal, wer oder was da rumbittet, Hauptsache, die Moni ist bei Gott.«

Ich deutete auf das überdimensionale Konterfei Monikas, das in die Gruppe lachte.

»Schau, Korbi, wie sie schön lacht und sich freut, bei Gott zu sein.«

Korbi studierte aufmerksam das Bild und erkannte freudig:

»Das sind ja Würstchen auf dem Kleid von der Moni!«

Nachdem die Urne feierlich unter Abspielen von Monikas Lieblingssong »Ein Stern, der deinen Namen trägt« in der Version von DJ Ötzi, die alle zum Weinen brachte, von

Sebastian Kohler vom Bistrotischchen in den Leichenwagen getragen worden war, starteten wir mit dem Konvoi nach Riedhagen. Es gab eine kleine Verzögerung, weil Blackys Shovelhead partout nicht anspringen wollte. Wir mussten sie anschieben.

Deo war die Nervosität anzumerken, noch nie hatte er vor so großem Publikum ein kirchliches Ritual zelebriert. Die Trauergesellschaft stand bis jenseits der Mauern des Friedhofs hinaus und versuchte, einen Platz zu ergattern, von dem aus das Geschehen am besten zu beobachten war. Die Langsamsten waren mal wieder die Ersten, denn bei einem christlichen Event dürfen die Letzten die Ersten sein. Die Alten, rollatorbewehrt, verteidigten eisern die vorderste Front, an die sie sich vorgedrängelt hatten. Es ging dann alles streng nach Ritual, lediglich Deos Rede sprengte die Grenzen des oberschwäbisch Gängigen.

»Wir alle hier kennen unsare Monika, jeda von uns stand in irgandeina, wie auch imma geatata Beziehung zu ihr. Sie war nicht imma ein einfacha Mensch, aba sie war ein aufrichtiga Mensch. Sie war mit viela Menschen freundschaftlich verbunda, das sieht man auch hier, wie viele Menscha gekomma sind. Aba ihre größta Leidenschaft war ihr Beruf, man darf es wirklich saga, ihre Liebe galt dem Fleisch und vor allem der Wurst.«

Unser Geistlicher Deodonatus Ngumbu baute nun rhetorisch geschickt sämtliche ihm bekannten Fleisch- und Wurstmetaphern in seine wohlvorbereitete Ansprache ein, obwohl ich ihn im Vorfeld, als er mich um rhetorischen Rat bat, gewarnt hatte.

»Und imma wieda lockt die Versuchung des Fleisches, auch ich kann mich da nicht ausnehma. Bei Fleisch kann das Fleisch schwach werda. Da kann ich nur den Mose zitiera und ihm zustimma, wenn er im fünfta Buch sagt: Und du, weil du Appatit auf Fleisch hast, sagst, ich möchte gern Fleisch essa, dann darfst du so viel Fleisch essa, wie du möchtest.«

Da die Hitze unerträglich wurde und Deos Ansprache kein Ende fand, wurden die Trauergäste allmählich unruhig. Einige aus der ersten Reihe starteten ihre Rollatoren, gaben widerwillig die besten Plätze auf und wackelten Richtung *Goldener Ochsen*, um sich mit einem Kaltgetränk zu erfrischen. Deo philosophierte unbeeindruckt weiter.

»Vor dem Herrn sind wir alle kleina Würstchen, obwohl unsere liebe Verstorbane Großes geschaffa hat.«

Ließ man vom hoch gelegenen Friedhof aus den Blick über das Ried schweifen, flirrten Schlieren aus heißer Luft darüber, vermutlich die Seele Monikas, die der Predigt Deos zu entkommen versuchte.

»Und so wird auch unsere Monika Magen-Kohla, die wir alle nur als Moni kennen, zum Herrn aufasteha. Uns allen kann Aufastehung nicht Wurst sein, denn sie betrifft uns alle, sie ist das wahre große Geheimnis unseres Glaubens.«

Die Gemeinde antwortete unisono mit »Amen«, um Deo zu einem Endspurt zu nötigen, aber unser Geistlicher kam nun erst so richtig in Fahrt:

»Im Tod gibt es keina Extrawurst, jeda ist gleich vor dem Herrn, unserem Schöpfa.«

Nun wurde es auch Korbinian zu viel, der wacker mit dem Helm in der Hand neben mir ausgehalten hatte. Unruhig trat er von einem Fuß auf den anderen, dann brach es aus ihm heraus:

»Papa, alles hat ein Ende, nur die Wurst hat zwei! Ich gehe zu Frieda, ich habe einen Riesendurst!«

Er zwängte sich durch die Menge und verschwand. Ich schwor mir, wenn Deo es wagte, die »beleidigte Leberwurst«

einzubauen, würde ich den Platz sofort verlassen und mich im *Ochsen* auf Kosten Kohlers betrinken. Deo hatte ein Einsehen, er machte es mir leicht:

»Und ich muss gesteha, ich war nicht imma der gleicha Meinung mit unsarem Gemeindemitglied Monika. Nein, wir hatten einige Kontroversa. Sie hat mir klar ihre Meinung gesagt und mir auch mal mein Fehlverhalta vorgeworfa. Habe ich da etwa wie eine beleidigte Lebawurst reagiert?«

Als der letzte Rest der Beerdigungsgesellschaft nach etwa zwei Stunden, gefühlten sechs, eintraf, hatte Korbi schon zwei *Spezi* und ein Eis intus. Die *MIKEBOSSler* hatten nur auf mein Statement gewartet und waren mir auf dem Fuße in den *Goldenen Ochsen* gefolgt. Exzellentes Schwarmverhalten, hohe Solidarität und Treue zum Präsidenten. Blacky war über Deos Rede entsetzt:

»Labert der immer so?«

»Nur, wenn er viel Publikum hat. Und du glaubst es nicht, wegen seinen verstörenden Predigten kommen die Leute aus Nah und Fern. Anderswo sind die Kirchen am Sonntag leer. Deo füllt die Location.«

»Kommt Deo auch noch?«

»Das ist so sicha wie da Ama nach da Vataunsa. Und wenn es um die Wurscht geht, daaf das uns nicht Wurscht sein«, äffte ich ihn nach. Lediglich Korbinian lachte.

Lange und in vielen Wiederholungen musste ich dann die Geschichte vom »Blutsonntag«, wie er mittlerweile genannt wurde, erzählen. Von Bier zu Bier wurde die Geschichte dramatischer.

Mittlerweile war auch Deo zu uns gestoßen:

»Ich glaube, meina Ansprache ist mal wieda sehr gut angekomma. Warum seid ihr früha geganga?«

»Äh, wir mussten Frieda … Wir hatten ihr versprochen … Ich musste noch …«

Da der Kaffee und der Hefezopf schon der Verdauung anheimgefallen waren und das viele Bier, aber auch die Sektchen, den Appetit geweckt hatten, ging ein vielkehliges »Oooh« und »Aaah« durch die Menge, als der Geist Monikas diesmal in Form der Vesperplatte über dem Ried in Friedas Biergarten kumulierte.

Deo war glückselig und begrüßte mit vollem Mund Schaki, die sich ebenfalls zu uns auf die übervolle Bierbank gezwängt hatte, nickte mir dann zu und forderte:

»Wie war das denn am Blutsonntag? Kann man mir auch mal erzähla, was genau passiert ist? Aus da Zeitung wird man ja nicht schlau! Und ich war so beschäftigt mit da Vorbareitung von da Bestattung. Los, erzähl, Dani!«

Für Deo, wahrscheinlich der Hitze und dem Bier geschuldet, generierte ich eine besonders schaurige Variante der Geschehnisse des Blutsonntags. Alsbald unterbrach mich Schaki:

»Das ist ja schlimmer als Deos Predigt! Lass mich mal zusammenfassen.«

Deo schaute ratlos in die Runde.

»Das vastehe ich jetzt nicht. Okay, erzähl du, Schaki!«

»In aller Kürze und für alle: Am Montag vor zwei Wochen hat eine Schülerin von Dani, eine vorbestrafte Tierschutzaktivistin, die Moni noch vor der Ladenöffnung erschrecken wollen. Sie wollte wohl auf das Tierleid aufmerksam machen. Sie hatte sich mit einer ekelhaften Schweinemaske verkleidet. Die Situation eskalierte dann, als sie auf Moni traf. Es kam zum Gerangel, die Tierschützerin griff zu einem Messer, davon gibt es ja genug in einer Metzgerei, und verletzte Moni am Hals. Nach ihrem Angriff auf Moni ist sie geflohen, hat dabei ihre Schweinsmaske verloren. Und jetzt kommt's: All das wurde von Monikas Bruder beobachtet, der schon seit Langem frühmorgens, wenn noch keine Kundschaft da war, die Moni belästigte. Er wollte Geld, aber wohl auch seine Ideen an der Vermarktung der *Leberwurst Royal* einbringen …«

Deo unterbrach:

»Die schmeckt aba auch wieda fantastisch. Ein Prost auf da Schöpferin von da Lebawurst!«

Deo stand auf und rief in die Hitze des nahenden Abends über die Köpfe der Trauergesellschaft in die Weite des Rieds hinein:

»Ein Prosit auf da Moooni!«

Alle standen auf:

»Prost, Moni!«

Schaki fuhr fort in ihrer Erzählung, alle hörten gespannt zu, obwohl außer Deo jeder die Geschichte schon mehrmals gehört hatte:

»Und wenn man Anselms Version glauben darf, hat er seine Schwester blutend mit einer Wunde am Hals vorgefunden. Es kam dann zwischen den beiden ebenfalls zum Streit, da Moni ihren Bruder als Verlierer und Asozialen verspottet hat und nicht bereit war, mit ihm geschäftlich zusammenzuarbeiten. Er war so in Rage, dass er sie getötet hat. So, wie er es geschildert hat, aber auch diese Schülerin bestätigte, spielen wohl traumatische Kindheitserinnerungen ebenfalls eine Rolle, warum er Moni so massakriert hat. Er wurde als Kind regelmäßig gezwungen, Fleisch zu essen, Moni ist anscheinend immer bevorzugt behandelt worden. Und als er seine Schwester getötet hatte, ist ihm wohl spontan eingefallen, dass Moni das Rezept, mit dem sie immer auf ihre Erfolge verwiesen hat, in ihrem Bestellbüchlein aufbewahrt. Aber hier war es nicht mehr. Deshalb hat er es bei der Schülerin, die ihn scheinbar auch als Frau fasziniert hat, vermutet. Er hat diese Aktivistin dann verfolgen können, da diese nach ihrer

Tat einige Zeit verstört im Auto saß. Er hat herausbekommen, wo sie wohnt und arbeitet und dass sie in die Abendschule geht. Aus welchen Motiven er sie entführt hat, könnt ihr euch selbst raussuchen. Vermutlich nicht nur wegen des Rezepts. Und als er das Rezept bei ihr nicht fand, hat er es bei mir vermutet. Und den Rest der Geschichte kennt ihr ja.«

Lange herrschte Stille am Tisch.

Deo hatte gleichermaßen fasziniert und entsetzt den Ausführungen Schakis gelauscht, fragte jedoch sofort:

»Und das Rezept, wo ist es geblieba?«

Schaki zuckte mit den Schultern:

»Das bleibt wohl verschwunden! Vielleicht hat Moni, als sie merkte, dass sich plötzlich so viele für ihr Rezept interessierten, eine Ahnung gehabt und es vernichtet. Sie hat auch immer behauptet, am besten sei es in ihrem Kopf aufgehoben.«

Deo seufzte:

»Dann war das wohl meina letzta Lebawurst!«

Als die Dämmerung den Tag langsam verdrängte, lag melancholische Heiterkeit über dem Ried, nur noch wenige Trauergäste besiedelten die Gartenwirtschaft. Deo wurde noch sentimentaler:

»Ja, üba allem schwebt jetzt da Geist von unsara lieba Monika, und sie feiat jetzt ihra Aufastehung.«

Das Stichwort passte. Ich erhob mich in meiner Funktion des Präsidenten der *MIKEBOSSler* und verkündete feierlich:

»Lieber Deo, Auferstehung war das passende Stichwort. Nicht nur Monika ist auferstanden, sondern auch …«

Cäci hatte lange auf mein Zeichen gewartet, sie eilte nun freudig erregt zum Schopf, verschwand um die Ecke. Deo saß mit offenem Mund am Biertisch und schien nichts zu verstehen:

»Was soll das mit da Aufastehung? Damit macht ma keine Späßle!«

Dann knatterte Cäci auf der blitzenden Quickly aus dem Schopf heraus in Richtung Deo, und ich brachte meinen Satz zu Ende:

»… sondern auch deine Quickly!«

Gegröle am Tisch, Tränen der Freude bei Deo.

»Meina Quickly, oooh, meine Quickly ist tatsächlich aufastanda, wie da Monika! Und wie bei eina echta Aufastehung, in einem Idealleib. Sie ist schöna als zuvor!«

Tränen liefen über die schwarzen Wangen.

SCHAKI BEKOMMT POST

Sprüche 24, 25
Denen aber, die entscheiden, wie es recht ist, geht es gut; über sie kommt Segen und Glück.

Freitag, 27. August, Riedhagen, Heberle-Hof

Der Postbote überreichte ihr das Einschreiben.

Schaki verstand das Juristen-Deutsch des Notars nicht. Sie verstand aber sehr wohl den Inhalt der beiden Kopien. Sie weinte.

BRIEF 1

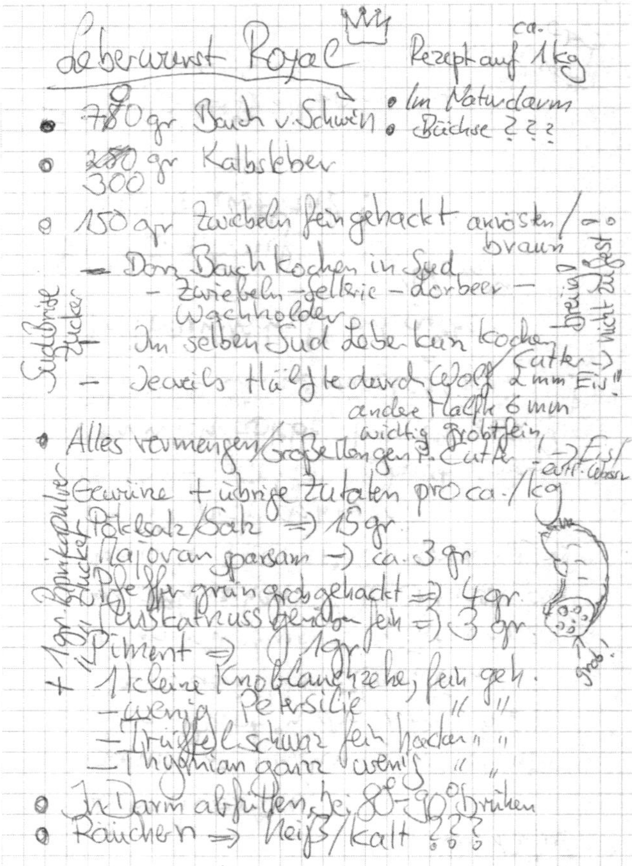
Leberwurst Royal Rezept auf ca. 1 kg

- ~~780~~ 790 gr Bauch v. Schwein
- ~~250~~ 300 gr Kalbsleber
- 150 gr Zwiebeln fein gehackt anrösten / braun
  - Dann Bauch kochen in Sud
    - Zwiebeln – Sellerie – Lorbeer – Wacholder
  - Im selben Sud Leber kurz kochen
  - Jeweils Hälfte durch Wolf 2 mm Ein!! andere Hälfte 6 mm
- Alles vermengen / Große Mengen i. Cutter → Eis! evtl. Wasser wichtig Grob + fein

Gewürze + übrige Zutaten pro ca. 1 kg
- Pökelsalz / Salz → 15 gr.
- Majoran sparsam → ca. 3 gr
- Pfeffer grün grob gehackt → 4 gr
- Muskatnuss gerieben fein → 3 gr
- Piment → 1 gr
- 1 kleine Knoblauchzehe, fein geh.
- wenig Petersilie " "
- Trüffel schwarz fein hacken " "
- Thymian ganz wenig " "

+ 1 gr Paprikapulver
Zucker
Südfrüchte Zucker

- Im Naturdarm
- Büchse ???

Cutter → breiig! nicht zu fest!

grob!

- In Darm abfüllen, bei 80–90° brühen
- Räuchern → heiß / kalt ???

BRIEF 2

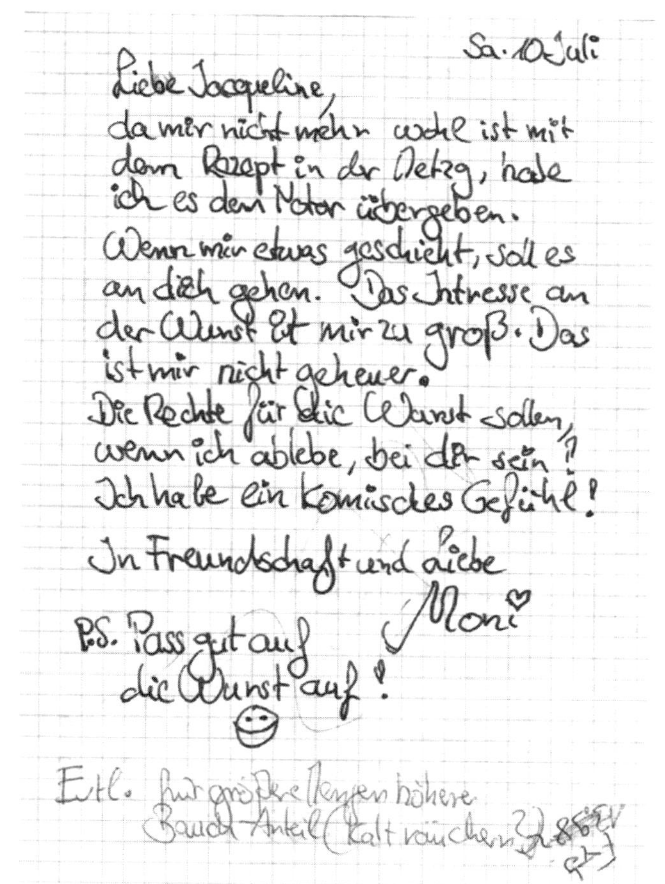

Sa. 10. Juli

Liebe Jacqueline,

da mir nicht mehr wohl ist mit dem Rezept in der Metzg, habe ich es dem Notar übergeben.

Wenn mir etwas geschieht, soll es an dich gehen. Das Intresse an der Wurst ist mir zu groß. Das ist mir nicht geheuer.

Die Rechte für die Wurst sollen, wenn ich ablebe, bei dir sein!

Ich habe ein komisches Gefühl!

In Freundschaft und Liebe

Moni

P.S. Pass gut auf die Wurst auf!

Evtl. für größere Mengen höhere Rauch-Anteil (Kalt räuchern?)

PERSONEN LEBERWURST LETAL

Die Familie Bönle

Daniel Bönle

Daniel Bönle ist studierter Gymnasiallehrer mit der Fächerkombination Geografie und Katholische Religionslehre.

Nach dem Studium hat es ihn an die Berufsschule nach Bad Saulgau verschlagen. Dort unterrichtet er fachfremd Deutsch und Berufliche Kommunikation. Seine chaotische und unkonventionelle Art beschert ihm etliche Dienstverfahren und letztendlich die Entfernung aus dem Beamtenstatus. Bedingt durch Lehrermangel unterrichtet er jedoch im Angestelltenverhältnis eine kleine Klasse mit Abendtechnikern in zweistündigem Unterricht im Fach Betriebliche Kommunikation. Seine schulische Wirkungsstätte ist die Willi-Burth-Schule in Bad Saulgau.

In seiner Freizeit liebt Bönle das Motorradfahren, das er mit einer Harley Davidson Breakout betreibt. Als Hobbyfotograf durchstreift er das nahe Ried, nutzt diese Fähigkeit auch zum Ermitteln in seinen Kriminalfällen. Als leidenschaftlicher Hobbykoch verwöhnt er seine Familie mit Gerichten aus aller Welt, Fleisch darf beim ambitionierten Grillmeister Bönle nicht fehlen. Seiner Leidenschaft für Motorräder verdankt er seine Präsidentschaft bei den »Rockern« der *MIKEBOSSler*, einer gemischten Gruppe Harley fahrender Individualisten. Das Zusammensein mit seiner Gang, in Ausfahrten und feucht-fröhlichen Events strukturieren sein soziales Leben mit.

Bönle trägt sein dunkles Haar meist lang, sein Lemmy-Kilmister-Bart zeigt erste graue Strähnen, ebenfalls auffallend grau sind seine Augen. Seine Vorliebe für die Farbe Schwarz spiegelt sich in seiner Kleidung wider. Farbliche Akzente setzen lediglich auffällige Cowboystiefel.

Der Protagonist überrascht immer wieder mit seiner philosophischen Betrachtungsweise alltäglicher Ereignisse, obwohl er von einigen Personen seines Umfeldes als oberflächlich angesehen wird. Immer wieder überzeugt er mit progressiven, zum Teil surreal anmutenden Ideen. Seine Sichtweise der Geschlechterbeziehung von Mann und Frau ist reaktionär und revolutionär zugleich. Der Antrieb, Licht in das Dunkel mysteriöser Ereignisse zu bringen, entspringt seiner natürlichen Neugierde. Bönle ist redegewandt und entlarvt durch seinen Wortwitz seine Gesprächspartner. In diesem Roman ändert er mal wieder sein Leben, da er eine Phase der Verwahrlosung hinter sich hat.

Er ist mit der Psychologin Cäcilia, geborene Maier, verheiratet. Der achtjährige Sohn Korbinian T. Rex Bönle treibt sich meist bei der Oma Frieda im *Goldenen Ochsen* herum.

Familie Bönle besitzt ein Fertighaus im Ried mit großem Garagenanbau, für den stetig anwachsenden Fuhrpark. Das Grundstück, mit der Grenze zum Naturschutzgebiet ist ein Geschenk der Schwiegermutter Frieda Maier, die Inhaberin der Gaststätte *Goldener Ochsen* ist. Einzige Nachbarin ist die als Single lebende Lehrerin Hilde.

Lebensphilosophie Daniel Bönle: Lebe den Tag, bevor er zu Ende ist.

Cäcilia Bönle, geborene Maier

Cäcilia Bönle, genannt Cäci ist studierte Psychologin. Ihre Praxis befindet sich im Privathaus der Bönles. Mittlerweile therapiert sie ausschließlich Privatpatientinnen und -patienten, da ihre Mitarbeit im *Goldenen Ochsen* als Junior-Chefin immer wichtiger und zeitintensiver wird. Ihre Mutter ist mit der zunehmenden Gästeflut überfordert.

Sie kocht sehr gerne, nach Bönles Meinung kann sie es jedoch nicht. Sie nutzt die wenige freie Zeit für Familie und das Zusammensein mit den *MIKEBOSSlern*.

Cäcilia ist groß, von schlanker Statur, sie hat brünettes Haar, das sie meist offen und lang trägt. Ihr ovales, offenes Gesicht mit den vollen Lippen fasziniert vor allem die männlichen Gäste des *Goldenen Ochsen*. Geschäftstüchtig trägt sie in diesem Sinne häufig enge Bluejeans, kurze Röcke und Cowboystiefel.

Als gute Beobachterin und emanzipierte Frau unterstützt und kritisiert sie ihren Gatten Daniel Bönle. Wo dieser instinktiv und emotional agiert handelt sie korrigierend rational. Bei Aufregung hebt sie den Kopf und zieht die Nase schnippisch nach oben. Sie tippt sich gegen die Stirn, wenn sie mit Daniels Verhalten nicht einverstanden ist.

Gemeinsam haben sie den Sohn Korbinian T. Rex.

Lebensphilosophie Cäcilia Bönle: Zuerst das Gehirn, dann der Bauch.

Korbinian T. Rex Bönle
wird meist Korbi genannt und ist der Sohn von Cäci und Daniel. Er ist acht Jahre alt und schelmisch.

Korbinian besticht durch sein zufriedenes Naturell. Er wird von Oma Frieda und seinem Vater verwöhnt.

Lebensphilosophie Korbinian T. Rex Bönle: Wuuuschte statt Leisa.

Frieda Maier
ist die energische und freundliche Wirtin und Seniorchefin des *Goldenen Ochsen* in Riedhagen. Ihre Berufung und Leidenschaft ist die Küche. Nicht nur schwäbische Spezialitä-

ten, auch ihre resolute, aber immer freundliche Art locken Gäste aus Nah und Fern in den *Goldenen Ochsen* im Ried.

Sie mag Daniel und ist begeisterte Schwiegermutter. Die üppig gebaute Wirtin ist mit oberschwäbischem Wunderfitz und Bauernschläue ausgestattet. Ihr *Goldener Ochsen* ist zum sozialen und kommunikativen Zentrum der Riedhagens geworden. Die Alt-Wirtin spürt mittlerweile die Jahre und ist auf die Mithilfe ihrer Tochter und Junior-Chefin Cäcilia in der Gastronomie angewiesen. Trotz ihres hohen Alters und etlicher Gebrechen steckt sie voller Energie und geschäftstüchtiger Ideen.

Sie hat vor Jahren der Kleinfamilie Bönle ein Grundstück unterhalb des *Goldenen Ochsen*, direkt an der Grenze zum Naturschutzgebiet Pfrunger-Burgweiler Ried geschenkt, auf dem von den Bönles ein Fertighaus errichtet wurde.

Lebensphilosophie Frieda Maier: Lieber an teura Schprudel als a billigs Bier verkauft!

*

Die Wurst-Gang

Die Kleinfamilie Magen-Kohler

Monika Magen-Kohler
ist ehemalige Metzgerei-Fachverkäuferin aus Ostrach, die den Metzgermeister gemacht hat und in den renommierten Metzgereibetrieb Kohler eingeheiratet hat . Ihr ganzes Leben dreht sich um die Wurst.

Fleisch und dessen letztendliche kulinarische Gestalt bestimmen ihr Denken und Handeln. Ihre ganze Kreativität steckt sie in das Erschaffen neuer fleischlicher Genüsse. Mit den eigenen Fleischprodukten avancierte sie zur Metzgerin des Jahres und mit nachhaltigen Wurstprodukten und biozertifizierten Waren belebte sie mit ihrem Gatten Sebastian den regionalen Markt.

Jacqueline Heberle ist in Monikas Filiale als tüchtige Mitarbeiterin angestellt.

Weniger als Hobby, mehr, um sich auch äußerlich als attraktives IT-Girl der Wurstbranche zu präsentieren, hat Monika einen Personal-Trainer engagiert, Jimmy Trentel, der sie in Form bringen soll.

Moni, wie sie von Freunden genannt wird, trägt gerne bunte Kleidung in ihrer Freizeit. Sie will damit von ihrer Leibesfülle ablenken. Sie selbst mag ihre helle Haut und ihre weiß-blonden Haare.

In ihrer Zeit als Fachverkäuferin hatte sie ein sehr gutes Verhältnis zu Bönle, da er zu den Stammkunden zählt. Um ihre Ideen und sich selbst besser zu vermarkten hat sie einen Rhetorikkurs belegt. Von der bescheidenen, einfachen Person hat sie sich zur eitlen, selbstbewussten Geschäftsfrau entwickelt. Ihr Mann Sebastian Kohler bewundert ihre Kreativität und ihr Durchsetzungsvermögen.

Lebensphilosophie Monika Magen-Kohler: Wenn es um die Wurst geht, macht mir niemand etwas vor.

Sebastian Kohler

Der honorige Metzgermeister treibt fünf große und mehrere kleine Filialen um. Er achtet vor allem auf die gute Qualität seiner Produkte. Seine Gattin Monika überzeugt ihn, regionaler, nachhaltiger, aber vor allem kreativer zu produzieren. Er weiß, dass hinter dem Boom auf seine Produkte und die neuen Rezepturen die Kreativität seiner Frau Monika steckt. Er überlegt ein Spitzenprodukt an die Großmetzgerei MegaWurst zu verkaufen. Sebastian Kohler ist ein nüchterner Geschäftsmann von schmächtiger Statur. Er wirkt unscheinbar, wird aber emotional, wenn es um seine Monika geht.

Lebensphilosophie Sebastian Kohler: Gute Wurst zu guten Preisen.

MegaWurst

Fernandine König
ist als studierte Lebensmitteltechnikerin die Chef-Sekretärin des Allgäuer Wurst-Tycoons Melchior Bläsle der Firma MegaWurst. Als attraktive, redegewandte, rational kühle Businessfrau versucht sie wegen eines Wurstrezeptes mit Sebastian Kohler ins Geschäft zu kommen.

Lebensphilosophie Fernandine König: Wer Bein zeigt, kann andere stolpern lassen.

Melchior Bläsle
ist Chef des Allgäuer Unternehmens MegaWurst.

Lebensphilosophie Melchior Bläsle: Wurst ist Mega!

Jacqueline Heberle
Als ehemalige Taxifahrein und Ex-Mitglied der *Busty Biker Brides* arbeitet Schaki nun als rechte Hand Monika Magen-Kohlers in der Metzgereifiliale in Ostrach. Schaki ist eine Frau mit Vergangenheit, ihre Zwillingsschwester Schanti verstarb bei einem Kässpätzleswettessen. Ihr Vater, ein Alkoholiker und verurteilter Mörder ist mittlerweile ebenfalls verstorben. Sie wohnt wieder in ihrem Elternhaus, einem heruntergekommenen Bauernhaus im Ried.

Sie hat blondes, schulterlanges Haar, eine gute Figur und blaue Augen. Schaki ist eine Freundin der Bönles und im Kreise der *MIKEBOSSler* wegen ihres freundlichen Naturells gerne gesehen.

Lebensphilosophie Schaki: Immer wieder aufstehen!

Anastasia
ist Aushilfskraft und unterstützt Jacqueline Heberle in der Metzgereifiliale.

Lebensphilosophie Anastasia: Schaffen, schaffen…

*

Die Motorrad-Gang: Die MIKEBOSSler (Bönles Harley-Gang)

1 Gesicht
ist ewiger Single. Als Inhaber eines modernen Fitnessstudios, bei dessen Leuchtreklame eines der drei s und das t nicht leuchten und somit nachts zum Finesstudio mutiert, achtet er konstant auf seine Figur. Den Spitznamen Gesicht verdankt er der Fähigkeit, ein unglaublich dummes Gesicht machen zu können. Er ist ein kumpelhafter Typus mit durchtrainiertem Körper. Ein typischer »Pumper«. Jimmy Trentel ist bei ihm als Personal Trainer angestellt.

Lebensphilosophie Gesicht: Man braucht´s nicht nur da, sondern auch da.

2 Flaschen Gordon
Vor Jahren war er am Kreisgymnasium in Riedlingen als Latein- und Sportlehrer tätig. Nun unterrichtet er in Wilhelmsdorf. Flaschen Gordon verdankt seinen Spitznamen der Tatsache, Bier immer nur aus der Flasche zu trinken, um sich vor Bakterien am Glas zu schützen. Er war vor Jahren in der Akutklinik Bad Saulgau aufgrund von Lehrer-Burnout, auch hat er den Tod des Freundes und *MIKEBOSSlers* Butzi immer noch nicht verarbeitet. Mittlerweile lebt er getrennt von seiner Frau.

Lebensphilosophie Flaschen Gordon: No woman, no cry.

3 Joe
steht zu seinem Beruf als Hausmann. Seine drei Kinder sind alle aus dem Haus. Die Frau ist mittlerweile verstorben. Immer noch fährt er neben seiner Harley einen alten VW-Bus T2.

Lebensphilosophie Joe: Hauptsache, es rollt.

4 Ralf Rädle, genannt Goldi
Ralf Rädle ist Jurist in einer Kanzlei in Ravensburg, sein Schwerpunkt: Verkehrsrecht. Hobbys: Er liebt sein Motorrad über alles, um vom Berufsstress abzuschalten verschwindet er in eine versteckt liegende Hütte im Ried. Goldi trinkt so gut wie keinen Alkohol und ist seit seiner Jugend Vegetarier. Goldi kaufte nach dem Tod Butzis dessen Harley. Er ist gutaussehend, schlank, groß, sympathisch und trägt sein üppiges Haar in goldblonden langen Locken, denen er seinen Spitznamen verdient.

Lebensphilosophie Goldi: Lieber schön und reich als gar nix!

5 Neues Mitglied Blacky, selten auch Sista genannt
Blacky arbeitet als Polizeisekretärin und ist das jüngste Mitglied der *MIKEBOSSler*. Ihre Mitgliedschaft ist dem Umstand geschuldet, dass der Präsident der *MIKEBOSSler* bei ihrer Aufnahme in einem Zustand war.

Blacky ist eine aparte, große, schwarze Frau mit dunkler Stimme, ein herber Typ, jedoch attraktiv. Sie fährt eine alte Shovelhead. Nun wird sie, vor allem von Bönle, als Quotenfrau und liberales Aushängeschild für die Gang präsentiert.

Lebensphilosophie Blacky: Black, nothing but black!

6 Daniel Bönle Präsident (s.o.)

7 Verstorbenes Mitglied Butzi der Chaot

Butzi ist bei den *MIKEBOSSlern* und in Riedhagen Legende. Er war ein großer Chaot.

Lebensphilosophie Butzis war: Eins geht immer.

Ehrenmitglied der MIKEBOSSler Deodonatus Ngumbu

Deodonatus Ngumbu, Deo genannt, ist der schwarze Pfarrer der Gemeinde Riedhagen und mit Bönle befreundet. Er hat jahrelang in den Slums von Nairobi seine seelsorgerische Tätigkeit verrichtet. Sein Hobby ist seine alte Quickly, die ihm als Fortbewegungsmittel dient. Eine noch größere Leidenschaft ist das Essen. Deo ist groß, athletisch und humorvoll. Einerseits ist er ängstlich und gewissenhaft, andererseits überrascht er durch seine freche und zum Teil chaotische Art. Seine Rechtschaffenheit strukturiert sein Handeln. Er hat Cäci und Dani getraut und ist begeisterter und liebevoller Patenonkel von Korbi.

Er trägt fast immer seine Soutane und ist als bibelfester Prediger im Namen des Herrn unterwegs, um für den christlichen Glauben zu werben. Auffällig ist sein Dialekt, in dem das »e« häufig zum »a« wird.

Lebensphilosophie Deodonatus Ngumbu: Ein Vataunsa und ein Vespa!

*

Die Schüler-Gang: Die Klasse FTMT6

Die Damen

1 Barbara

zeichnet sich durch Glutenunverträglichkeit aus und ist diskutierfreudig.

Lebensphilosophie Barbara: Ich habe keine Ahnung.

2 Bea
liebt ihr Handy und ist laktoseintolerant.

Lebensphilosophie Bea: Alles, nur keine Milch, die kommt aus einer Kuh!

3 Veronika-Margerita
Sie schützt die Tiere und isst kein Fleisch.

Lebensphilosophie Veronika-Margerita: Fleischesser sind Mörder!

Die Herren

4 Alexander
Alexander der Stille.

Lebensphilosophie Alexander: Ääääääh?

5 Mehmed
Mehmed der Fehlende.

Lebensphilosophie Mehmed: Schule ist für Dumme.

6 Sergeij
Freund des Wodkas.

Lebensphilosophie Sergeij: Der Geist kommt aus der Flasche.

7 Viktor
Die Bild-Zeitung. Viktor ist eine unerschöpfliche Informationsquelle.

Lebensphilosophie Viktor: Was ich weiß, macht andere heiß!

*

Weitere Personen aus der Region

Jimmy Trentel, genannt Loser-Jimmy oder Jimmy Trottel. Jimmy verdient sein Geld als Angestellter in Gesichts Fitnessstudio. Er macht als Personal Trainer von Monika Magen-Kohler Hausbesuche, um ihr beim Abspecken behilflich zu sein.

Jimmy ist gut aussehend, jedoch nicht der Hellste. Er stammt aus Leipzig.

Lebensphilosophie Loser-Jimmy: Was ist Philosophie?

Sabine Scheitel

Frau Scheitel ist Klassenlehrerin von Korbinian T. Rex Bönle, der die Klasse drei der Grundschule besucht.

Sie ist auffallend schlank, ihre Art und ihr Kleidungsstil lassen sie unattraktiv wirken. Sie ist überzeugteVeganerin und Tierschützerin. Vor Jahren wollte sie eine Beziehung mit Sebastian Kohler.

Lebensphilosophie Frau Scheitel: Lieber nichts essen als Fleisch essen.

Anselm Magen

Anselm Magen ist arbeitslos. Als Bruder von Monika missbilligt er die Ehe seiner Schwester mit Sebastian Kohler. Neid definiert sein Verhältnis zur Schwester, da sie Erfolg mit Wurst hat und im Überfluss lebt.

Anselm leidet unter unverarbeiteten Erinnerungen seiner Kindheit.

Lebensphilosophie Anselm Magen: Egal, was man macht, es ist falsch.

Hildegard Knaus

Hildegard, genannt Hilde, ist ausgebildete Grundschullehrerin mit Unterrichtsanteil an der Berufsschule in Bad Saulgau. Als Vegetarierin züchtet sie Lamas in Riedhagen. Sie ist attraktiv, sportlich und trägt ihr dunkles Haar kurz. Den Männern fällt Hilde vor allem durch ihre gewagten Outfits auf. Sie gilt im Dorf als überkandidelt. Sie hält sich für eine moderne, emanzipierte und ökologisch denkende Frau. Sie belächelt Bönles Lebensstil. Sie ist direkte und befreundete Nachbarin der Familie Bönle.

Lebensphilosophie Hilde: Liebe, Leben, Lamas.

*

Die Ermittler

Hauptkommissarin Petra Krieger

Die Hauptkommissarin Petra Krieger ist eine technikaffine und korrekte Beamtin. Sie ist blond, braunäugig und hat einen modernen Geschmack. Sie fährt trendige Autos, benutzt die modernsten digitalen Medien zu Ermittlungszwecken und kleidet sich modern und chic. Sie ist äußerst redegewandt und kommt aus Bad Saulgau. Mit Bönle verbindet sie eine Hassliebe.

Lebensphilosophie Hauptkommissarin Petra Krieger: Meine Waffe ist das Gehirn.

Das Zwetschgenmännchen, Polizeikommissaranwärter (PKA) Gilbert Nedlich

Polizeikommissaranwärter Nedlich ist ein junger, farbloser Ermittler an der Seite der dominanten Kommissarin. Trotz seines geringen Alters sieht er verdorrt aus.

Lebensphilosophie PKA Nedlich: Stay cool!